Andrea Reinhardt

Grausamer Hass

Impressum

Alle Personen und Handlungen sind frei erfunden. Ähnlichkeiten mit realen Personen sind zufällig und nicht beabsichtigt.

© 2024 Andrea Reinhardt

www.andreareinhardt.de

1. Auflage

Umschlag/Covergestaltung: Buchcoverdesign.de / Chris Gilcher –
https://buchcoverdesign.de

Lektorat: Luise Deckert, www.luise-deckert.de
Korrektorat: Diana Alchanow

Verlag: BoD · Books on Demand GmbH, In de Tarpen 42, 22848 Norderstedt
Druck: Libri Plureos GmbH, Friedensallee 273, 22763 Hamburg
Taschenbuch: ISBN: 978-3-7693-1108-2

Bibliografische Information der Deutschen Nationalbibliothek: Die Deutsche Nationalbibliothek verzeichnet diese Publikation in der Deutschen Nationalbibliografie; detaillierte bibliografische Daten sind im Internet über dnb.dnb.de abrufbar.

Kontakt

kontakt@andreareinhardt.de

Komplizen-Letter/ Newsletter

https://andreareinhardt.de/newsletter

Zur Autorin:

Andrea Reinhardt schreibt seit 2017 erfolgreich Thriller und lebt seit 2020 den Traum der Schriftstellerei. Nur aus Versehen ist die gelernte Kinderkrankenschwester zur Täterin geworden und verfasst seitdem emotionale, dramatische und perfide Verbrechen. Sie lebt heute einen Traum, den sie nie geträumt hat, trotzdem wurde das Schreiben ihre Berufung.

Schon mit ihrem Debüt Teufelseltern schaffte sie es in die Top 100 der allgemeinen Amazon Charts und erfreut sich seitdem einer wachsenden Leserschaft. Dabei greift sie zu Themen, die unter die Haut gehen, nimmt ihre Komplizen auf eine Reise mit, auf der diese in den Kopf des Täters, des Opfers und des Ermittlers sehen können.

Andrea Reinhardt

Grausamer Hass

Thriller

»Wenn ich eine Story zu Ende erzählt habe, ist es, als komme ich von einer langen Reise nach Hause, während der ich in verschiedene Rollen geschlüpft bin. Ich habe die Charaktere gespielt, war Opfer, Täter, Zuschauer und Held zugleich.«

Für meine lieben Arbeitskolleginnen,

mit denen ich Jahre in der Pflege zusammen gearbeitet habe, zusammen gelacht, geweint, geschwitzt und geflucht habe. Eine unvergessliche Zeit, die mich sehr geprägt hat.

Liebe an alle Menschen, die in medizinischen Berufen tätig sind, besonders an diejenigen, die es mit Herz, Emphatie und für den Patienten tun.

Content-Warnung

In diesem Buch werden explizit Themen eines Krankenhausaufenthaltes behandelt. Insbesondere werden dabei die Intensivstationen und der OP erwähnt. Zwar sind die Verbrechen nur fiktiv und entsprechen keiner Wahrheit, der Inhalt kann aber Lesende, die derzeit selbst in einer Klinik liegen bzw. bald einen Aufenthalt benötigen, oder Angehörige haben, die zurzeit behandelt werden, triggern. Da solch ein Krankenhausaufenthalt mit vielen Emotionen, belastenden Ereignissen, Angst und auch Trauer einhergehen, könnten die Geschehnisse in dem Thriller noch zusätzlich aufwühlen. Sollten dich also bestimmte Themen des Klinikalltags belasten, rate ich dir ab, dieses Buch zu diesem Zeitpunkt zu lesen.

1

16. Juli 2022

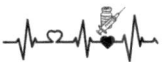

Die Klinik war in dieser Nacht still.

Er schlich durch die unteren Flure, die vor lauter Grau und Weiß trostlos wirkten. Seine Finger glitten über die kalte Wand, während er Richtung Haupthaus ging.

Ein Krankenpfleger lief an ihm vorbei, lächelte und grüßte freundlich. Wenn der wüsste, dass es seine letzten Stunden voller Frieden sein würden. Danach würde er nie wieder frei von Sorgen arbeiten können.

Schon bald würde an diesem Ort nichts mehr wie bisher sein. Dafür hatte er lange geplant, jede Räumlichkeit studiert, jeden Fehler der Mitarbeiter beobachtet. Diese Stümper.

In der Ferne summte es leise aus einer Lüftung. Er kannte dieses Geräusch zu gut, niemand hatte sich bisher darum gekümmert. Genauso wie sich niemand um das flackernde Licht der Glühbirne an der Decke gekümmert hatte, obwohl der Auftrag bereits vor Wochen dem Hausmeister im Intranet gemeldet worden war.

Mittlerweile wirkten die Mängel fast beruhigend auf ihn. Er hatte sich an sie gewöhnt und nahm sie schon gar nicht mehr wahr. Es zählte nur sein Plan, um zu beweisen, wie entsetzlich die Mitarbeiter in diesem Krankenhaus waren.

Er genoss den Augenblick, kurz bevor das Chaos über die Klinik hereinbrechen würde. Die Angst der Mitarbeiter war bereits zu riechen. Ihre Nervosität, ihre Hektik, wenn sie erkennen würden, dass die Versuche, Patienten zu retten, scheiterten. Er hatte die Macht über dieses Klinikum.

Sie sollten ruhig in Panik verfallen. Die ganze Welt würde sehen, dass sie nichts als große Versager waren. Dass niemand von ihnen im Stande war, Leben zu schützen.

Er lächelte zufrieden. Alles, was er seit Jahren vorbereitet hatte, würde bald Wirklichkeit werden. Sein Plan würde langsam voranschreiten und in einem großen Finale enden. Die Möchtegern-Götter würden in Demut versinken, wenn er mit ihnen fertig war.

Danach würde er ein Held sein. Den Menschen würde klar werden, dass die Krankenhaustechnik und die geführten Protokolle keinen Schutz bedeuteten. Das Vertrauen in die Klinik würde brüchig werden.

Es gab kein Zurück mehr für dieses Krankenhaus.

Er lief in den Aufenthaltsraum, in dem nachts niemand auftauchte. Dann öffnete er seinen Laptop, wählte sich in das interne Netzwerk des Krankenhauses ein und startete das Programm, das in wenigen Stunden für großes Aufsehen sorgen würde.

Sein Interesse an Informationstechnik und seine unzähligen Workshops auf dem Gebiet machten es ihm leicht, das zu erledigen, was er gleich tun würde. Die Ignoranz der Hersteller, die die Sicherheitslücken ihrer Geräte nicht schlossen, gab ihm die Möglichkeit, ein großes Chaos anzurichten.

Er tippte, programmierte die Zeiten. Es würden noch einige Stunden vergehen, bis er fertig sein würde, doch dann war der erste Zug gemacht. Gänsehaut breitete sich über seine Arme aus.

Niemand außer ihm hatte eine Ahnung, was bald auf die Klinik zukommen würde.

2

17. Juli 2022

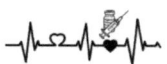

Marcel betrat die Kinderklinik mit gemischten Gefühlen. Auf der einen Seite überwältigte ihn die Angst um Marlenes Leben. Auf der anderen Seite hoffte er, dass es Marlene an dem Morgen deutlich besser als vor ein paar Stunden ging. Da hatte es so ausgesehen, als würde sie den schlechten Zustand nicht überleben. Der Schreck saß ihm noch immer in den Knochen.

Mitten in der Nacht hatte Kim in einer verzweifelten Lautstärke durch das ganze Haus nach ihm geschrien.

Bei der Erinnerung an diesen Hilferuf lief ihm erneut ein Schauer eiskalt den Rücken hinunter.

Es war weibliche Intuition, Schwestern-Instinkt oder einfach nur großes Glück gewesen, dass Kim wach geworden war und bei Marlene ins Zimmer geschaut hatte. Sie hatte die Kleine nach Luft ringend vorgefunden.

Als Marcel dazugestoßen war, hatte der kleine Körper heftig gezuckt, die Lippen waren blau angelaufen, die Haut hatte grau-schmutzig geschimmert. Überall am

Körper hatten sich kleine rote Punkte gebildet. Es war schlimm gewesen, es anzusehen.

Marcel hatte den Rettungswagen gerufen, der Notarzt hatte Marlene sofort in die Klinik gefahren. Dort hatte sich ihr Zustand so rapide verschlechtert, dass sie beatmet und ins künstliche Koma gelegt worden war.

In den frühen Morgenstunden war er heimgefahren, um ihren Lieblingsteddy zu holen. Er hatte Wechselkleidung für Kim sowie etwas zu trinken eingepackt, geduscht und war wieder in die Klinik zurückgekehrt.

Er klingelte an der Freisprechanlage der Kinderintensivstation, die für die nahen Angehörigen nach vorheriger Anmeldung betretbar war. Allein dort zu stehen, bereitete ihm Magenflattern, weil er nicht wusste, was ihn erwartete.

Dass Kim ihn in der kurzen Zeit, in der er zu Hause gewesen war, nicht angerufen hatte, beruhigte ihn. Wäre etwas gewesen, hätte sie sich gemeldet.

Eine Krankenschwester ließ sich seinen Namen geben und öffnete mit einem Summer.

Marcel wusch sich im Vorraum die Hände, desinfizierte sie anschließend und ging hinein.

»Guten Morgen«, begrüßte ihn eine Mitarbeiterin freundlich, die vor zwei Stunden noch nicht da gewesen war. »Ich bin Schwester Tessa und bis heute Mittag für Marlene zuständig. Wenn Sie Fragen haben, können Sie zu mir kommen.«

»Vielen Dank. Darf ich zu ihr rein?«

»Natürlich.« Die Schwester lächelte. »Ich schaue gleich nach ihr.«

Marcel ging in Zimmer 3, das sich nah am Schwestern-stützpunkt befand.

Dort lagen die Patienten, die schwer krank waren und eine intensive Betreuung benötigten. So waren diese schnell erreichbar für das Pflegepersonal, wenn ein Gerät alarmierte. Das hatte ihm zumindest der Arzt erzählt, der sie in der Nacht aufgenommen hatte.

Beruhigt war Marcel trotzdem nicht. Lieber wäre es ihm, Marlene würde sich weiter hinten auf der Station befinden, wo es nicht um Leben und Tod ging.

Im Zimmer 3 lag noch ein anderes Mädchen, das einige Jahre älter als Marlene war. Auch das wurde beatmet.

An ihrem Bett saß eine Frau, deren Gesicht fahl wirk-te. Sie hielt die Hand der Kleinen und tupfte sich immer wieder mit einem Stofftuch Tränen aus den geröteten Augen.

Marcel konnte sich vorstellen, wie sehr die Sorge sie auffraß. Er fühlte sich kaum anders. »Guten Morgen«, begrüßte er die Frau. »Ich bin Marcel Schweißer, ihr Onkel.« Er zeigte auf Marlene.

»Hallo, ich bin Margit, die Mutter von Michelle.« Sie nickte in Richtung Marlene. »Tut mir sehr leid, dass Sie das gerade durchmachen. Ich verstehe Sie sehr gut. Wir sind schon acht Tage hier und ihr Zustand will sich nicht verbessern.« Die Frau sah ihre Tochter sorgenvoll an und schniefte.

»Die Mädchen werden das ganz bestimmt schaffen, sie sind starke kleine Kämpferinnen.« Marcel rang sich ein Lächeln ab, doch seine Angst um Marlene war viel zu groß, als dass seine Floskeln ihn selbst beruhigen konnten. Er ging zu Kim, die ihren Kopf auf das Bett abgelegt hatte, und gab ihr einen Kuss auf die Wange. Danach streichelte er Marlene über das Gesicht und erschrak, weil sich dieses kühl anfühlte. »Warum ist sie so kalt? Friert sie?«

Kim reckte sich. »Da bist du ja wieder.« Sie betastete Marlenes Stirn, dann die Hände. »Die Finger sind warm. Wahrscheinlich ist der Temperaturunterschied zum Kopf normal.«

Er reichte ihr den Kaffee in der Thermoskanne. »Ich dachte, den kannst du gebrauchen.«

Kim erhob sich und gab Marcel einen Kuss. »Danke, das ist lieb.« Sie schaute auf Marlene. »Der Arzt war gerade im Zimmer, die Ergebnisse sind fertig. Vermutlich hat sich ein Keim in ihrem Blut verteilt, die Entzündungszeichen deuten darauf hin. Welcher Erreger es ist, muss noch bestimmt werden. Gott sei Dank ist es keine Hirnhautentzündung. Das Krampfen kam wohl von dem hohen Fieber. Jetzt behandeln sie die Kleine mit Antibiotikum und hoffen, dass sie damit Erfolg haben. Je nachdem, was es für ein Keim ist, kann es nötig sein, dass das Antibiotikum noch einmal gewechselt wird. Sie soll noch ein wenig im künstlichen Koma bleiben, damit sich ihr Körper ausruhen kann. Wenn das Fieber nicht mehr ansteigt, sie ohne Sauerstoff zurechtkommt und die Entzündungszeichen sich verbessern, lassen sie Marlene wieder aufwachen.«

»Ist es denn möglich, dass sie sich so schnell erholt?«

Kim nickte. »Der Arzt sagte, dass das Antibiotikum meist schon nach zwei bis drei Gaben anspricht. Nach vierundzwanzig Stunden sieht man das auch schon im Blut. Sie bekommt drei Gaben in diesem Zeitraum.«

Marcel durchströmte immer noch ein Schuldgefühl. »Was haben wir übersehen? Wie konnte sich ein Keim in ihrem Blut verteilen, ohne dass wir es bemerkt haben?«

Kim zuckte mit den Schultern. »Glaube mir, ich habe mir auch schon Vorwürfe gemacht, schließlich bin ich den ganzen Tag mit ihr zusammen. Aber sie war wie immer fröhlich und aktiv. Erst vorgestern hat sie gekränkelt. Wir waren ja beim Kinderarzt, der sagte, sie habe wahrscheinlich eine leichte Grippe.«

»Es nützt nichts, wenn wir uns mit der Warum-Frage quälen, wir können es sowieso nicht mehr rückgängig machen.« Marcel nahm Kim in die Arme. »Sie ist hier in guten Händen und wird das schaffen.«

Die Krankenschwester kam ins Zimmer zu Marlene ans Bett und betrachtete den Monitor, anschließend schrieb sie etwas in die Akten. »Ihre Tochter ist stabil. Wir sind zufrieden mit ihren Werten.«

Kim atmete erleichtert aus. »Sie ist meine Schwester und seine Nichte, wir haben das Sorgerecht für sie.«

Schwester Tessa schaute irritiert.

»Ist eine lange Geschichte«, sagte Marcel, der einer fremden Person nicht erzählen wollte, dass die Mutter des Kindes in einer forensischen Psychiatrie lebte und dass der Vater tot war.

Die Krankenschwester lächelte, doch es wirkte gezwungen und passte nicht zu dem fragenden Blick. Sie schaute auf den Monitor des anderen Mädchens im Zimmer, notierte etwas in deren Akte und sah die Mutter an. »Michelles Zustand ist unverändert. Wir hoffen, sie hält sich so. Später werden wir ein paar Untersuchungen machen.«

Margit bedankte sich und wischte sich erneut Tränen aus den Augen.

Die Krankenschwester verließ das Zimmer.

Margit erhob sich. »Ich gehe mal an die frische Luft. Kann ich Ihnen etwas mitbringen?«

»Nein, vielen Dank«, antwortete Kim. »Wir behalten Ihre Tochter im Blick.«

»Das ist lieb.« Die Frau lief kreidebleich und mit gesenkten Schultern aus dem Raum.

Marcel betrachtete das Mädchen und fragte sich, was Michelle hatte, dass sie seit Tagen keine Besserung zeigte. Ein merkwürdiges Gefühl breitete sich in ihm aus. Er hatte keine Ahnung von medizinischen Dingen, bemerkte aber, dass etwas nicht in Ordnung war.

Michelles Hautfarbe sah nicht wie noch vor einigen Minuten aus.

Er hatte sogar den Eindruck, dass sie sich immer mehr verfärbte. »Kim, ich habe das Gefühl, dass mit Michelle etwas nicht stimmt.«

Kim schaute das Mädchen an und riss die Augen auf. »Du meine Güte, sie ist blau im Gesicht. Aber der Monitor alarmiert doch eigentlich, wenn etwas wäre. Außerdem war die Schwester grad drin und hat nichts bemerkt. Wir haben ja keine Ahnung, warum sie auf dieser Station liegt. Es könnte normal sein bei ihrem Krankheitsbild.«

Diese Überlegung beruhigte Marcel nicht. »Das kann ich mir nicht vorstellen, blau ist niemals gut. Schwester Tessa hat gar nicht richtig geschaut, nur die Werte vom Monitor abgelesen. Michelles Brustkorb hebt sich im Vergleich zu Marlenes nur ganz wenig. Ich sage jetzt Bescheid.« Er ging auf den Flur.

Ein paar Schwestern saßen am Tresen und tranken Kaffee. Sie waren so sehr in ihr Gespräch vertieft, dass sie Marcel offenbar gar nicht wahrnahmen.

»Ich habe keine Lust«, sagte eine.

»Gott, ich könnte schlafen gehen«, erwiderte eine andere.

»So ein anstrengender Tag.«

Eine Krankenschwester fiel mit besonders lautem, ständigem Gähnen auf.

Von der für Zimmer 3 zuständigen Tessa war nichts zu sehen.

»Entschuldigung«, sagte Marcel zu einer anderen Mitarbeiterin am Pflegestützpunkt. »Ich habe das Gefühl, dass es dem Mädchen neben meiner Nichte nicht gut geht. Vielleicht könnten Sie nach ihr schauen.«

Die dauergähnende Dame lächelte aufgesetzt. »Ich sage Schwester Tessa Bescheid, sie kommt gleich.«

»Ich glaube, dass es keine Zeit hat. Es wäre gut, wenn sich jetzt jemand darum kümmert. Michelles Haut ist ganz blau.«

Die Schwester schaute am Tresen auf einen Bildschirm und dann wieder zu Marcel. »Ihre Werte sind in Ordnung, wir können hier alle Vitalzeichen der Patienten von der ganzen Station an der zentralen Überwachung sehen. Wenn der Monitor im Zimmer alarmiert, hören wir das auch.«

Die Freundlichkeit war so schlecht gespielt, dass Marcel aus der Haut fahren könnte. Doch er war schockiert, dass er gar nicht ernstgenommen wurde, weshalb es ihm die Sprache verschlug. Er mochte es auch nicht, wenn Laien ihm seinen Job erklärten, aber ein kurzer Blick auf das Mädchen war nun wirklich nicht zu viel verlangt. »Ich möchte bitte, dass sofort jemand nach dem Kind sieht. Michelle ist blau im Gesicht und ihr Brustkorb hebt sich kaum. Wenn es nicht ernst wäre, würde ich nicht hier stehen. Sind Sie bereit, später vor Gericht auszusagen, dass Sie alle vier lieber sitzen geblieben sind, anstatt nach dem Zustand des Kindes zu schauen? Ich werde definitiv gleich der Mutter sagen, was gerade vorgefallen ist. Zur Not nehme ich sogar die Anzeige auf, wenn es nötig wird. Ich bin Kriminalbeamter.« Marcel war laut geworden, weil ihm die Ignoranz gewaltig gegen den Strich ging. Seine Halsschlagader pochte heftig.

»Nur weil Sie Polizist sind, haben Sie mir nicht zu sagen, wie ich meine Arbeit zu tun habe«, maulte die Krankenschwester. »Ich bin diejenige, die den Beruf drei Jahre gelernt hat und seit zwanzig Jahren ausübt.« Sie machte noch immer keine Anstalten aufzustehen, sondern drehte sich demonstrativ weg.

»Sie sagen also, dass Sie sich weigern, nach dem Kind zu sehen?«

In diesem Moment ertönte Kims Hilfeschrei aus dem Zimmer, der verzweifelter nicht hätte klingen könnte.

Marcel rannte hinein. »Was ist los?«

»Michelle zuckt.«

Marcel rief laut nach draußen, dass Michelle starb, anders würde er die Schwestern wohl nicht ins Zimmer locken können.

Endlich bemühte sich eine der Krankenschwestern zu Michelles Bett. Sie betrachtete das Kind und hörte mit dem Stethoskop auf den Brustkorb. »Scheiße«, flüsterte sie, schaute dann irritiert auf den Monitor. »Reanimation! Ich brauche den Notfallwagen und einen Arzt«, brüllte sie. Ihre Hände zitterten.

Schwester Tessa stürzte ins Zimmer. »Was ist passiert?«

»Keine Ahnung. Sie hat keinen Herzschlag mehr und lässt sich nicht beatmen, aber der Monitor zeigt normale Werte an.«

Die Krankenschwester, die sich eben noch geweigert hatte, nach dem Mädchen zu schauen, eilte mit einem Wagen herein, auf dem ein Defibrillator stand.

Ein Arzt stürmte hinterher. »Was ist los?«, fragte er in ruhigem Ton. Er schaute sich das Kind an, verglich den Monitor und sah die Kollegin an, die Michelle reanimierte.

Die Krankenschwester gab auch ihm eine kurze Statusmeldung.

»Ich übernehme die Herz-Druck-Massage«, sagte Dr. Schröder, der sich am Abend Kim und Marcel vorgestellt hatte.

Die Krankenschwester, die eben noch pikiert gewesen war, dass Marcel sie gerufen hatte, trat auf ihn zu. »Sie müssen bitte das Zimmer verlassen, wir haben einen Notfall.«

Ach nee, hätte Marcel am liebsten gesagt, verkniff es sich in dieser Situation jedoch. Er nahm Kim an die Hand und zog sie zur Tür.

»Stopp, warten Sie bitte«, sagte der Arzt, während er den Brustkorb des Kindes drückte. Er schaute kurz zu Marcel. »Haben Sie etwas beobachtet? Hat sich die Patientin bewegt?«

Die im Raum anwesenden Krankenschwestern senkten die Blicke.

»Nein, sie war ganz ruhig, aber ist auf einmal bläulich angelaufen. Ich hatte das Gefühl, dass sich der Brustkorb im Vergleich zu dem meiner Nichte nur wenig hob.«

»Hat der Monitor nicht alarmiert? Oder haben Sie darauf gedrückt und den Alarm damit ausgestellt?«

Marcel riss sich trotz des Vorwurfs zusammen, weil er wollte, dass sich das Personal auf das Leben des Kindes konzentrierte. »Natürlich haben wir nichts am Monitor verstellt. Er hat nicht alarmiert, ich habe aber den Schwestern draußen Bescheid gesagt. Was sie dann getan haben, können die Ihnen selbst erzählen.« Die letzte Bemerkung hatte er sich einfach nicht verkneifen können.

Die maulige Krankenschwester begleitete Kim und ihn nach draußen. »Wir holen Sie wieder rein, sobald wir fertig sind. Es wird dauern, vielleicht gehen Sie frühstücken.« Dann lief sie auf Station zurück.

»Also diese Frau habe ich gefressen«, sagte Marcel leise. »Den Notfall hätte es nicht gegeben, wenn sie gleich auf mich gehört hätte.«

Kim schien ihm jedoch gar nicht zuzuhören. Sie war kreidebleich und starrte auf den grauen Boden des Krankenhausflures. »Hast du das gesehen? Der Monitor hat gute Werte angezeigt, doch das Mädchen war schon kaum mehr am Leben. Was ist, wenn das Marlene auch zustößt? Vielleicht sind die Geräte kaputt.«

Marcel fröstelte. Von dieser Seite hatte er es noch gar nicht betrachtet, er wollte Kim jedoch beruhigen. »Mach dir keine Sorgen. Sie wissen das ja jetzt, also werden sie sicher besser aufpassen und die Dinger kontrollieren lassen. Ich werde trotzdem nachher etwas dazu sagen.«

Kim schluckte und nickte.

»Möchtest du was essen gehen?«

»Nein, ich bleibe hier im Aufenthaltsraum. Auch wenn das Marlene nichts nützt, ich will da sein, wenn sie uns wieder reinholen. Außerdem habe ich eh keinen Appetit.«

»Kein Problem, wir setzen uns. Du kannst ein wenig die Augen zu machen.« Marcel nahm Kim in die Arme und führte sie zu den bunten Polstersofas im Aufenthaltsraum vor der Intensivstation.

»Karl liegt doch auch hier im Haus, oder? Wenn du möchtest, kannst du zu ihm gehen.«

»Er schläft bestimmt noch. Ich besuche ihn später.«

Kim vergrub sich in seine Arme.

Sie schwiegen.

Am Aufenthaltsraum humpelte ein Mann im weißen Kittel vorbei, der Marcel anschaute, jedoch kein Wort des Grußes über die Lippen brachte. Kurz darauf piepte es sechs Mal hintereinander, als der Arzt den Code in die Sprechanlage der Station eingab.

Die Tür klackte auf und schloss sich einen Augenblick später.

In diesem Zustand des Schocks und der Angst nahm Marcel alles genau wahr, besonders jedes Piepen und Alarmieren. In den Stunden mit Marlene auf der Intensivstation hatte er so viel davon gehört, dass er bei jedem kleinsten Geräusch aufschreckte, weil er nicht wusste, ob es harmlos oder warnend war.

Er atmete tief ein und schloss die Augen, um sich etwas zu beruhigen.

Nach einer Weile vernahm er Kims gleichmäßigen, tiefen Atem. Sie war eingeschlafen.

Marcel dachte daran, was eben in dem Zimmer vorgefallen war. Dass der Überwachungsmonitor so gute Werte angezeigt hatte, während das Mädchen dabei gewesen war zu sterben, beunruhigte ihn zunehmend.

War es ein technischer Fehler oder eher menschliches Versagen gewesen? Hätte die Krankenschwester früher etwas bemerken müssen? Egal, was der Grund gewesen war, auf einer Intensivstation durfte so etwas nicht passieren.

Er fragte sich, ob Marlene wirklich in guten Händen war, denn wenn dieser Vorfall ein menschlicher Fauxpas gewesen war, war das nicht sonderlich vertrauenerweckend. Er hoffte, dass das Team die Ursache fand, reflektierte und dafür sorgte, dass so etwas nicht noch einmal vorkam. Und er hoffte, dass Michelle es überlebte.

3

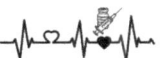

»Puls ist stabil«, sagte der Arzt. »Geben Sie einen Flüssigkeitsbolus und lassen Sie ihn in einer halben Stunde einlaufen. Sauerstoffzufuhr langsam wieder drosseln.« Er zog die Handschuhe aus und warf sie in den Mülleimer.

»Sie haben es ganz schön hektisch hier«, sagte Dr. Hart, der urplötzlich in der Tür stand.

Tessa rollte innerlich mit den Augen, weil sie diesen Mann auf den Tod nicht ausstehen konnte. Sie war noch nicht lange in dieser Klinik tätig, hatte aber schon drei unangenehme Begegnungen mit ihm gehabt. Sein besserwisserisches Verhalten und seine Arroganz waren ihr zuwider.

Überall, wo er auftauchte, musste er unter Beweis stellen, was er draufhatte. Er mischte sich in Behandlungen ein und zeigte jedem seiner Kollegen, dass nur er gut war.

»Dr. Hart, können wir Ihnen behilflich sein?«, fragte Dr. Schröder, ohne den Blick von der Patientin zu nehmen.

»Ich wollte fragen, ob Sie chirurgische Patienten auf Station haben, die ich mir anschauen sollte.« Dr. Hart stellte sich zu Michelle ans Bett, schaute in das Menü der Beatmungsmaschine und drehte am Einstellknopf. »Ich reduziere den Spitzendruck etwas. Wir wollen doch nicht, dass die Lunge der Patientin überdehnt wird und es zu Schäden kommt.«

Was bildete sich der Typ ein?

Tessa kochte innerlich.

»Lassen Sie die Finger von meiner Patientin«, befahl Dr. Schröder in strengem Ton. »Sie können nicht einfach an den Parametern herumspielen, ohne zu wissen, warum der Druck so eingestellt war.«

Dr. Hart schaute auf den Überwachungsmonitor. »Die Werte sehen wunderbar aus, deshalb verstehe ich den hohen Beatmungsdruck nicht.«

»Sie wurde gerade reanimiert.« Dr. Schröder zeigte zur Tür hinaus. »Würden Sie jetzt bitte das Zimmer verlassen? Wir brauchen heute kein chirurgisches Konsil, sonst hätte ich eins angefordert.«

Der arrogante Arzt hob die Hände. »Ich hatte gerade Zeit und wollte nur hilfsbereit sein, aber das scheint nicht gewünscht zu sein.« Er zeigte auf Michelle. »Dieses arme Ding ist die Leidtragende, wenn sie mit geschädigtem Lungengewebe leben muss.«

Tessa schüttelte fassungslos den Kopf.

Was nur stimmte mit diesem Menschen nicht?

Dr. Hart ging zur Zimmertür. »Diese Klinik ist wirklich nicht zu empfehlen.«

Dr. Schröder reagierte nicht. Nachdem Dr. Hart das Zimmer endlich verlassen hatte, sah der Kinderarzt Tessa an. »Netter Geselle, nicht wahr?«

Sie nickte. »Ich verstehe nicht, wie Sie so ruhig bleiben können. An Ihrer Stelle wäre ich ausgerastet.«

»Das nützt bei ihm nichts. Am schnellsten wird man ihn los, wenn man keine Diskussion mit ihm anfängt. Er glaubt, er wäre der Beste, und von diesem Standpunkt lässt er sich nicht abbringen. Ich habe mit ihm zusammen studiert, der war schon immer so.«

»Okay, ich merke es mir und beginne am besten keine Unterhaltung mit ihm«, erwiderte Tessa.

Dr. Schröder hörte noch einmal auf die Lunge. »Ehe wir die Beatmungsparameter reduzieren, muss ich sicher sein, dass die Geräte richtig funktionieren.« Er starrte auf den Monitor. »Verdammt. So etwas habe ich noch nie erlebt. Was war mit der Technik los? War das eine Fehlfunktion?«

Tessa zuckte mit den Schultern. »Ich war kurz vorher drin und habe die Vitalparameter geprüft, da war alles in Ordnung.« Sie schluckte. Sollte sie zugeben, dass sie nur schnell die Werte vom Monitor abgeschrieben hatte? Sie könnte sich ohrfeigen, weil sie nicht genauer nach dem Kind geschaut hatte. Ihre Irritation über die Geschichte der kleinen Marlene, die bei ihrem Onkel und ihrer Schwester aufwuchs, hatte sie abgelenkt und unkonzentriert arbeiten lassen.

»Sehr merkwürdig, dass so eine Fehlanzeige überhaupt möglich ist«, erwiderte Dr. Schröder. »Was meinte der Vater vom Nachbarbett eben damit, dass er Bescheid gegeben hat und Sie mir den Rest erzählen sollen?«

»Er ist der Onkel«, erwiderte Tessa unnötigerweise, in diesem Moment spielte es gar keine Rolle. »Ich weiß nichts davon, dass er Bescheid gesagt hat, denn ich war in Zimmer 8 und habe einen Säugling gefüttert.«

»Wieso versorgen Sie im hinteren Stationsbereich einen Patienten, wenn Sie für die zwei kränksten Kinder zuständig sind?«, fragte der Arzt in strengem Ton. »Wir haben die Regel, dass das Personal mit den intensivmedizinischen Patienten in Zimmernähe verweilt und keine zusätzlichen betreut.«

Tessa schluckte und schaute zu ihren Kolleginnen. Sie wollte sie nicht verpetzen, denn sie war sowieso schon nicht im Team willkommen.

Der Arzt hatte völlig recht, sie hätte sich nur im vorderen Bereich aufhalten sollen. Der Arbeitsaufwand, mehr als die beiden Kinder zu versorgen, war zu groß.

Doch Eva hatte gesagt, dass alle Kolleginnen im Frühdienst ihre Patienten, die sie seit Tagen betreuten, behalten wollten und niemand von ihnen bereit war, noch den Säugling in Zimmer 8 zu übernehmen. »Ich sehe nicht ein, dass ich immer mehr arbeite, nur weil gewisse Leute meinen, sie könnten sich mit der intensivmedizinischen Versorgung ausruhen«, hatte Eva bei der Übergabe gemotzt. »Früher haben wir solche Patienten zu zweit geschafft.«

Tessa hatte sich nicht herumstreiten wollen, also hatte sie den Säugling in den hinteren Zimmern übernommen.

»Bekomme ich eine Antwort?« Der Arzt starrte sie an.

»Ich … ich hatte meine Kolleginnen informiert, dass ich hinten zu tun habe. Es saßen ja alle hier vorn.«

Der Arzt drehte sich zu Eva. »Hat Ihnen der Mann gesagt, dass etwas nicht stimmt, oder wie kann ich seine Bemerkung von eben deuten?«

»Ja, hat er. Aber wir haben mit unseren eigenen Patienten alle Hände voll zu tun. Ich habe die Vitalwerte an der Zentrale überprüft, der Monitor hat gute angezeigt. Deshalb dachte ich, der Onkel wäre hysterisch. Es ist Tessas Zimmer, sie hätte geschaut, sobald sie fertig gewesen wäre.«

»Wollen Sie damit sagen, dass Sie die Sorge des Mannes ignoriert haben?«

»Ich habe nun mal nicht für alle Patienten Zeit«, antwortete Eva schnippisch.

»Weil Sie Kaffee wie jeden Morgen getrunken haben?« Der Arzt verschränkte die Arme. »Sie kommen her, um zu arbeiten, nicht um Däumchen zu drehen. Ist Ihnen klar, dass dieser Mann Kriminalbeamter ist? Können Sie sich ausmalen, was es bedeutet, wenn es an die Öffentlichkeit gelangt, dass sich Krankenschwestern der Intensivstation weigern, schwerstkranke Kinder zu versorgen?« Dr. Schröder war immer lauter geworden. »Wer saß noch da vorn und hat nicht reagiert?«

Niemand sagte etwas. Aber an den Rötungen in den Gesichtern konnte man ablesen, wer schuldig war.

»Das ist nicht zu fassen. Es gibt klare Regeln. Wenn dieses Kind einen Schaden davonträgt, dann sind Ihre

Tage hier gezählt. Ich erwarte, dass Sie sich bei dem Mann entschuldigen. Gehen Sie aus dem Zimmer, den Rest schaffen Schwester Tessa und ich allein.« Der Arzt wandte sich der Patientin zu und hörte noch einmal auf die Lunge. Dann starrte er den Monitor an. »Atemzüge stimmen mit dem Monitor überein.« Er schaute zu Tessa. »Sind Sie sich sicher, dass Sie nichts verstellt haben und stimmen die Grenzen-Einstellungen für die Alarme?«

»Ich habe heute Morgen zu Dienstbeginn den Monitor kontrolliert und nichts verändert. Die Werte waren zu keiner Zeit auffällig. Aber ich habe vorhin während der Reanimation gesehen, dass der Bildschirm kurz dunkel wurde und dann das Bild wieder da war, als hätte er sich neu kalibriert oder so.«

Dr. Schröder rief Larissa ins Zimmer.

Diese kam zurück und schaute nervös drein. »Kann ich noch etwas machen?«

»Sie waren vorhin zuerst bei der Patientin. Haben Sie gesehen, was für Werte auf dem Monitor standen?«, sagte Dr. Schröder zu Larissa.

»Als Herr Schweißer vorhin gesagt hat, dass er glaubt, mit dem Mädchen stimme etwas nicht, hatte sie eine Achtundsiebziger-Herzfrequenz und eine Neunundneunziger-Sauerstoffsättigung auf der zentralen Überwachung. Das wurde auch auf dem Monitor hier angezeigt, bevor wir reanimiert haben. Sie war zyanotisch, da habe ich den Puls getastet und gemerkt, dass er nur noch bei dreißig Schlägen pro Minute war. Es ist doch merkwürdig, dass der Monitor etwas derart falsch anzeigt«, sagte Larissa.

»Rufen Sie die Kollegen aus der Technik an, die sollen das kontrollieren. Tauschen Sie außerdem den Monitor bei Michelle aus. Heute schauen Sie bitte bei allen Patienten zweimal mehr ins Zimmer und überprüfen die Vitalfunktionen mehrmals manuell.« Der Arzt nahm das Telefon. »Ich informiere den Chefarzt über den Notfall. Schwester Tessa, machen Sie eine BGA, um die Blutgase zu kontrollieren. Ich nehme gleich noch Blut fürs Labor ab.« Dann verließ er das Zimmer.

»Ich rufe die Technik an und übernehme deinen Patienten hinten, du kannst hier vorne bleiben«, sagte Larissa.

Tessa sah sie verwundert an.

»Es war nicht richtig, dass wir dir auch den Säugling gegeben haben, da hat Dr. Schröder recht. Es tut mir leid, dass die anderen so sind. Ich fühle mich schlecht, weil ich nichts gesagt habe. Aber ich gebe zu, ich war froh, dass ich ihren Unmut und ihre schlechte Laune nicht mehr abbekommen habe. Sie behandeln alle Neuen so. Warum, weiß ich nicht. Bleib stark, das legt sich irgendwann.«

»Schon okay. Danke für die Entschuldigung. Der Säugling hinten ist versorgt, die nächste Mahlzeit bekommt er um zwölf. Die Eltern haben sich für elf Uhr angemeldet, sie wollen die Versorgung am Mittag übernehmen. Medikamente hat er keine mehr außer seiner Vitamin-D-Tablette, die hatte er eben.«

»Alles klar. Sag mir Bescheid, wenn ich dir hier drin noch helfen kann.« Larissa ging hinaus.

Tessa holte tief Luft. Zwar war die Wut des Arztes in erster Linie auf Eva gerichtet gewesen, die sich offenbar geweigert hatte, auf Kommissar Schweißer zu hören, aber trotzdem verspürte Tessa ein mulmiges Gefühl. Bei jeder Vitalzeichenprüfung musste sie das Kind anschauen. Dieser Fehler würde ihr nie wieder passieren. Sie war schockiert, dass dieses Mädchen schon kaum mehr eine Herzfrequenz gehabt hatte und der Monitor trotzdem stabile Werte angezeigt hatte. Erneut prüfte Tessa alle Vitalzeichen und ging anschließend ins Nebenzimmer, um sich den Monitor des freien Bettplatzes zu holen. Sie tauschte diesen mit dem bei Michelle aus. Weil sie auf Nummer sicher gehen wollte, holte sie sich ein Pulsoxymeter, das zusätzlich über einen Fingersensor die Herzfrequenz und die Sauerstoffsättigung maß.

Das zwei Überwachungsgeräte falsch funktionierten, sollte ja wohl nicht möglich sein.

»Brauchst du noch Hilfe?«, fragte Larissa, die erneut ins Zimmer gekommen war.

»Wenn du die Blutgasanalyse erledigen würdest, kann ich die Maus lagern.«

»Natürlich.«

Tessa stach mit einer Lanzette in die Fingerkuppe des Kindes, drückte vorsichtig Blut heraus und fing dieses mit dem BGA-Röhrchen auf. Sie reichte es ihrer Kollegin. »Danke.« Anschließend lagerte sie das Mädchen. Sie dokumentierte die Reanimation, die Medikamenten- sowie Flüssigkeitsgaben und schrieb in den Pflegebericht, was geschehen war.

Es klopfte an der Tür.

Ein Mann in grauer Hose und weißem Pulli kam herein.

»Hey, ich wurde gerufen, weil es Probleme mit einem Monitor gab.«

Tessa zeigte an die Wand, wo sie diesen hingestellt hatte. »Er hat stabile Werte angezeigt, obwohl das Kind reanimationsbedürftig war. Wir haben ihren Zustand dadurch nicht erkannt und hatten Glück, dass ein aufmerksamer Angehöriger es gesehen hat.«

Der Mann runzelte die Stirn. »Das darf eigentlich nicht passieren.«

Tessa lachte auf. »Da sagen Sie was. Das hat dem Mädchen fast das Leben gekostet.«

»War an dem Monitor irgendetwas auffällig? Hat er zum Beispiel geflackert, irgendeinen Ton von sich gegeben oder ähnliches?«

»Vorher habe ich nichts beobachtet, aber während der Reanimation ist mir aufgefallen, dass das Bild plötzlich für ein bis zwei Sekunden wegging und dann mit anderen Werten wiederkam. Die haben mit denen übereingestimmt, die wir manuell überwacht haben.«

Der Techniker musterte das Gerät mit zusammengezogenen Augenbrauen. Sein Kopf war leicht zur Seite geneigt, so als müsste er den Vorfall aus einem anderen Winkel betrachten. »Ich kalibriere ihn mal neu.«

»Wie kann so was denn sein?«, fragte Tessa. »Die Elektroden saßen richtig an der Patientin, der Sättigungssensor war auch angebracht. Die Ableitung der Vitalwerte zum Monitor war also gegeben, er hat auch die ganze Zeit schöne Vitalkurven ohne Störungen gezeigt. Ich verstehe nicht, wie die Werte dann so verfälscht am Monitor ankommen konnten.«

»Das tu ich auch nicht. Eigentlich ist es unmöglich. Ich habe echt noch nie gehört, dass die Monitore ganz andere Vitalzeichen anzeigen, als sie tatsächlich beim Patienten sind. Die lassen sich ja nicht ändern, wenn die Elektroden richtig saßen. Es kann niemand ins Zimmer gehen und die Werte am Monitor umstellen, wie es einem gerade passt. Dafür müsste sich jemand ins Netz einhacken und die Quellcodes manipulieren.«

Tessa sah den Techniker schockiert an. »Warum sollte sich jemand in das System hacken?«

»Ja, eben. Vor allem bloß bei einer Person. Ich kann mir nur vorstellen, dass es ein technisches Problem ist. Vielleicht finde ich die Ursache für den Defekt, wenn ich mir den Monitor und die gespeicherten Werte anschaue. Habt ihr einen Raum, in den ich gehen kann, damit ich niemanden störe oder im Weg stehe?«

»Ja, natürlich.«

In diesem Moment kam Larissa mit den Ergebnissen der Blutgasanalyse wieder. Sie reichte Tessa den Zettel. »Das Kohlenstoffdioxid ist leicht erhöht, ansonsten sehen die Werte okay aus.«

»Gott sei Dank«, erwiderte Tessa. »Vielleicht hat Herr Schweißer rechtzeitig gesehen, dass Michelle Hilfe braucht.« Sie zeigte auf den Techniker. »Kannst du Herrn … ähm.« Sie schaute auf sein Namensschild.

Herr Brieger. Techniker.

»Kannst du Herrn Brieger hinten in den Geräteraum bringen? Er will sich den Monitor anschauen. Ich bleibe lieber im Zimmer.«

»Klar, kommen Sie mit.«

Herr Brieger nahm das Gerät und nickte Tessa lächelnd zu. Dann folgte er Larissa.

»Wie gruselig«, flüsterte Tessa.

War es wirklich möglich, dass sich jemand in Überwachungsmonitore hackte, um einen Patienten mutwillig zu schaden?

Sie schüttelte den Kopf. »Das ist Quatsch. Es war bestimmt nur eine Störung.« Sie überprüfte noch einmal die Vitalzeichen, trug sie ein und machte das Gleiche bei Marlene.

Diese zuckte etwas mit den Armen und versuchte, den Tubus aus der Lunge zu pressen.

»Ganz ruhig, kleine Maus. Dir passiert nichts.« Tessa spritzte einen Bolus Propofol, damit das Mädchen weiterschlief. »Morgen geht es dir bestimmt schon besser, dann kommt der Schlauch raus, damit der dich nicht mehr ärgert.«

Marlene war wieder tief sediert.

Tessa notierte die Extragabe des Medikaments, die Vitalzeichen, hörte die Lunge ab und saugte Sekret aus dem Tubus. Außerdem lagerte sie das Kind, damit es keine Druckstellen bekam, wusch mit etwas Wasser und einem Lappen das Gesicht sowie den Rücken ab, weil Marlene geschwitzt hatte. Anschließend befeuchtete sie mit einem in Fencheltee getunkten großen Wattestäbchen den Mund und die Lippen.

Marlene nuckelte ganz leicht an der Watte, doch da sie nicht unruhig war oder sich gegen den Tubus wehrte, entschied Tessa, ihr keinen weiteren Propofolbolus zu geben.

Als sie fertig war, ging sie vor die Station, um die Angehörigen wieder ins Zimmer zu holen.

Bestimmt waren diese besorgt.

Der Kommissar und seine Frau saßen im Aufenthaltsraum und lagen sich in den Armen. Frau Berger schien zu schlafen.

Michelles Mutter saß daneben und schaute auf ihr Handy.

Tessa wurde mulmig bei dem Gedanken, dieser erklären zu müssen, was gerade passiert war. »Entschuldigen Sie, ich will Ihnen nur Bescheid sagen, dass Sie wieder zu Marlene und Michelle reinkönnen.«

Die Angehörigen sprangen direkt auf, als hätten sie auf diesen erlösenden Satz gewartet.

»Geht es meiner Tochter gut?«, fragte Michelles Mutter mit zittriger Stimme.

»Sie ist jetzt stabil. Kommen Sie rein, ich erkläre Ihnen, was passiert ist.« Tessa schaute zu Herrn Schweißer. »Dank Ihnen haben wir es rechtzeitig geschafft, sie zu stabilisieren. Sie hatten einen guten Blick.«

Der Mann hob die Augenbrauen. »Ich gestehe, dass ich ziemlich verärgert bin. Meine Nichte liegt auch dadrin und es gibt uns kein sonderlich gutes Gefühl, dass Sorgen ignoriert werden. Käme Marlene aufgrund solch einer Frechheit zu Schaden, würde ich jede einzelne Schwester verklagen, die dort saß und es nicht für nötig hielt, kurz einen Blick auf das Kind zu werfen. Wir werden Marlene nicht mehr von der Seite weichen.«

Tessas Wangen glühten.

Michelles Mutter fixierte Tessa. »Ich bin ziemlich schockiert und will die Namen Ihrer Kolleginnen haben, die nicht reagiert haben. Und ich möchte, dass die niemals die Versorgung für Michelle übernehmen«, sagte sie in scharfem Ton.

Tessa konnte das gut verstehen. »Ich entschuldige mich für meine Kolleginnen. Sie haben recht, das war nicht in Ordnung. Dr. Schröder hat diesbezüglich auch eine Ansage gemacht, es wird Konsequenzen haben. Ich werde jetzt nur im oder kurz vor dem Zimmer sein, damit so was nicht wieder vorkommt.«

»Sie können wahrscheinlich am wenigsten dafür, ich werde es dieser unverschämten Dame auch noch einmal ins Gesicht sagen«, erwiderte Michelles Mutter.

»Ich werde ihr auch noch etwas dazu erzählen«, erwiderte der Kripobeamte. »Aber jetzt wollen wir erst einmal zu Marlene.«

Das Paar und Michelles Mutter folgten Tessa auf die Station. »Ich habe Marlene gerade gelagert und etwas frisch gemacht, weil sie schwitzt. Sie hat bei der Mundpflege ein klein wenig an einem Watteträger genuckelt, was ein gutes Zeichen ist. Machen Sie sich keine Sorgen, sie ist stabil.«

Der Kommissar lächelte sanft und nahm Frau Berger in den Arm. »Das klingt doch gut.«

Tessa ging ins Zimmer, während sich die Angehörigen der beiden Mädchen die Hände desinfizierten.

Als Kommissar Schweißer und seine Frau dazukamen, hielt dieser ihre Hand.

Tessa war etwas neidisch, weil sie sich solch eine Liebe auch für sich und ihren Partner wünschte, doch ihr Mann war kalt geworden. Sie wüsste nicht einmal, ob er in so einer nervenaufreibenden Situation wie die, in der das Paar steckte, mit ihr an diesem Ort wäre. Wegen seines Verhaltens hatte sie noch kein Kind bekommen, weil sie sich nicht vorstellen konnte, dass ihr Mann sie in allem unterstützen würde.

»Schwester Tessa? Stimmt etwas nicht?«, sprach Frau Berger sie an.

»Entschuldigen Sie bitte, ich war in Gedanken. Es ist alles in Ordnung.« Tessa war es etwas unangenehm, dass sie so in Gedanken versunken gewesen war. »Haben Sie etwas gefragt?«

»Ich wollte wissen, ob wir uns Sorgen wegen des Monitors machen müssen. Bei dem Mädchen dort hat er nicht alarmiert, obwohl sie in einer Notsituation war.«

»Ich kann Ihre Sorge verstehen und habe Marlenes Vitalzeichen mit dem des Monitors verglichen. Da sind keine Auffälligkeiten. Es war wohl ein Gerätefehler, der Kollege von der Technik schaut sich den Monitor gerade an. So was passiert selten, ich habe es das erste Mal erlebt. Wir werden heute die Vitalzeichen der Patienten sicherheitshalber manuell überwachen.«

»Danke«, sagte Herr Schweißer und drückte seine Partnerin erneut an sich, deren Gesicht sich etwas entspannte. »Es wird alles wieder in Ordnung kommen.«

Frau Berger trocknete sich die Tränen. »Ich bleibe bei ihr, bis sie ganz gesund ist. Du kannst arbeiten gehen.«

»Für heute habe ich mich abgemeldet, ich setze mich zu euch und besorge später Essen.«

Die Partnerin lächelte und ein leises Seufzen entwich ihren Lippen.

Tessa ging zu Michelles Mutter, die ihrer Tochter über den Kopf streichelte. »Wir konnten die Werte schnell wieder stabilisieren, sie brauchte kurz eine Herz-Druck-Massage. Der Monitor ist ausgetauscht und ich habe noch zusätzlich ein Pulsoxymeter angeschlossen, nur um auf Nummer sicher zu gehen.«

»Danke«, antwortete die Mutter und trocknete sich die Tränen, doch die Augen füllten sich sofort mit neuen.

Tessa strich in einer beruhigenden Geste über die Schulter der Frau und lief zur Tür. »Ich bin direkt hier vorn und komme regelmäßig rein.« Dann verließ sie das Zimmer. Sie setzte sich an den Tresen und trank einen Schluck von ihrem Wasser, das leider auf dem Fensterbrett in der prallen Sonne gestanden hatte und nun warm war.

Ihre Kollegin Eva saß ebenfalls am Stützpunkt und tippte etwas in den Computer. Sie würdigte niemanden eines Blickes. Es war so eine anstrengende Person, dass Tessa immer froh war, wenn sie keinen Dienst mit ihr hatte.

»Kann ich irgendwas tun?«, fragte sie.

»Nee, du musst ja eh hierbleiben«, antwortete Eva schnippisch.

Tessa war gewillt, ihrer Kollegin gehörig die Meinung zu geigen, doch sie verkniff sich jeglichen Kommentar, um die Laune nicht zu verschlimmern. Sie hoffte, den Frühdienst schnellstmöglich herumzubekommen. Um etwas Sinnvolles zu tun, nahm sie sich ein paar Akten von entlassenen Patienten und kontrollierte, ob die Befunde bereits abgeheftet waren.

Nach einer Weile kam Herr Brieger an den Tresen. »Ich habe den Monitor nun eine halbe Stunde lang getestet, es ist alles okay. Vielleicht hat er sich einfach kurz aufgehängt, anders kann ich mir den Fehler nicht erklären. Ich habe ihn neu kalibriert. Schauen wir mal, ob noch etwas auftritt. Vielleicht nutzt ihr den erst einmal nur bei stabilen Patienten.«

Tessa war mit der Antwort nicht zufrieden, weil sie es immer noch schlimm fand, dass ein Kind deshalb fast gestorben wäre. Aber sie konnte die Tatsache, dass kein Defekt gefunden wurde, auch nicht ändern. »Okay, danke für die schnelle Überprüfung.«

»Melden Sie sich, sollte noch etwas sein.« Der Techniker lächelte freundlich und verließ die Station.

»Solche Vorfälle passieren, wenn man sich nur auf die Geräte verlässt. Was hättet ihr jungen Dinger früher gemacht?« Eva schaute Tessa abwertend an. »Ihr lernt nicht mehr vernünftig, mit dem Auge das Hautkolorit zu deuten. Selbst ein Laie hat gesehen, dass es dem Mädchen nicht gut geht.«

Tessa presste die Lippen zusammen. Das konnte und wollte sie nicht auf sich sitzen lassen. »Wenn du ein

Problem mit mir hast, ist das eine Sache. Keine Ahnung, was dich an mir stört. Vielleicht hast du Angst, ich könnte mehr Wissen haben als du. Doch dass das Mädchen reanimiert werden musste, ist deine Schuld und die der drei Kolleginnen, die mit dir hier saßen. Ich habe in Zimmer 8 gearbeitet, weil du nicht bereit warst, das Kind darin zu übernehmen. Der Onkel von Marlene hat dich angesprochen. Du hättest nach dem Mädchen sehen müssen, hast du aber nicht.«

»Du warst vorher drin und hast nach dem Kind geschaut. Wie sollte ich ahnen, dass du die Zustandsverschlechterung nicht mitbekommen hast?«

Eva hatte damit nicht ganz unrecht, denn durch den Zeitdruck und die Irritation hatte Tessa wirklich nur die Werte vom Monitor abgeschrieben. »Trotzdem hätte es nicht zu einer Reanimation kommen müssen, wenn du deinen Arsch bewegt hättest«, fauchte Tessa. »Den kannst du drauf verwetten, dass ich das genauso melden werde.« Tessa stand auf und ging zurück in das Zimmer ihrer zwei Patientinnen. Lieber suchte sie sich Arbeit, als noch eine Sekunde mit dieser unmöglichen Frau am Tresen zu sitzen.

4

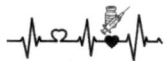

Der fünfzehnjährige Phil Grüner lag auf dem Operationstisch und starrte an die Decke. Seine Augen waren voller Panik.

»Hab keine Angst«, sagte Kiran, der selbst etwas Nervosität verspürte. Er arbeitete erst seit einigen Wochen in der Klinik als OP-Pfleger. Noch hatte er die Abläufe der Chirurgen und Anästhesisten nicht drauf.

Manche reagierten übel gelaunt, wenn nicht alles genau nach ihren Vorstellungen lief.

Kiran strengte sich an, bei der Vorbereitung des Eingriffs an alles zu denken.

»Vor der Operation habe ich keine Angst«, antwortete der Jugendliche. »Ich habe nur Sorge, dass etwas schiefgeht und ich kein Volleyball mehr spielen kann. Der Sport ist mein Leben, ich möchte unbedingt in die Liga aufsteigen.«

»Es ist kein gefährlicher Eingriff, Dr. Hart hat so eine Operation bei gebrochenen Schlüsselbeinen schon oft durchgeführt. Nach der Reha wirst du wieder ganz der Alte sein.« Kiran lächelte Phil an.

Dieser nestelte an seinen Fingern.

»Ich werde deine Handgelenke jetzt fixieren, damit du im Schlaf nicht aus Versehen an den Beatmungsschlauch oder an die OP-Wunde greifst. Dann wird der Anästhesist dir eine Maske auf Nase und Mund setzen, dadurch wirst du einschlafen«, sprach Kiran mit sanfter Stimme. Er legte die Arme des Jungen auf die dafür vorgesehenen Stützen des Operationstisches und schnallte sie mit den weichen Lederriemen fest.

Der Junge atmete immer schneller.

Kiran wollte ihn von seiner Angst ablenken. »Was hast du neben Volleyball noch für Hobbys?«

Der Junge atmete ruhiger. »Ich mag Sport allgemein sehr gern und ich treffe mich oft mit Freunden. Nächstes Jahr möchte ich den Motorradführerschein machen und mir eine 125er kaufen.« Seine Hände zitterten.

»Wow, ich habe mich nie getraut, Motorrad zu fahren. Es klingt nach einem ganz tollen Plan.«

Dr. Hart betrat den Raum. »Wie sieht es aus?«

»Wir sind bereit«, antwortete der Anästhesist Dr. Richter. »Ich leite die Narkose ein, wenn Sie bereit sind, Kollege.«

Sein Anästhesiepfleger stellte sich neben ihn, damit er bereit war, dem Arzt zuzuarbeiten.

Der Springer stellte sich etwas abseits, er würde bei Bedarf auf Anweisung noch Dinge holen oder Blut ins Labor bringen.

Dr. Hart antwortete nicht, sondern sah ins Leere, als wäre er gedanklich ganz weit weg. Seine Augen wirkten leicht glasig.

»Herr Kollege? Darf ich beginnen?«, fragte Dr. Richter erneut.

»Fangen Sie an. Sie hätten schon längst fertig sein können.« Dr. Hart ließ sich den sterilen Kittel und die Handschuhe überziehen.

Dr. Richter sah den Jungen an. »Okay, mein Lieber. Tief durchatmen. Diese Maske wird dir helfen, einzuschlafen. Zähle von zehn rückwärts, okay?«

Phil nickte, Tränen standen ihm in den Augen. »Zehn, neun, acht …« Seine Stimme wurde immer schwächer, bis sich seine Augen schlossen und sein Körper erschlaffte.

Dr. Richter intubierte den Patienten und hängte ihn an die Beatmungsmaschine. »Die Atmung ist gesichert.«

Dr. Hart desinfizierte die Operationsstelle an der Schulter. »Dann wollen wir das mal in Ordnung bringen. Das ist für mich ein Klacks. Geben Sie mir das Skalpell.«

Dr. Richter überwachte die Vitalwerte. »Er schläft tief und fest. Vitalzeichen sind stabil.«

Kiran reichte dem Arzt das Instrument. Er kannte Dr. Hart nur als ewig meckernden Chirurgen, der gern böse Schimpftiraden lostrat, wenn etwas nicht so lief, wie er es gern hätte. Kiran bemühte sich, ruhig zu bleiben und die benötigten Instrumente bereitzuhalten. *Du bist gut, der Charakter eines Menschen hat nichts mit dir zu tun.*

Mit routinierten Bewegungen zog Dr. Hart das Skalpell über die Haut und setzte einen circa zehn Zentimeter langen Schnitt über den Bruch. »Ach herrje, das sieht nicht gut aus. Er hat sich ordentlich verletzt.«

»Wird das zu Problemen führen?«, fragte Kiran, dem sofort der Wunsch des Jungen in den Sinn kam.

»Ist die Frage ernst gemeint?« Dr. Hart schaute Kiran mit hochgezogenen Augenbrauen an.

Erst wusste er nicht recht, was er antworten sollte, straffte dann jedoch die Schultern. »Natürlich, sonst hätte ich nicht gefragt. Dem Jungen ist es wichtig, dass er wieder Volleyball spielen kann.«

»Das wird er, ich bin kein Anfänger.« Dr. Hart senkte den Blick und schaute auf die OP-Wunde.

Das Selbstbewusstsein hätte ich gern, dachte sich Kiran, war aber schon stolz darauf, dass er sich gewagt hatte, die Frage zu stellen.

Dr. Richter wechselte hektisch den Blick zwischen dem Patienten und dem Überwachungsmonitor. »Irgendwas stimmt nicht. Die Vitalwerte schwanken extrem. Der Blutdruck sinkt, der Puls ist unregelmäßig und die Sättigung fällt.«

»Erhöhen Sie die Sauerstoffzufuhr«, befahl Dr. Hart, während er unbeirrt weitermachte. »Wahrscheinlich haben Sie etwas viel Propofol gespritzt.«

»Nein, die Dosis war nach dem Gewicht des Patienten ausgerechnet. Sauerstoffzufuhr ist jetzt bei einhundert Prozent, Sättigung nur bei neunundachtzig.«

Die Beatmungsmaschine alarmierte.

Kiran sah nach. »Sie zeigt an, dass kein Druck in der Lunge ankommt.«

Der Anästhesiepfleger kontrollierte die Parameter des Geräts, seine Bewegungen waren fahrig und seine Hände zitterten.

Dr. Hart stöhnte auf. »Saugen Sie ab. Ich bin für die Schulter zuständig und möchte nicht noch Ihre Arbeit übernehmen. Warum stellen sich eigentlich immer alle wie die ersten Menschen an?«

Kiran warf einen besorgten Blick auf die Bildschirme, die immer noch beunruhigende Werte zeigten.

Plötzlich schlug auf dem Monitor ein Fehlerton an, dann ein weiterer. Auch die Beatmungsmaschine alarmierte erneut.

Kirans Magen flatterte.

»Seine Herzfrequenz fällt. Er lässt sich nicht beatmen«, rief Dr. Richter. »Ist mit der Beatmungsmaschine vor der Anwendung alles in Ordnung gewesen?«

»Ich habe sie ausgerichtet und getestet, es war alles so, wie es sein muss«, erwiderte der Anästhesiepfleger. In seinem Gesicht spiegelte sich jedoch Unsicherheit.

Dr. Richter hörte mit dem Stethoskop die Lunge ab. »Das gibt es nicht, es kommt nicht ausreichend Luft an. Etwas blockiert.«

Dr. Hart fluchte leise und schüttelte den Kopf. Seine Hände zitterten und er arbeitete immer schneller. »Es ist nur eine simple Schulteroperation, wir bringen jetzt hier keinen Jugendlichen um«, maulte er. »Geben Sie mir das Adrenalin, Pfleger Kiran.«

Kiran wollte gerade aus der vorgefertigten Spritze die vorher berechnete Dosis herausnehmen, da riss Dr.

Hart ihm diese aus der Hand. »Moment, ich muss noch …«

»Bis Sie fertig sind, ist der Junge gestorben.«

»Dr. Hart!«, rief Kiran laut. »Das ist nicht die …«

Es war schon zu spät, Dr. Hart hatte die gesamte Spritze verabreicht.

»… richtige Dosis«, flüsterte Kiran geschockt. »Ich hatte es nicht fertig aufgezogen.«

Dr. Hart starrte ihn an. »Was wollen Sie damit sagen?«

»Das Sie dem Jungen eine Überdosis Adrenalin gespritzt haben.«

Dr. Hart blickte mit weitaufgerissenen Augen auf den Monitor, der weiterhin einen niedrigen Blutdruck und eine niedrige Herzfrequenz anzeigte. »Schien aber nicht genug gewesen zu sein. Der berappelt sich nicht.«

Dr. Richter hatte derweil den Beatmungsschlauch von dem Tubus abgenommen und drückte dem Jungen die Luft mit einem Beatmungsbeutel in die Lunge.

Nach einer Weile stabilisierte sich die Sättigung.

Als Kiran auf seinen Platz zurückgehen wollte, bemerkte er, wo der Fehler lag.

Dr. Hart stand auf dem Schlauch des Gerätes und blockierte somit die Luftzufuhr zum Patienten.

Kiran schwitzte, er hatte fast Panik, es dem Arzt zu sagen, aber er konnte es nicht verschweigen. »Dr. Hart, Sie stehen mit Ihrer Fußspitze auf dem Beatmungsschlauch, deshalb konnte es nicht funktionieren.«

Der Arzt sah an sich hinunter, dann zum Anästhesisten. »Warum in Herrgottsnamen liegt der Schlauch auf dem Boden?!«, brüllte er ihn an. »Der hat dort nichts zu suchen.«

»Wie können Sie nicht merken, dass Sie auf etwas draufstehen?«, rief der andere Arzt. »Verdammt, das hätte nicht passieren dürfen.«

Kiran schluckte.

Beides war richtig. Der Schlauch hatte nicht gut gelegen, denn aus sterilen Gründen hätte er den Boden nicht berühren dürfen. Dafür hätte der Anästhesiepfleger sorgen müssen. Aber auch Kiran war ratlos, warum Dr. Hart den Gegenstand unter seinem Fuß nicht bemerkt hatte.

»Wechseln Sie schnell die Schläuche«, befahl Dr. Richter dem Anästhesiepfleger. »Ich beatme ihn derweil manuell. Dr. Hart, fahren Sie mit der OP fort, damit der Junge aus dem Saal kommt.«

Der Arzt bewegte sich ein Stück zur Seite, weg von dem Schlauch, schwankte dabei aber und schien Mühe zu haben, sich aufrecht zu halten. Kiran hatte sowieso nicht ganz verstanden, warum er so weit am Kopfende gestanden hatte. Hätte er es nicht getan, wäre das mit dem Schlauch nicht passiert.

»Kollege, ist mit Ihnen alles in Ordnung? Oder sollten wir lieber abbrechen und jemand anderes rufen?«, fragte Dr. Richter. »Sie scheinen mir etwas durcheinander zu sein.«

»Quatsch, mir geht es gut. Wir bringen das jetzt fertig.« Dr. Hart schaute auf die Schulter und brachte die Bruchstücke wieder in die richtige Lage.

Plötzlich alarmierte erneut der Überwachungsmonitor. Dieses Mal zeigte er eine zu schnelle Herzfrequenz und einen viel zu hohen Blutdruck an.

Kiran versteifte sich, denn ihm fiel die Überdosierung des Adrenalins wieder ein.

Dr. Hart starrte auf die Monitore. »Du meine Güte, das ist doch nicht normal. Wenn der Blutdruck so hoch ist, blutet der mir gleich irgendwo ein. Kiran, geben Sie ihm Propranolol, um ihn zu senken. Ist er nicht ausreichend sediert und hat Schmerzen, weil er alles merkt?«

»Kollege, ich habe das Gefühl, dass Sie heute nicht in diesem Saal stehen sollten. Haben Sie schon vergessen, dass der Junge eben zu viel Adrenalin bekommen hat und der Blutdruck deshalb so hoch ist?« Dr. Richter blickte Kiran an. »Wie viel hat Dr. Hart gespritzt?«

Kiran schluckte den Kloß in seiner Kehle hinunter. Er traute sich nicht, es zu sagen, denn es war sein Fehler gewesen, dass die Spritzen noch nicht fertig aufgezogen gewesen waren. Doch Phils Zustand ließ nicht zu, dass er aus Angst etwas verheimlichte. »In der Spritze waren fünf Milligramm pures Adrenalin.«

»Fünf Milligramm?!«, plärrte Dr. Hart ihn an. »Wieso ziehen Sie so viel auf? Wir verdünnen bei Kindern ein Milligramm auf neun Milliliter Kochsalz. Sind Sie überhaupt vom Fach?«

»Ich bereite mir Adrenalin am Morgen pur in einer Spritze vor, damit ich es immer parat habe«, erwiderte Kiran hektisch. »Weil ich oft wenig Zeit habe, wenn ein Notfall eintritt, und in der Eile die Ampullen nicht aufbekomme, packe ich gleich fünf Ampullen für den ganzen Tag in die Spritze und lagere sie zwischen den OPs im Kühlschrank.«

»Das ist ein Kind!«, schrie nun Dr. Richter. »Dem gibt man keine pure Dosis, da verabreichen wir die Menge nach Gewicht verdünnt.«

»Das weiß ich. Ich wollte es ja noch auf Kochsalz aufziehen, doch Dr. Hart hat mir einfach die Spritze aus der Hand genommen und mir nicht zugehört.«

»Man macht die Medikamente vorher fertig. Ich bin davon ausgegangen, dass in der Spritze ein Milligramm Adrenalin mit fünf Millilitern Kochsalz verdünnt, also auf die fünfzig Kilo Gewicht des Jungen ausgerechnet war«, schimpfte Dr. Hart. »Scheiße, Mann, was für Idioten arbeiten heute hier?«

Das könnte Kiran auch den Doktor fragen, der schon seit dem Eintreten in den Operationssaal neben der Spur wirkte. »Sie hätten mir zuhören müssen.«

»Wagen Sie es nicht, mich dafür verantwortlich zu machen. Es ist ein Klinikstandard und an den haben Sie sich zu halten.«

»Hören Sie beide auf zu streiten und sehen Sie zu, dass Sie die Schulter fertig bekommen. Wir können nur hoffen, dass der Junge keine Schäden davonträgt«, sagte Dr. Richter und schüttelte den Kopf.

Schweigen breitete sich im Raum aus.

Dr. Hart legte die Metallplatte zwischen die beiden Bruchenden, um diese zu stabilisieren. Dann drehte er die sechs Schrauben hinein.

Dr. Richter versuchte über den gesamten Zeitraum, die Werte des Jugendlichen zu stabilisieren.

Das Medikament zur Senkung des Blutdrucks schien nach einer Viertelstunde etwas zu helfen, trotzdem war dieser weiterhin sehr hoch.

Nachdem Dr. Hart die Schulter geschlossen hatte, betrachtete er den Jungen. »Wir lassen ihn noch ein bis zwei Tage im künstlichen Koma, bis er sich stabilisiert hat. Er geht zur Überwachung auf die Kinderintensiv. Pfleger Kiran, rufen Sie auf der Station an und geben Sie Bescheid, dass wir ein Bett benötigen. Das Personal soll die Nieren kontrollieren, regelmäßige Blutgasanalysen und morgen ein MRT machen, um zu prüfen, ob es zu Blutungen im Hirn kam.«

»Ich kümmere mich darum.«

Dr. Hart ging zur Tür und zog seine Handschuhe aus. Dann drehte er sich noch einmal um. »Was hier heute abgelaufen ist, bleibt im Saal. Niemand in dem Raum hat eine Glanzleistung gezeigt, das könnte uns alle die Jobs kosten. Sind wir uns einig, dass es Komplikationen bei der Narkose gab und er deshalb möglicherweise Folgeschäden haben kann?«

Dr. Richter starrte seinen Kollegen an, nickte aber nach einer Weile.

Auch der Anästhesiepfleger und der Springer bejahten.

»Wie bitte?«, fragte Kiran. »Das ist nicht Ihr Ernst. Wir müssen die Wahrheit sagen.«

Dr. Hart starrte Kiran mit hochgezogenen Augenbrauen an. »Sie wollen zugeben, nicht nach Hausstandard das Adrenalin aufgezogen zu haben, was dazu führte, dass dem Kind Schaden zugeführt wurde? Ich denke, Sie haben den schlimmsten Fehler gemacht.«

»Wir können das in Ruhe der Klinikleitung und den Eltern erklären, aber doch nicht einfach verschweigen.« Kiran hatte ein viel zu schlechtes Gewissen, um zu verheimlichen, was in dem Saal vorgefallen war.

»Sie halten Ihren Mund, ansonsten erzähle ich meine Version und bei der kommen Sie nicht gut weg. Wem werden die wohl mehr glauben? Einem erfahrenen Oberarzt mit brillanten Operationskenntnissen oder einem seit ein paar Monaten hier arbeitenden Pfleger, der noch grün hinter den Ohren ist?«

Kirans Kinn zitterte. Er schaute zu den Anwesenden, die alle zu Boden blickten.

Niemand kam ihm zu Hilfe.

»Dr. Richter, Sie wollen doch nicht zulassen, dass wir den Vorfall vertuschen und mit dieser Schuld leben müssen. Ich bin nicht der Hauptverantwortliche für dieses Desaster. Das Adrenalin wäre nicht nötig gewesen, wenn Dr. Hart nicht auf dem Schlauch gestanden hätte. Sie haben auch keinen Fehler gemacht.«

Der Anästhesist räusperte sich. Schaute Dr. Hart an, dann Kiran. »Sie haben wirklich Mist gebaut. Deshalb rate ich Ihnen, das zu tun, was Dr. Hart sagt.«

Kiran verspürte eine unbändige Wut in seinem Bauch. »Ist das Ihr Ernst, nur weil Dr. Hart seinen Arsch retten will? Ich werde mich nicht von ihm einschüchtern lassen.«

»Zügeln Sie Ihre spitze Zunge«, ermahnte Dr. Richter ihn laut. »Sie sind hier nicht der Chef. Es war ein Unglück, fertig. Der Junge wird schon wieder. Schließen wir damit ab.«

Dr. Hart verließ den OP.

Kiran eilte hinterher, weil er nicht auf sich sitzen lassen wollte, als Schuldiger für den Zustand des Jungen aus der Geschichte zu gehen. »Warten Sie.«

Der Arzt wankte über den Flur und drehte sich um. »Was wollen Sie noch?«

Kiran trat nah an ihn heran und plötzlich wehte ihm eine Fahne entgegen. Er hatte das im OP durch die Schutzmaske nicht riechen können. »Du meine Güte, Sie haben Alkohol getrunken.«

Dr. Hart funkelte ihn an. Er kam nah an sein Gesicht heran, sodass Kiran fast würgen musste. »Unterstehen Sie sich, solche Behauptungen aufzustellen, Sie Wicht. Legen Sie sich nicht mit mir an. Gegen mich können Sie nicht gewinnen. Sie werden nie wieder Fuß in einem Krankenhaus fassen, wenn jemand davon erfährt, was Sie heute getan haben.« Dann wandte er sich ab und ging.

Kiran stand wie erstarrt auf dem Flur und blickte dem Arzt hinterher. Er war sich sicher, dass die Worte keine leere Drohung gewesen waren. Seine Freundin war schwanger und sie hatten eh schon kaum Geld. Er konnte es sich nicht leisten, seinen Job zu verlieren. Doch den Vorfall zu verschweigen, fühlte sich schrecklich an.

5

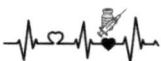

Er lief mit Bauchkribbeln an dem Sauerstofftank vorbei. Mit den Fingern strich er über die Leitungen, die das gesamte Krankenhaus mit dem lebenswichtigen Gas versorgten. Nur eine einzige Drehung und er würde die gesamte Zufuhr für die Stationen kappen.

Er malte sich die Panik aus, die beim Personal aufkommen würde, wenn diesem die Leben von Menschen aus den Händen glitten.

Es würde Hektik ausbrechen, Menschenleben würden in Gefahr kommen und das Krankenhaus würde in Erklärungsnot geraten. Menschen würden sich fragen, ob es gut war, sich in dieser Klinik behandeln zu lassen.

Die Welt musste wissen, dass dieses Krankenhaus kein sicherer Ort war und niemand dem Personal blind vertrauen durfte. Dafür würde er sorgen.

Sein erster Eingriff war ein voller Erfolg gewesen. Der Trubel auf der Kinderintensivstation war sogar richtig gefährlich geworden. Er hat die fragenden und besorgten Gesichter der Ärzte und Krankenschwestern genossen.

Gut, dass er in seiner Stellung überall sein konnte, nur leider nicht zeitgleich.

Und das war erst der Anfang gewesen.

Sie würden nach einem Schuldigen suchen, doch niemand würde auf ihn kommen.

Erneut strich er über die kalten, rostbraunen Leitungen, der Hauptzufuhr des Sauerstoffs. Er lächelte zufrieden.

Dieses Mal würden nicht nur Schweißperlen vor Irritation auf der Stirn stehen, dieses Mal würden sie sich in die Hose machen, weil sie vor einem großen Problem standen.

Besonders spaßig würde es im OP und auf den Intensivstationen werden, wenn die schwerkranken Patienten nicht mehr mit Sauerstoff versorgt werden konnten.

Er würde wieder da sein, um zu beobachten, wie viele der Mitarbeiter versagen würden.

Natürlich war es ihm nicht egal, dass womöglich Patienten starben, doch er brauchte sie, um der Welt zu zeigen, wie viele Stümper in diesem Krankenhaus arbeiteten. Er freute sich, dass die Lokalzeitung bereits einen Artikel über den Tod eines Mannes in diesem Haus online gestellt hatte. Die Patienten, die das Leid nun ertragen mussten, waren seine Helden. Sie unterstützten ihn. Er hoffte, dass der eine oder andere Arzt doch in der Lage war, nicht alles falsch zu machen und Leben zu retten.

Grinsend legte er die Hand auf das Ventilrad der Zentralleitung.

Das leichte Brummen der Geräte war eine Wohltat in seinen Ohren. Es beruhigte seinen schnellen Herzschlag.

Er schloss die Augen und ließ die Kälte des Raumes auf sich wirken. Stellte sich die Stationen vor, die er mittlerweile in- und auswendig kannte. Stellte sich vor, wie gleich die Überwachungsmonitore losgehen würden. Es war ein unglaubliches Gefühl, die Macht über alles zu übernehmen.

Zufrieden lächelnd drehte er den Hahn zu. *Acht, sieben, sechs, fünf, vier, drei, zwei, eins,* zählte er in Gedanken herunter.

Stark sauerstoffabhängige Patienten würden nun bereits um ihr Leben kämpfen.

Er hörte die schrillen Alarme der Überwachungsmonitore in seinen Gedanken, die sich nach und nach ausbreiten würden.

Langsam lief er aus dem Raum, trat hinaus und schlenderte entspannt den Flur zum Fahrstuhl entlang. Er stieg hinein und drückte den Knopf für die erste Etage. *Mal schauen, wo ich als Erstes mein Werk beobachten werde.* Schließlich bin ich bereit, überall zu helfen. Er war gespannt darauf, wie lange die Techniker der Klinik brauchen würden, um den Fehler zu entdecken.

Während er den Flur zu den Stationen entlangging, spürte er die Hektik und Panik. Er genoss sie in vollen Zügen. »Das war erst der Anfang«, flüsterte er noch einmal.

6

»Ich habe tierische Kopfschmerzen«, sagte Kim und rieb sich die Augen.

»Du bist total erschöpft, vielleicht fährst du nach Hause und ruhst dich ein paar Stunden aus. Ich bleibe so lange bei Marlene.«

Kim schüttelte hastig den Kopf. »Ich gehe hier nicht weg.«

»Marlene schläft sowieso noch bis morgen. Wenn etwas ist, rufe ich dich sofort an.« Marcel nahm Kims Hand.

Ihr Gesicht war so blass, dass es gruselig aussah. Sie hatte kaum etwas gegessen und sich nicht ausgeruht, ihr Körper würde das auf Dauer nicht durchhalten. »Ich bleibe«, sagte sie trotzdem streng.

»Sie können sich gern zu Marlene ins Bett legen«, sagte Schwester Tessa, die sich die überwiegende Zeit im Zimmer aufhielt. »Ich lagere sie jetzt seitlich um, dann haben Sie Platz. Es wird sicher kein erholsamer Schlaf, aber Sie können sich ein wenig ausruhen und Marlene spürt, dass Sie da sind.«

»Ist das wirklich okay?«, fragte Marcel.

»Ja, in solchen Fällen schon. Mich stört es nicht, wenn eine Mutter mit im Bett liegt, aber nicht alle Kollegen erlauben das. Es ist immer eine individuelle Entscheidung. Ich versorge Marlene schnell, lagere sie und muss danach erst einmal nur zur Überwachung an sie heran.«

»Das ist wirklich sehr lieb von Ihnen. Ich bin die Schwester«, sagte Kim.

»Entschuldigung. Es ist ungewöhnlich, wenn nicht die Eltern hier sind.«

»Schon gut.« Kim lächelte. »Es klingt für Außenstehende immer etwas seltsam, dass der Onkel die Schwester eines Kindes liebt und sie es gemeinsam großziehen.«

»Nein, eigentlich nicht. Vermutlich haben Sie der Kleinen erzählt, dass Herr Schweißer ihr Onkel ist, weil er mit Ihnen liiert ist. Das ist ja völlig okay.«

Marcel lachte auf. »Glauben Sie, es ist viel komplizierter. Ich bin wirklich ihr Onkel. Marlene ist die Tochter meiner Schwester.«

Die Krankenschwester runzelte die Stirn, man sah ihr regelrecht an, dass es in ihrem Kopf ratterte.

»Ja, und mein Vater ist der leibliche von Marlene. Marcel und ich wussten das bis nach Marlenes Geburt nicht, ich kannte meinen Vater nicht.«

Schwester Tessa schmunzelte. »Witzig, wie manchmal das Leben läuft.«

Marcels Handy vibrierte. Schnell griff er zur Tasche. »Bitte entschuldigen Sie, ich habe ganz vergessen, es auszuschalten.« Er schaute schnell auf das Display, ob es jemand Wichtiges war, und sah, dass es eine Benachrichtigung von seinem Abonnement der Koblenzer Lokalzeitung war. Schnell überflog er die Überschrift.

Gefährliche Zustände im Stadtklinikum Koblenz.

»Was ist das denn?«, fragte er, sprach damit aber niemanden Bestimmtes an. Er öffnete den Bericht der Online-Zeitung.

»Ist etwas passiert?«, fragte Kim.

Marcel antwortete nicht, weil er schon las.

Am heutigen Morgen soll sich im Stadtklinikum ein Vorfall auf einer Intensivstation ereignet haben, der einem Menschen das Leben gekostet hat. Ein anonymer Gast der Klinik hat sich an unsere Redaktion gewandt und von dem Vorfall berichtet.

Es soll einen technischen Defekt an dem Überwachungsmonitor gegeben haben, weshalb die Überprüfung des Herz-Kreislauf-Systems nicht korrekt ausgeführt werden konnte. Das Personal hat somit offenbar nicht mitbekommen, dass der 44-jährige Mann aus dem Westerwaldkreis in einer Notlage war. Als der Fehler entdeckt wurde, wurden sofort Reanimationsmaßnahmen eingeleitet, doch der Patient konnte nicht gerettet werden.

»Ich glaube, dass der Vorfall mit dem Monitor bei Michelle vorhin nicht der einzige war«, sagte Marcel und zeigte Schwester Tessa sein Smartphone. »In der Zeitung steht, dass hier im Haus ein Mann gestorben ist.«

Sie las sich den Bericht durch. »Du meine Güte, das ist ja grausam.«

»Das gibt sicher eine deftige Anklage für das Haus«, sagte Michelles Mutter. »Ich werde mir auch überlegen, Anzeige zu erstatten. Meiner Tochter geht es nun viel schlechter. So etwas darf einfach nicht passieren.«

Die Krankenschwester nickte. Ihre Kiefermuskeln zuckten leicht und die Lippen waren zusammengepresst.

»Sie können ja nichts dafür«, sagte Marcel in der Absicht, sie zu beruhigen. »Solche technischen Defekte sind leider nicht zu vermeiden, auch wenn das schrecklich ist. Die Klinikleitung ist dann in der Pflicht zu prüfen, ob die Wartung dieser Geräte ordnungsgemäß durchgeführt wurde. Sollte dies nicht der Fall sein, gäbe es erst einen Schuldigen für diesen bedauerlichen Vorfall.«

»Ja, trotzdem ist das traurig, weil ein Mensch gestorben ist. Und gut ist so ein Artikel für die Klinik auch nicht.« Schwester Tessa kam zu Marlene ans Bett. »Aber nun konzentrieren wir uns auf die kleine Kämpferin, damit ihre Mu… Schwester etwas Ruhe bekommt.« Sie kontrollierte den Blasenkatheter, hörte die Lunge ab, maß die Vitalzeichen und lagerte Marlene seitlich. »Sie können sich dazulegen. Passen Sie auf, dass Sie nicht an die Schläuche kommen.« Die Krankenschwester stopfte eine Decke zwischen Kim und Marlene, nachdem beide platziert waren. »Nur zur Sicherheit.«

»Vielen Dank, Schwester Tessa. Sie machen Ihre Arbeit sehr gut.« Marcel war glücklich, dass er sich nicht mit der mies gelaunten Kollegin herumschlagen musste.

»Nichts zu danken. Ich möchte, dass Sie sich wohlfühlen. Es ist sowieso schon eine schwere Situation für

Sie.« Die Krankenschwester schrieb etwas in Marlenes Akte.

Kim blinzelte und lächelte Marcel an. »Ich bin so müde, ich werde gleich ein Nickerchen machen. Du musst mir nicht beim Schlafen zusehen. Geh ruhig Karl besuchen, wenn du willst. Er freut sich bestimmt, jemanden zu sehen.«

»Mache ich. Für später bringe ich dir etwas zu essen mit.«

Kim nickte und schloss die Augen.

Marcel sah ihr noch einen Augenblick zu und wartete, bis sich ihr Brustkorb ruhig hob. Dann stand er auf. Er sah zu der Krankenschwester. »Melden Sie sich, wenn etwas sein sollte?«

»Ja. Ich habe Ihre Handynummer in der Akte notiert. Machen Sie sich keine Sorgen.«

»Vielen Dank.« Marcel ging zur Tür. Gerade als er sie öffnete, alarmierte einer der Überwachungsmonitore. Erschrocken sah er sich um.

Schwester Tessa eilte an Michelles Bett. Hektisch kontrollierte sie alles.

Kurze Zeit später alarmierte auch Marlenes Monitor.

Kim stand sofort wieder auf.

Es war noch nicht der kritische Alarm, sonst wäre Marcels Herz in die Hose gerutscht. Es war nur der Ton, der anzeigte, dass ein Wert anfing, sich zu verschlechtern.

Trotzdem ging er zum Bett zurück. »Was ist los?«, fragte er und beobachtete die blaue Zahl auf dem Monitor, die bei neunundachtzig blinkte. Er glaubte, sich zu erinnern, dass die Zahl über fünfundneunzig sein sollte, so hatte es der Arzt bei der Einlieferung erklärt.

Schwester Tessa drehte einen Knopf an Michelles Beatmungsmaschine und den gleichen anschließend auch bei Marlene am Gerät. »Die Sättigung fällt ab. Sie bekommen beide gerade zu wenig Sauerstoff.« Dann beobachtete sie aus der Mitte des Zimmers abwechselnd die Monitore und die Mädchen.

»Stimmen die Werte denn oder ist wieder etwas mit den Monitoren?«, fragte Marcel skeptisch. Seine Hände zitterten und er ließ seinen Blick nicht von Marlene.

Mit offenstehendem Mund schaute Schwester Tessa weiter auf die Bildschirme. »Es scheint zu stimmen. Ich habe extra einen Kontrollmonitor bei Michelle angeschlossen. Der zeigt dieselben Werte wie das andere Gerät an diesem Bettplatz.« Sie drehte bei dem Kind erneut an einem Knopf. Ihre Augen huschten hektisch zwischen den beiden Beatmungsgeräten hin und her.

Die blaue Zahl an Michelles Monitor sank immer weiter und stand bereits bei fünfundsiebzig.

Gott sei Dank verschlechterten sich die Werte bei Marlene langsamer, doch auch da schien die Einstellung an der Beatmungsmaschine nichts zu bringen.

»Verdammt, was soll der Mist?«, fluchte Schwester Tessa. »Ich krieg die beiden nicht gesättigt.« Sie hörte erst Michelles Lunge mit dem Stethoskop ab, danach Marlenes. Ihre Hände zitterten. Sie griff am Bettplatz des anderen Mädchens zum Beatmungsbeutel, drehte an der Wandleiste etwas auf.

Es sah aus wie ein Manometer, wahrscheinlich wurde darüber die Versorgung mit dem Sauerstoff gewährleistet.

Sie setzte den Beutel auf den Schlauch des Mädchens und pumpte, doch auch dadurch stieg die blaue Zahl nicht an.

Beide Monitore alarmierten weiter.

Marcel betrachtete mit großer Sorge den Wert auf Marlenes Monitor, der auf fünfundachtzig gesunken war. Eine Hitzewelle raste durch ihn. Seine Hände wollten nach dem Beatmungsschlauch greifen. Aber er hatte keine Ahnung von diesen medizinischen Sachen. »Was kann ich tun, Schwester Tessa?«

Statt ihm eine Antwort zu geben, blickte sie weiter auf die Monitore.

Kim verharrte wie erstarrt in der Ecke und hielt sich die Hand vor den Mund.

Es fühlte sich schrecklich für Marcel an, so hilflos danebenzustehen. »Soll ich den Arzt rufen?«, fragte er.

Im Flur vor dem Zimmer eilte Personal herum. Die Alarme von der Zentralüberwachung am Tresen drangen bis in das Zimmer.

»Ich brauche dringend Hilfe«, schrie Tessa schließlich selbst hinaus. Sie sah Marcel an. »Gleich kommt jemand. Marlenes Sättigung ist zwar nicht gut, aber noch vertretbar. Das merken Sie am Alarm, der bei Michelle deutlich schriller und intensiver als bei Ihrer Nichte ist. Deshalb bin ich erst einmal bei Michelle am Bett.«

Eine Schwester eilte ins Zimmer. »Was brauchst du?«

»Dr. Schröder. Meine beiden Patientinnen sättigen nicht mehr, ich habe den Sauerstoff bereits bei einhundert

Prozent, trotzdem fällt die Sättigung weiter ab. Selbst das Beuteln nützt nichts.«

»Das gibt es nicht. Wir haben das gleiche Problem vorne bei den anderen sauerstoffpflichtigen Patienten, Dr. Schröder kommt da nicht weg. Ich bringe dir eine Transportsauerstoffflasche und rufe einen Arzt von den peripheren Stationen.« Die Krankenschwester eilte davon.

»Was bedeutet das?«, fragte Marcel, der besorgt seine Nichte ansah, weil er Angst hatte, dass sich ihr Zustand noch weiter verschlechterte. »Schon wieder ein technisches Problem?«

»Offenbar stimmt etwas mit der Sauerstoffzufuhr nicht, es sind alle Kinder, die Bedarf haben, betroffen. Meine Kollegin bringt jetzt Sauerstoff, der nicht an der zentralen Sauerstoffversorgung angeschlossen ist.«

»Das ist ein Albtraum, ich habe Angst«, sagte Kim mit brüchiger Stimme.

Marcel nahm ihre Hand. »Ganz ruhig, das Problem ist gleich gelöst.« Er würde gern sagen, dass das Personal wusste, wie man mit solchen Krisen umging. Aber sein Bauchgefühl und die Hektik der Krankenschwestern zeigten ihm etwas anderes.

Etwas stimmte ganz und gar nicht.

Die Schwester kam zurück und schaute ihre Kollegin Tessa bedauernd an. »Wir haben nur noch eine Flasche mit zehn Litern. Die musst du abwechselnd bei deinen Patientinnen anhängen.«

Schwester Tessa riss die Augen auf. »Damit komme ich höchstens drei Stunden aus bei dem derzeitigen

Sauerstoffbedarf der beiden. Ich brauche mehr.«

»Ich rufe jetzt auf allen Stationen an, ob sie noch Flaschen übrig haben. Sobald ich etwas erhalte, bringe ich es dir. Ich mache für euch den Springer. Lass die Tür weit offen stehen, damit du rufen kannst, wenn du Hilfe brauchst.«

Schwester Tessa bedankte sich und schaute wieder hektisch auf die Monitore.

»Wie wollen Sie entscheiden, welches der beiden Kinder mit Sauerstoff versorgt wird und welches nicht?«, fragte Kim. Sie verfiel in einen heftigen Weinkrampf. »Schatz, wir müssen sie in ein anderes Krankenhaus schaffen, sie ist hier nicht gut aufgehoben.«

Marcel wusste, nicht, was er darauf antworten sollte. Ihm war allerdings klar, dass eine Verlegung in diesem Moment so schnell nicht umgesetzt werden konnte. Er hatte sich noch nie in seinem Leben so dermaßen hilflos wie in diesem Moment gefühlt. Sein Magen flatterte, sein Kopf war wie mit Nebel gefüllt. Seine Sicht verschwamm zunehmend, weil Tränen der Angst in seinen Augen standen. Er schaute Schwester Tessa an, die einen Schlauch an die Flasche anschloss. »Bitte lassen Sie unser Mädchen nicht ersticken. Sagen Sie, was wir tun können.«

7

Mit zittrigen Händen fummelte Tessa den Schlauch an den Adapter der Sauerstoffflasche und verband diesen mit dem Beatmungsbeutel. *In Hektik zu verfallen, ist das Schlimmste, was du machen kannst. Bleib ruhig. Das Sauerstoffproblem ist sicher gleich behoben.* Sie hoffte inständig, dass Larissa eine weitere Sauerstofftransportflasche auffinden konnte.

Die Fragen der beiden Angehörigen machten sie völlig nervös. Tessa konnte verstehen, dass sie Antworten darauf haben wollten, was als Nächstes passieren würde. Doch sie wusste selbst nicht, was sie tun sollte. In solch einer Situation war sie noch nie gewesen. Wie konnte sie entscheiden, welches Kind das Recht auf Sauerstoff hatte?

»Warum geschehen heute solche merkwürdigen Sachen?«, fragte Michelles Mutter, deren Blick hastig vom Monitor zu ihrer Tochter und zurück wechselte. »Michelle wird diesen Morgen ständig Opfer von irgendwelchen nicht funktionierenden Dingen.«

»Es tut mir wirklich leid. Ich weiß nicht, woran das liegt«, erwiderte Tessa. Der Schweiß stand ihr auf der Stirn. Ihre Konzentration wurde durch das ständige Klingeln der Monitoralarme immer wieder unterbrochen.

Die Signale schrillten über den ganzen Flur.

Für eine Sekunde schloss sie die Augen, holte tief Luft und pumpte mit dem Beatmungsbeutel weiter Luft in Michelles Lungen.

Ihre Sättigung lag mittlerweile etwas höher.

»Schwester Tessa, tun Sie endlich etwas, damit sich Marlenes Zustand nicht noch weiter verschlechtert«, forderte Herr Schweißer sie auf.

Sie schaute sich die Werte des Mädchens an, die noch nicht so schlecht wie Michelles waren, sich jedoch weiter verschlimmerten. »Ich werde Michelle so lange Sauerstoff geben, bis ihre Sättigung stabiler ist, und dann mit einem neuen Schlauch Marlene welchen verabreichen. Es tut mir leid, das ist nicht optimal, vor allem nicht sonderlich steril. Aber solange ich keine zweite Flasche bekomme, muss ich abwechselnd arbeiten.«

»Warum fangen Sie nicht bei meiner Schwester an?«, fragte Frau Berger mit brüchiger Stimme.

»Weil Marlene bei zweiundachtzig Prozent sättigt. Ihre Lunge scheint noch gut allein zu kompensieren. Michelle ist schlimmer dran, sie hatte vorhin schon zu viel Sauerstoffmangel. Sobald sie bei neunzig Prozent ist, gebe ich Marlene etwas. Ich muss mich so entscheiden, auch wenn Sie das nicht verstehen können.«

»Wie lange geht das gut?«, fragte der Kommissar.

Tessa senkte den Blick. Sie konnte diesen Albtraum kaum fassen. Sie räusperte sich, damit sie vor der Familie einen souveränen Eindruck machte. »Das lässt sich schwer beantworten, weil es darauf ankommt, wie viel Sauerstoff pro Minute benötigt wird. Ich versuche, beide Mädchen mit so geringem Volumen wie möglich zu versorgen, und werde sie knapp auf neunzig Prozent sättigen, gerade so, dass es reicht.«

»Sind neunzig Prozent nicht eigentlich zu wenig?«, hakte der Onkel der Kleinen nach.

»Wir möchten normalerweise, dass die beatmeten Patienten bei mindestens fünfundneunzig Prozent liegen, damit der Körper mit genügend Sauerstoff versorgt wird, aber jetzt ist mein Ziel, dass sie wenigstens bei neunzig liegen, dann müssen wir von keiner Gefahr ausgehen.«

»Von welcher Gefahr sprechen Sie?«, fragte Frau Berger. »Was passiert mit Marlene, wenn sie noch länger nicht genug Sauerstoff bekommt?«

Tessa war sich sicher, dass sich Frau Berger die Frage selbst beantworten konnte. Aber sie wusste aus Erfahrung, dass Angehörige in solchen Extremsituationen nicht rational denken konnten. Sie wollte der Frau auch nicht noch mehr Angst bereiten. »Vielleicht sollten wir jetzt nicht über solche Szenarien reden, das macht Ihnen nur noch mehr Sorgen«, sagte sie deshalb.

»Bitte antworten Sie mir.« Die Frau schluchzte. »Ich möchte die Wahrheit hören.«

Der Kommissar nahm sie in die Arme.

Tessa war es gewohnt, dass Angehörige so reagierten und sie mit Fragen bombardierten. Das verstand sie auch. Aber es war schwer sich gleichzeitig auf die Patienten und die Angehörigen zu konzentrieren. *Warum muss solch eine gefährliche Situation ausgerechnet bei dem Kriminalbeamten passieren?* Tessa schluckte, entschied aber, die Wahrheit zu sagen, denn es war das gute Recht der Angehörigen, diese zu erfahren. »Wenn der Organismus für längere Zeit zu wenig Sauerstoff bekommt, können Zellen in Organen absterben, besonders in der Lunge und im Gehirn. Die Schäden sind umso größer, je niedriger die Sättigung ist. Marlene hält sich recht stabil im achtziger Bereich, was mich nicht so sehr besorgt wie Michelles Werte. Das bedeutet aber nicht, dass mir Marlene weniger wichtig ist. Ich verspreche Ihnen, alles zu tun, was mir an Möglichkeiten gegeben sind. Bestimmt sind die Techniker bereits dran, das Problem zu lösen.«

Frau Berger presste die Lippen zusammen und sah ihre Schwester mit weiten Augen an.

Natürlich hatte Tessa nicht geschafft, sie zu beruhigen, weil sie selbst so nervös war. Michelles Mutter, die am Bett umherlief und dabei bitterlich weinte, war da nicht sonderlich förderlich. Tessa würde aber nichts dazu sagen, denn an der Stelle der Angehörigen würde sie nicht anders reagieren.

Larissa kam ins Zimmer. »Alles okay?«

Tessa hätte bei der Ironie, es könnte irgendetwas in Ordnung sein, fast losgelacht. »Nicht so ganz. Hast du noch eine Flasche besorgen können?«

»Tut mir leid, die Stationen brauchen ihre Transportflaschen selbst, denn das Sauerstoffproblem ist im ganzen Haus aufgetreten. Die Techniker sind dran.«

»Das ist doch ein böser Traum, oder?«, sagte Tessa und es war ihr dabei egal, ob sie für die Angehörigen professionell wirkte oder nicht.

»Ja, es ist ein Tag zum Weglaufen«, erwiderte Larissa. »Ich geh nach vorn, die reanimieren gerade ein Frühchen. Schrei laut, wenn etwas ist.«

»Kann ich irgendwo helfen?«, plärrte eine Männerstimme über den Flur.

Larissa sprang aus der Tür. »Ja, hier.«

Ein Pfleger eilte in das Zimmer. Er hatte eine kleine Sauerstoffflasche in der Hand. »Was kann ich tun?«

»Dich schickt der Himmel«, sagte Larissa. »Ich muss vorne helfen, aber Tessa braucht auch Unterstützung.« Sie rannte davon.

»Alles klar«, antwortete der Mann. Er kam auf Tessa zu. »Wir kennen uns noch nicht, oder? Bist du neu?«

»Ja, ich arbeite erst seit einigen Monaten hier. Ich bin Tessa. In diesem Zimmer habe ich zwei Patientinnen mit Sauerstoffbedarf, aber nur eine Transportflasche. Die brauche ich gerade für Michelle, die instabiler ist. Im Nachbarbett liegt Marlene, die an einer Sepsis erkrankt ist. Sie braucht auch dringend Sauerstoff.«

Der Pfleger lächelte. »Ich kümmere mich darum.« Er ging zu Marlene. »Das haben wir gleich«, sagte er in ruhigem Ton. Er schaute zu den Angehörigen. »Ich bin Pfleger Kiran und im gesamten Haus als Springer tätig.

Das heißt, ich helfe dort, wo ich gebraucht werde. Ich gebe der kleinen Maus jetzt etwas Sauerstoff, dann wird sich ihre Sättigung schnell bessern.« Mit routinierten Bewegungen schloss er den Schlauch an, den Tessa bereitgelegt hatte. Anschließend drehte er den Sauerstoff am Beatmungsgerät auf und beobachtete den Monitor. »Wunderbar, die Sättigung steigt.«

Tessa holte tief Luft, gefühlt fielen ihr eine Menge Steine vom Herzen. »Tausend Dank.«

»Nicht dafür. Ich habe nur noch fünf Liter, das Problem sollte also schnell gelöst werden.«

»Wem sagst du das? Das ist heute bereits der zweite Vorfall. Vorhin hat dieser Überwachungsmonitor stabile Werte angezeigt, während das Mädchen kaum noch eine Herzfrequenz und keine Atmung hatte.«

»Das Gleiche ist auf der internistischen und auf der chirurgischen Intensivstation passiert. Darüber wurde ja bereits in der Lokalpresse berichtet, weil sogar jemand gestorben ist. Wirft nicht gerade ein gutes Licht auf Frau Werner und ihre Krankenhauspolitik, oder?« Kiran schmunzelte, was Tessa etwas irritierte, denn es wirkte ein wenig schadenfroh.

»Kommt es denn oft zu solchen Vorfällen?«, mischte sich der Kommissar in das Gespräch ein.

Kiran lächelte freundlich. Seine Ruhe in einer gefährlichen Situation war fast gespenstisch. Entweder war er ein Vollprofi oder aber abgebrüht. »Nein, Gott sei Dank nicht, sonst hätten wir echt ein Problem.«

»Sie sprachen gerade von der Krankenhauspolitik.

Was haben Sie gemeint?« Der Kommissar schaute Kiran abwartend an.

»Dass solche Ereignisse sicher nicht passieren würden, wenn zum Beispiel Wartungen und die Einarbeitung der Mitarbeiter ernster genommen werden. Eventuell würden dann nicht solche gravierenden Fehler passieren«, antwortete Kiran frei heraus, als würde er sich mit einem Freund unterhalten.

Tessa gefiel die Richtung nicht, denn dem Pfleger war offenbar nicht klar, mit wem er sprach. Außerdem war es höchst unprofessionell, solche Vorwürfe gegenüber Patienten zu äußern.

»Sie denken also, dass diese Vorkommnisse mit den Überwachungsmonitoren und der Sauerstoffversorgung auf menschliches Versagen zurückzuführen sind?«, hakte der Kriminalbeamte nach.

Tessa räusperte sich. »Herr Schweißer ist Kriminalkommissar.« Zwar war es komisch, die Information so in den Raum zu stellen, aber sie wollte nicht, dass Kiran noch mehr sagte, was sowohl dem Krankenhaus als auch dem Vertrauen der Angehörigen schaden konnte.

Kiran schaute für den Bruchteil einer Sekunde verdutzt, lächelte dann jedoch freundlich weiter. »Meiner Meinung nach könnte das schon die Ursache sein.«

»Das wäre ungeheuerlich und etwas, dass unbedingt untersucht werden sollte«, sagte der Kommissar. »Immerhin sind Menschenleben in Gefahr.«

Kiran zuckte, noch immer lächelnd, mit den Schultern. »Klingt nach einem schlechten Krimi, vielleicht lese ich zu viele davon. Klar kann das mit den Monitoren am Netzwerk gelegen haben. Aber warum waren dann nur vereinzelt Geräte auf den drei Stationen betroffen? Und sollte ein Fehler an den Sauerstofftanks vorliegen, hat wohl einer unserer Techniker geschlafen. Die Tanks zeigen immer an, wenn etwas nicht stimmt. Es gibt Störalarme.«

Der Kommissar schaute seine Nichte an. Er war kreidebleich geworden. »Kennen Sie sich mit der Technik dieser Geräte so gut aus, dass Sie solche Behauptungen aufstellen können?«

»Ja, ich war mal in der Technik eingesetzt und habe viele IT-Kurse besucht. Dadurch weiß ich, wie das System und die Geräte funktionieren. Doch es sind alles nur Spekulationen. Wir werden sehen, was die Techniker sagen, woran das Sauerstoffproblem gelegen hat.«

Tessa konnte regelrecht in den Gedanken des Kommissars lesen, dass er es nicht für sicher hielt, in dem Krankenhaus behandelt zu werden. Sie war sauer auf den Kollegen, weil er mit seinen Mutmaßungen dem Angehörigen Angst eingejagt hatte, was sie nun ausbaden musste.

Larissa unterbrach die Unterhaltung mit ihrem Eintreten ins Zimmer. »Die Sauerstoffversorgung funktioniert wieder.« Sie hatte gerötete, feuchte Augen.

»Alles okay, Larissa?«, fragte Tessa sie.

Ihre Kollegin senkte den Kopf und schüttelte ihn.

Tessa brauchte keine Worte, um zu wissen, dass das Frühchen gestorben war. Sie holte tief Luft. »Geh ruhig eine Pause machen. Kiran hilft mir sicher noch schnell, die beiden Patienten fertig zu versorgen, oder?«

»Natürlich«, sagte dieser freundlich.

»Danke.« Larissa verließ das Zimmer.

Tessa und Kiran schlossen die Beatmungsmaschinen wieder an der Leitung zur Sauerstoffzentrale an. Anschließend überwachten sie die Werte und notierten sie.

»Es funktioniert alles wieder, die Sättigung der Mädchen liegt in einem guten Bereich.« Tessa schaute die Angehörigen an. »Wir gehen kurz raus, um zu sehen, was wir dort noch helfen können. Ich bin aber in der Nähe und sofort da, wenn etwas sein sollte.« Dann ging sie mit Kiran aus dem Zimmer.

Tessa hatte kaum die Tür hinter sich geschlossen, da platzte ihr der Kragen. »Wie konntest du nur so etwas vor dem Polizisten sagen? Das Krankenhaus ist durch diesen Artikel heute Morgen schon genug in Verruf geraten.«

»Ich sehe es ein wenig anders als du. Er ist Kriminalkommissar. Wenn diese unsinnigen Entscheidungen unserer Klinikleitung schuld sind, dass solche Dinge passieren, waren meine Worte an die richtige Person adressiert. Dann kann die Kripo etwas genauer hinschauen. Mal ehrlich, die Werner und Dr. Hart als Vorsitzender des Betriebsrats sind doch selbst schuld, dass die Schlamperei der Klinik in der Presse breitgetreten wird. Die sind dafür verantwortlich, wenn das Personal nicht richtig arbeiten kann.«

»Sie denken, dass menschliches Versagen diese Vorfälle verursacht hat?«, fragte Dr. Schröder, der plötzlich neben sie getreten war.

Kiran hob die Hände. »So habe ich das nicht gesagt. Ich meinte damit, dass die Klinikleitung und der Betriebsrat vielleicht nicht immer an den falschen Enden sparen sollten. Wenn es technische Fehler waren, war wohl die Wartung miserabel, oder?«

»Vielleicht solltest du die Aufklärung der Vorkommnisse lieber den Technikern überlassen. Du bist Pfleger«, sagte Tessa.

Kiran lachte etwas abfällig. »Ja, ich bin sogar ein ziemlich guter.« Sein bisher dauerlächelndes Gesicht verwandelte sich in eine wütende Grimasse. »Ich habe eine Topausbildung an der Uni Mainz absolviert, danach die Weiterbildung zum OP-Pfleger abgeschlossen und habe dann den Fehler gemacht, hierherzukommen. Mit vierundzwanzig Jahren hat mir der liebe Dr. Hart mein Leben zerstört. Ich wurde aufgrund seiner Lügen als OP-Pfleger entlassen, durfte jahrelang den Boten für das gesamte Haus spielen. Lediglich Befunde, Geräte und Zubehör umherschleppen. Danach durfte ich nur als Springer für die Stationen wieder in die Pflege zurück.« Kiran holte tief Luft. »Entschuldigung, es macht mich heute noch wütend, deshalb bricht es einfach so aus mir heraus. Ich bin vierundvierzig und renne seit fünfzehn Jahren nur im Haus herum. Ihr solltet euch wirklich vor diesem Hart in Acht nehmen. Er denkt, er wäre ein Gott, der einzige gute Arzt in der Klinik. Wenn etwas nicht nach seinem Kopf geht, wird er bösartig. Außerdem ist er ein riesengroßer Stümper. Meine Angehörigen würde ich niemals von ihm operieren lassen, wobei es auch andere Ärzte gibt, die ich nicht für meine Familie und Freunde wählen würde. Ich würde sie nicht mal mehr in dieses Krankenhaus lassen.«

Tessa spürte, dass die Wut, die in Kiran tobte, die Stärke eines Tornados hatte. Sie fragte sich, warum er noch immer in dieser Klinik arbeitete. Warum hatte er nicht woanders angefangen? Pfleger wurden überall gesucht. Doch er war zu aufgebracht, sodass sie nicht noch mehr in dieser Wunde bohren wollte.

Dr. Schröder schaute genauso irritiert, wie sie sich fühlte.

Es war eine unangenehme Stille eingetreten.

Tessa war froh, als sich die Stationstür öffnete und diese Betretenheit durchbrach.

Herr Brieger aus der Technik kam herein. Er hatte dunkle Augenränder und wirkte etwas fahl. »Funktioniert hier die Sauerstoffversorgung wieder einwandfrei?«

Tessa nickte. »Gott sei Dank. Aber bei uns ist deshalb ein Frühchen gestorben.«

Herr Brieger holte tief Luft und schüttelte den Kopf. Er massierte seine Stirn mit zittriger Hand. »Das ist ja furchtbar. Ich weiß gar nicht, wie ich das erklären soll.«

»Wissen Sie, was dahintersteckt?«, fragte Dr. Schröder.

»Es war definitiv kein technisches Problem. Wir haben die Geräte gecheckt, bis wir die Ursache gefunden haben. Jemand hat die Hauptzufuhrleitung zugedreht, sodass kein Sauerstoff zu den Stationen gelangen konnte.«

»Wie bitte?«, schrie Dr. Schröder. »Wer tut so was?«

»Gute Frage«, antwortete Herr Brieger. »Von allein kann sich der Hahn jedenfalls nicht zudrehen. Wir können uns nur vorstellen, dass jemand aus dem Team nicht aufgepasst hat, obwohl das echt gravierend wäre.«

Kiran verschränkte die Arme. »Also ehrlich, wie soll so was aus Versehen passieren?«

»Du weißt doch selber, wie das manchmal ist. Wir haben zwei neue Kollegen, die Einarbeitung läuft unter den stressigen Gegebenheiten unterirdisch. Oft sind die auf sich allein gestellt. Wenn die daran schuld sind, dann, weil sie nicht besser Bescheid wussten.«

»Man sollte der Werner mal gehörig die Meinung geigen, bei ihrer Politik fängt der ganze Ärger an.«

»Sollte Ihre Vermutung, dass jemand die Sauerstoffzufuhr zugedreht hat, richtig sein, sei es auch versehentlich passiert, müssen wir die Polizei einschalten«, sagte Dr. Schröder. »Wir haben ein totes Frühchen, und wenn es ein menschliches Versagen war, sprechen wir hier von fahrlässiger Handlung mit Todesfolge.«

Tessa schluckte. »Das wird ja immer schlimmer. Was ist mit dem Überwachungsmonitoren, die heute Morgen ausgefallen sind? Da steckt kein menschliches Versagen dahinter, oder?«

»Nein, ich gehe eher von einem technischen Defekt aus«, antwortete Herr Brieger und senkte den Kopf. »Es ist natürlich ziemlich dramatisch, wenn so viel an einem Tag passiert. Gelangt das mit dem Sauerstoff auch an die Presse, will ich nicht wissen, was das mit dem Ruf der Klinik macht.«

»Ich finde, die Welt kann ruhig wissen, was hier abgeht. Die Werner sitzt sich da oben ihren Arsch platt und tut nichts dafür, dass im Haus bessere Standards und Strukturen herrschen.« Kiran presste seine Lippen zusammen.

»Ich gebe dir da teilweise recht. Die da oben sparen an den falschen Enden. Aber wir haben keine Beweise dafür, dass das der Grund für solch einen fatalen Fehler ist«, sagte Herr Brieger.

Kiran zuckte mit den Schultern. »Vielleicht war das ja auch alles mit Absicht. Jemand hat eventuell wissentlich den Sauerstoff abgedreht und es wäre ja möglich, sich ins interne Netzwerk zu hacken. So könnte man die Patientendaten an den Überwachungsmonitoren manipulieren.«

Tessa konnte sich das nicht vorstellen. »Ist das wirklich so einfach machbar?«

Herr Brieger schüttelte den Kopf. »Es müsste jemand sein, der sich auskennt. Wenn es wirklich ein absichtlicher Eingriff gewesen wäre, hätte jemand die Patientendaten, die der Monitor an die Zentralstation gesendet hat, so manipuliert, dass auf den Stationen die Werte am Bildschirm angezeigt werden, die der Hacker gewollt hätte. Derjenige hätte die Kommunikation von der Intensiv zur Zentrale ausschalten können und hätte dann die gefälschten Werte auch an die Zentralstation geschickt. Somit wäre niemandem aufgefallen, dass etwas schiefläuft. Warum sollte jemand so viel Aufwand für einen kurzen Moment betreiben? Und weshalb ausgerechnet bei diesen …« Herr Brieger schaute an die Decke. »Ich glaube, fünf Patienten waren es. Wieso ausgerechnet bei denen?«

Tessa schnürte der Gedanke an die Möglichkeit eines solchen Hacks die Kehle zu. »Ich kann nicht glauben, dass ein solcher Eingriff funktioniert. Es muss doch viel mehr Sicherheit geben.«

»Da hast du recht, die Firmen wurden schon häufiger informiert, das Thema gab es etliche Male auf Sicherheitsmessen. Ich habe bereits einige davon besucht«, sagte Pfleger Kiran. »Aber wenn sich Frau Werner nicht darum kümmert, dass diese Lücken geschlossen werden, können die Firmen auch nichts dafür. Schöner Mist, der hier abgeht. Es war mein schlimmster Fehler, eine Anstellung in diesem Krankenhaus anzunehmen.« Kiran verließ die Station.

Tessa war irritiert von diesem Pfleger.

Herr Brieger blickte Kiran stirnrunzelnd hinterher. Dann drehte er sich zu Tessa. »Er scheint sauer zu sein.«

»Ja, er liebt das Krankenhaus sehr.« Tessa zwinkerte.

Das Telefon von Herrn Brieger klingelte. Er schaute auf das Display. »Das ist Frau Werner.« Er presste die Lippen kurz zusammen und nahm den Anruf entgegen. »Brieger.« Seine Wangen färbten sich rot. »Das ist übel, doch ich kann Ihnen noch nicht mehr sagen. Ich wollte erst einmal sichergehen, dass auf den Stationen alles wieder funktioniert.« Er schluckte.

Tessa konnte die wütende Stimme der Klinikleiterin aus den Lautsprechern des Mobiltelefons hören.

»Natürlich. Ich trommele die Kollegen zusammen. Wir kommen zu Ihnen.« Herr Brieger legte auf und holte tief Luft. »Die Nummer mit dem Sauerstoff geht schon durch die sozialen Medien.«

»Was? So schnell?« Tessa holte ihr Handy aus der Kitteltasche und öffnete *Friends meet Friends*. Sie gab in die Suchleiste *Stadtklinikum Koblenz* ein.

Bereits der erste Beitrag handelte von dem Tod eines Frühgeborenen im Stadtklinikum, er war vor zehn Minuten gepostet worden.

Unser geliebter Sohn ist eben auf der Kinderintensivstation gestorben, weil der Sauerstoff nicht funktioniert hat. Wie kann so etwas passieren? Wir werden diese Klinik verklagen.

Unter dem Post häuften sich Kommentare. Menschen wollten nie wieder die Klinik betreten, warnten vor diversen Ärzten, beschwerten sich über unfähiges und übelgelauntes Personal. Michelles Mutter hatte daruntergeschrieben, dass auch ihre Tochter am Morgen fast gestorben wäre, weil der Monitor etwas Falsches angezeigt hatte.

»Das ist wirklich übel«, sagte Tessa. Sie fragte sich aber, wie Eltern, die gerade ihr Kind verloren hatten, schon Minuten danach Nerven dafür hatten, alles in den sozialen Medien breitzutreten.

»Wenn die herausfinden, dass es menschliches Versagen war und ihr Kind aufgrund von Fahrlässigkeit gestorben ist, kann sich Frau Werner warm anziehen«, sagte Herr Brieger und senkte den Kopf. »Und derjenige, dem der Fehler unterlaufen ist, auch.«

Tessa lief es eiskalt den Rücken hinunter, als sie Kommissar Schweißer sah, der den Techniker mit weiten Augen anstierte.

8

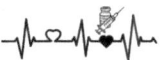

Kiran trat in Phils Zimmer. »Hey, ich wollte vorbeischauen und fragen, wie es dir geht.« Er besuchte den Jungen, seit er nicht mehr auf der Kinderintensiv lag.

Der saß auf dem Bettrand und starrte aus dem Fenster.

Kiran nahm sich einen Stuhl und setzte sich vor ihn. »Ich bin froh, dich aufrecht zu sehen. Das ist ein großer Fortschritt.«

Der Junge sah Kiran nicht an.

Kiran begutachtete die Drainage, die er noch in seinem Kopf hatte.

Leider war die Horrorvorstellung, dass der Junge aufgrund der Überdosierung des Adrenalins eine Hirnblutung bekommen könnte, eingetroffen. Zwei Tage nach der Operation hatte sich sein Gesundheitszustand drastisch verschlechtert. Seine Nieren waren kurz davor gewesen zu versagen und es war zu einer Blutung gekommen. Die hatte zwar schnell drainiert werden können und es würde zu keinen schwerwiegenden Folgen kommen, doch Volleyball spielen würde dieser

Jugendliche nicht mehr. Zumindest nicht in einer Profi-Liga, wie er es sich gewünscht hatte.

Kiran machte es so unfassbar wütend, dass Dr. Hart daran schuld war und darüber schwieg. Wenigstens eine Abfindung hätte die Familie bekommen können.

Seit drei Wochen biss sich Kiran auf die Zunge. Schon viermal hatte er vor dem Büro der Klinikleitung und dem Betriebsrat gestanden, um mitzuteilen, was wirklich in dem OP geschehen war.

Doch seine Freundin hatte ihn angefleht, den Mund zu halten. »Schatz, ich weiß, dass du ein guter Mensch bist und immer das Richtige tust«, hatte sie gesagt, nachdem er ihr unter Tränen erzählt hatte, was geschehen war. »Wären wir nicht in diesen Umständen, würde ich dir raten, dein Gewissen zu erleichtern. Aber wir brauchen das Gehalt, um das Kind zu ernähren. Wenn dieser Arzt wirklich so viel Macht hat, dir die Option auf eine Karriere in anderen Häusern zu versauen, musst du bitte schweigen.«

Kiran holte tief Luft, als er an das Gespräch mit seiner Freundin dachte. Er wollte sie bald heiraten, sein Kind sollte in guten Verhältnissen aufwachsen. Deshalb konnte er nicht anders, als seine Klappe zu halten, auch wenn er sich fühlte, als würde er Phil verraten.

Er legte seine Hand auf die Schulter, die nicht operiert worden war. »Ich weiß, dass es großer Mist ist, aber du musst stark sein.«

Phil starrte ihn mit einem durchdringenden Blick an. »Du hast behauptet, dass ich wieder Volleyball spielen kann.« Tränen traten in seine Augen. »Ihr habt mein Leben für immer verpfuscht.«

»Schatz, bitte«, sagte eine Frauenstimme.

Kiran hatte nicht bemerkt, dass die Mutter ins Zimmer gekommen war.

»Die Ärzte und Pfleger haben alles getan, aber es ist leider zu Komplikationen gekommen. Du hast die Narkose nicht gut vertragen, das konnte keiner ahnen.«

Das war also die Erklärung, die Dr. Hart und Dr. Richter der Mutter mitgeteilt hatten.

Kiran schüttelte in Gedanken den Kopf. Er konnte nicht fassen, dass die Ärzte solche Lügen erzählten, um zu verheimlichen, was wirklich zu dem Zustand des Jungen geführt hatte. Für Kiran war es kaum auszuhalten, die Schuld fraß ihn fast auf. Dauernd sah er seine Freundin mit dem runden Bauch, erhobenem Finger und flehendem Blick vor sich, weshalb auch er schwieg. *Feiger Mistkerl.*

Die Mutter setzte sich zu ihrem Sohn auf das Bett. »Wichtig ist, dass du lebst und wieder gesund wirst.«

»Ich möchte nicht so leben. Mein blödes Bein hängt wie ein schlaffes Anhängsel an mir. Was soll ich damit machen?« Phils Kinn zitterte.

»Du kannst trainieren, damit dein Bein wieder ganz normal funktioniert«, sagte Kiran. »Ich habe mich erkundigt, es ist nicht vollständig gelähmt. Aufgrund der Hirnblutung ist es zu dieser Einschränkung gekommen, weil sie Hirnareale vorübergehend eingeschränkt hat, die für deine Bewegungen zuständig sind. Wenn die Schulter vollständig verheilt ist, konzentrierst du dich auf die Reha deines Beines. Es bedarf viel Arbeit, aber du wirst es schaffen, dass du wieder alles ganz normal bewegen kannst.«

»Trotzdem werde ich nie mehr Volleyball in der Liga spielen«, sagte Phil trotzig.

Die Mutter blickte Kiran bedauernd an. »Es tut mir sehr leid, dass er so reagiert. Er muss das noch verdauen.«

»Schon okay, ich nehme ihm das nicht übel. Ich wäre an seiner Stelle auch unfassbar wütend.« Kiran schaute dem Jungen in die Augen. »Du kannst mir glauben, dass es mir unfassbar leidtut.« Er kämpfte mit den Tränen. Am liebsten würde er herausbrüllen, dass es zum Sauerstoffmangel gekommen war, weil Dr. Hart minutenlang unbemerkt auf dem Schlauch der Beatmungsmaschine gestanden hatte. Dass er Alkohol getrunken hatte. Dass er einfach, ohne auf Kiran zu hören, das viele Adrenalin gespritzt hatte, weshalb Phil das Nierenversagen und die Hirnblutung erlitten hatte. Doch dann würde Kiran seinen Job verlieren und möglicherweise nie wieder darin arbeiten können, das konnte er seiner Freundin und seinem ungeborenen Kind nicht antun.

»Du hast gesagt, dass ich Volleyball spielen kann«, wiederholte Phil in scharfem Ton. »Du hast es versprochen und gemeint, Dr. Hart ist der Beste und weiß, was er tut. Das war gelogen.«

Kiran schluckte. »Es tut mir furchtbar leid, ich hätte das so nicht versichern dürfen. Ich wollte dir nur deine Angst nehmen. Dass etwas passiert, habe ich nicht geahnt, doch damit muss ich als Pfleger rechnen. Es kann immer zu Komplikationen kommen. Das ist mir eine Lehre, nie wieder vor einer OP etwas zu versprechen, worauf ich keinen Einfluss habe.«

»Schön für dich«, fauchte Phil. Er legte sich hin. Dabei zog er eine schmerzerfüllte Grimasse und hielt sich den Arm der operierten Schulter. »Ich will allein sein.«

Kiran erhob sich. »Ich komme dich ein anderes Mal besuchen.«

Die Mutter brachte Kiran zur Tür. »Es tut mir leid, dass er Sie so angeht. Er muss seine Wut loswerden. Sie waren dabei, es ist für ihn also einfacher, sie bei Ihnen abzuladen als bei mir.«

»Sie müssen dafür keine Rechenschaft ablegen, ich verstehe ihn wirklich. Ich bin auch wütend, dass das passiert ist. Er braucht Zeit, um das zu verarbeiten.«

»Da haben Sie recht. Vielen Dank, dass Sie heute gekommen sind.« Sie öffnete ihm die Tür.

Kiran ging schnell aus dem Zimmer, damit er nicht doch noch die Wahrheit ausplauderte, die ihm auf der Zunge brannte.

Auf dem Stationsflur kam ihm Dr. Hart entgegen. »Was suchen Sie hier? Haben Sie nichts im OP zu tun?«

»Im Moment nicht. Ich wollte nach meinem Patienten schauen.« Kiran sah sich um, damit er sicher sein konnte, dass es keine ungewollten Zuhörer gab. »Der Junge ist total verzweifelt und wütend, fast schon depressiv. Ich hoffe Sie kümmern sich darum, dass er professionelle Hilfe bekommt. Wissen Sie, was Sie ihm angetan haben? Wie oft sind Sie schon besoffen in den OP gegangen?«

Dr. Hart trat wieder nah an Kiran heran. »Legen Sie sich lieber nicht mit mir an. Sie lügen, dass sich die Balken biegen. Dass es dem Jungen so geht, ist allein Ihre Schuld, denn diese Folgen kamen nur durch die Überdosis Adrenalin.«

»Die Sie gespritzt haben, ohne auf mich zu hören, und die überhaupt erst nötig wurde, weil Sie auf dem Schlauch gestanden haben. Ich verstehe nicht, wie alle schweigen können. Haben Sie kein Gewissen?«

»Sie verlassen jetzt sofort die Station. Ich will Sie nicht mehr hier sehen.« Dr. Hart lief in das Zimmer des Jugendlichen.

Kiran wusste, dass es nichts bringen würde, Dr. Hart hinterherzugehen oder hier auf ihn zu warten, um das Gespräch fortzuführen. Also setzte er seinen Weg zu den Operationssälen fort.

»Hey Kiran, was suchst du denn hier?«, fragte eine Kollegin, die gerade aus dem Schwesternzimmer kam. »Ist der OP zu langweilig?« Sie lächelte ihn an.

Sie hatten damals die Pflege-Ausbildung in Mainz gemeinsam gemacht und waren gute Bekannte.

»Ich habe den Jungen aus Zimmer 3 besucht. Es geht mir nah, dass es Probleme bei der Operation gab. Er hat immer noch ganz schön Schmerzen in der Schulter. Müsste die nicht langsam heilen? Es war nur ein kleiner Eingriff.«

Die Kollegin seufzte. »Eine ganz schöne Pechsträhne verfolgt Phil. Als wäre das Nierenversagen nicht genug gewesen, kam die Hirnblutung hinzu und dann hat sich die OP-Wunde entzündet. Wir haben Pseudomonas nachgewiesen, der sich schon auf die Knorpel ausgebreitet hatte.«

Kiran lief es eiskalt den Rücken hinunter. Er ging die Abläufe am OP-Tag noch einmal gedanklich durch.

Dr. Hart war als Einziger an der Schulter tätig gewesen. Es würde Kiran nicht wundern, wenn dieser unsauber gearbeitet hätte.

»Alles okay?«, fragte seine Kollegin. »Du bist blass.«

»Ja, mir tut der Junge leid. Er trägt ein ganz schön schweres Päckchen.« Kiran schaute auf die Tür, hinter der Dr. Hart verschwunden war. »Warum wurde Phil eigentlich hierher verlegt? Er ist doch erst fünfzehn und wäre normalerweise auf den peripheren Kinderstationen weiter überwacht worden.«

»Das haben wir auch nicht verstanden. Normalerweise haben wir das nicht so gern, doch Dr. Hart wollte ihn unbedingt hier überwachen. Er meinte, dass der Junge von Gewicht und Größe her schon als erwachsen gilt. Wir sollten nicht so kleinlich sein. Das Problem ist nur, dass die Kollegen der Pädiatrie nicht begeistert sind, wenn ihnen Patienten geklaut werden.«

»Sehr komisch. Dr. Hart ist ja sonst derjenige, der keine Kinder auf seiner Station haben will.«

»Das stimmt, aber ich werde ihn ganz sicher nicht darauf hinweisen. Er hat nun mal das Sagen hier und es war sein Patient.«

Kiran nickte und lächelte, auch wenn er sich dazu zwingen musste. »Hab einen ruhigen Dienst. Vielleicht gehen wir mal wieder etwas trinken, das letzte Mal ist lange her.«

»Klar, ich bin dabei, Bald-Papi.«

Kiran verließ die Station mit einem Flattern in der Magengegend. Er musste noch einmal mit seiner Freundin sprechen. Es war falsch, länger zu schweigen.

Dieser Junge lag nur dort, weil Dr. Hart Fehler gemacht hatte. Zumindest war das der Hauptgrund gewesen. Und um diese irgendwie zu vertuschen, damit ja niemand nachforschte, hatte er ihn sogar auf die Erwachsenenstation gelegt.

Kiran wollte auf keinen Fall, dass er mit seinen Taten davonkam.

9

»Sie schicken mich nicht zurück in dieses Zimmer, ehe ich nicht weiß, worüber Sie gerade geredet haben. Dadrin liegt meine kranke Nichte und wir sind nach den zwei Vorfällen beunruhigt. Wenn hier in der Klinik offenbar heute Leute Dienst haben, die nicht mit den Gerätschaften klarkommen, möchte ich, dass Marlene sofort verlegt wird.« Marcel schaute Dr. Schröder eindringlich an, der seit einigen Minuten versuchte, ihn ins Zimmer zurückzubewegen. Doch er würde sich nicht abspeisen lassen, denn er wollte erfahren, was der Techniker mit *menschlichem Versagen* gemeint hatte.

»Ein Transport ist nicht so einfach. Marlene wird beatmet. Es gibt deshalb nur eine Klinik in der Umgebung, die sie übernehmen könnte, doch die hat derzeit keinen Platz für pädiatrische Patienten. Außerdem liegt keine medizinische Begründung vor, das hieße, Sie müssten für eine Verlegung selbst aufkommen. Das kann Sie bei dem Aufwand mehrere tausend Euro kosten. Bleiben Sie ruhig, wir haben ja noch keine Beweise dafür, wer wirklich für die Sauerstoffsache verantwortlich ist. Wir werden alles uns Mögliche tun, um den Sachverhalt zu klären, und die Polizei einschalten.«

»Für mich klang Ihre Unterhaltung gerade nicht so, als hätte ich einen Grund, ruhig zu bleiben.« Marcel sah den Techniker an, mit dem Schwester Tessa gerade gesprochen hatte. »Ich bin Kriminalkommissar Schweißer. Würden Sie bitte wiederholen, was Sie eben Dr. Schröder erzählt haben? Warum geht er davon aus, dass der Tod eines Frühgeborenen eine fahrlässige Tötung sein könnte?«

Der Mann beäugte Schwester Tessa, die den Kopf senkte, und sah dann hilfesuchend zu Dr. Schröder.

»Reden Sie ruhig«, forderte dieser ihn auf.

»Wir vermuten, dass jemand die Hauptsauerstoffzufuhr in der Zentrale zugedreht hat. Wahrscheinlich war das ein Versehen.«

Marcel durchströmte eine Eiseskälte. »Wie bitte? Sie denken, dass jemand die Kinder in Gefahr gebracht hat, weil die Person nicht wusste, was sie tut?«

»Nicht nur die Kinder. Die ganze Klinik war betroffen«, erwiderte der Techniker und blickte mit geröteten Wangen auf den Boden.

Marcel hob die Hand. Er musste sich kurz sammeln, da er todmüde und seine Zündschnur dadurch kurz war. »Okay, von vorn. Wer sind Sie?«

»Ich bin Herr Brieger und arbeite in der Technik des Krankenhauses. Gemeinsam mit meinen beiden Kollegen habe ich die Geräte und Tanks in der Sauerstoffzentrale geprüft. Es gab keine Fehlermeldungen, die Geräte waren in Ordnung. Wir haben auch nachgeschaut, wann die letzte Wartung durch die Firma stattfand. Die ist noch gar nicht lange her. Dann haben wir gesehen, dass der Haupthahn zugedreht war.«

»Und das kann nicht einfach so passieren?«

»Zumindest hier bei uns in der Klinik nicht, unsere Ventile können nur per Hand bedient werden.«

»Gibt das System kein Warnsignal, wenn der Haupthahn zugedreht ist?«, fragte Dr. Schröder. »Sobald die Zufuhr gekappt wird, muss das Gerät es doch merken, oder?«

Herr Brieger nickte. »Richtig. Der Alarm war auf stumm geschaltet.«

»Ich habe genug gehört und bestelle jetzt meine Kollegen her.«, sagte Marcel. »Sie sollen den Vorfall mit dem Sauerstoff näher untersuchen. Wenn dieser von jemandem zugedreht wurde, werden die Eltern des gestorbenen Frühgeborenen diese Person verklagen. Ich empfehle Ihnen schleunigst, die Krankenhausleitung einzuweihen.« Er schaute den Techniker an. »Sagen Sie Ihren Kollegen Bescheid, dass sie sich für eine Befragung durch die Kriminalpolizei bereithalten sollen.«

»Mache ich. Die Klinikleiterin ist bereits informiert und hat uns diensthabende Techniker zu sich bestellt.« Herr Brieger verließ die Station.

Marcel sah den Kinderarzt an. »Meine Kollegen werden auch mit der Klinikleitung reden wollen.«

Dr. Schröder lief zum Telefon. »Ich melde Sie bei Frau Werner an.« Er wählte eine Nummer.

Marcel ging zurück ins Zimmer, um Kim von dem Verdacht des Technikers zu erzählen.

Sie stand neben dem Bett, blickte vom Monitor zu Marlene und wieder zurück. Wahrscheinlich würde sie das den ganzen Tag aus Angst machen, dass solch eine Verschlechterung noch einmal eintreten könnte.

Marcel nahm sie in den Arm. »Ich habe gerade mit den Technikern der Klinik gesprochen. Die gehen davon aus, dass die Sauerstoffleitungen von jemandem zugedreht wurden.«

Kim löste sich aus seiner Umarmung und schaute ihn mit weit aufgerissenen Augen an. »Du meine Güte, das ist ja fürchterlich. Ist es glimpflich ausgegangen?«

»Es ist ein Frühchen gestorben. Wenn es wirklich menschliches Versagen ist, reden wir von fahrlässiger Tötung oder fahrlässiger Körperverletzung mit Todesfolge. Mir sind das heute ein paar gefährliche Vorfälle zu viel in dieser Klinik. Ich werde Konrad und die Kollegen herbestellen, damit sie die Techniker, die für den Raum zuständig sind, und die Klinikleitung befragen. Zum Telefonieren geh ich in den Aufenthaltsraum der Station, danach bin ich sofort wieder bei dir.«

Kim nahm unter Tränen seine Hand. »Ich möchte, dass du ihnen hilfst, herauszufinden, was da genau passiert ist. Könnte vielleicht jemand absichtlich für diese beiden gefährlichen Vorfälle gesorgt haben?«

Marcel ließ sich die Worte durch den Kopf gehen. »Das wäre natürlich möglich, aber davon gehe ich nicht aus. Die Monitore sind wieder in Ordnung und ich kann mir nicht vorstellen, dass es so einfach ist, die Werte an den Geräten zu verändern. Es klärt sich bestimmt auf, was die Ursachen waren. Wir werden alle Eventualitäten in Betracht ziehen.«

»Du bist Marlene nah, ich weiß, dass du alles tust, um das aufzulösen. Ich komme hier zurecht. Wenn etwas ist, melde ich mich.«

»Bist du dir ganz sicher?«

»Mir ist unwohl mit dem Wissen, dass Marlene dauerhaft in Gefahr ist.« Kims Hände zitterten. »Du klärst das ganz sicher auf, dein Team braucht dich.«

Marcel gab Kim einen Kuss auf die Stirn. »Ganz ruhig. Ich werde nicht zulassen, dass ihr etwas passiert. Zur Not werde ich sie in eine andere Klinik verlegen lassen, auch wenn es mich mein ganzes Erspartes kostet.«

Kim nickte und nahm Marlenes Hand. »Ich melde mich, wenn sich etwas tut.«

Marcel streichelte Marlene über die Stirn. »Bleib schön tapfer.« Er lief hinaus zu Schwester Tessa, die am Tresen saß und etwas schrieb. »Ich warte auf meine Kollegen und würde dann mit der Klinikleitung sprechen. Wo finde ich die?«

»Dafür müssen Sie in das alte Gebäude. Gehen Sie ins Haupthaus, dort am Haupteingang raus, geradeaus die Treppe hoch. Dann kommt das Verwaltungsgebäude. Dort ist alles ausgeschildert.«

»Frau Werner erwartet Sie«, warf der Kinderarzt ein.

»Danke. Ich hoffe, wir finden schnell heraus, wer für das Desaster mit dem Sauerstoff verantwortlich ist.«

Marcel schaute Schwester Tessa an. »Bitte passen Sie auf meine Nichte auf.«

»Darauf können Sie sich verlassen.«

Er verließ die Station und rief Konrad an.

»Alles in Ordnung, Marcel?«, fragte dieser aufgebracht. »Die Kollegen vom Nachtdienst sagten, dass ihr mit Marlene einen Notfall hattet. Was ist mit ihr?«

»Es geht ihr sehr schlecht. Sie hat in der Nacht plötzlich gekrampft, hochgefiebert, kaum mehr geatmet und liegt jetzt auf der Intensivstation im künstlichen Koma. Die Ärzte werden sie in dem Zustand lassen, damit sie sich erholt.«

»Du meine Güte. Warum ist das passiert?«

»Sie hat einen Keim, der sich in ihrem Blut verbreitet hat. Wir wissen aber noch nicht, welchen.«

»Nimm dir so lange frei wie nötig. Wir alle sind in Gedanken bei euch. Sag mir Bescheid, wenn wir etwas tun können«, sagte Konrad.

»Ihr könnt direkt herkommen. Es gibt womöglich einen Fall von fahrlässiger Tötung.«

»Redest du von dem Mann, der gestorben ist, weil der Monitor nicht ging?«, fragte Konrad.

»Wurde das etwa schon zur Anzeige gebracht?«

»Nein, wir haben es bisher nur in der Zeitung gelesen, rechnen aber mit einer.«

»Auf der Kinderintensiv gab es auch einen Notfall aufgrund eines nicht funktionierenden Monitors. Die Techniker gehen derzeit von einem Gerätefehler aus. Eben ist noch etwas Gravierenderes passiert.« Marcel erzählte Konrad von der zugedrehten Sauerstoffleitung. »Ein Frühchen ist gestorben, womöglich durch die Fahrlässigkeit eines Technikers. Marlene war ebenso betroffen, ich fühle mich gerade nicht sehr sicher.«

»Denkst du, jemand hat mit Absicht den Sauerstoff gekappt?«

»Ich weiß es nicht, Beweise gibt es dafür keine, doch wir sollten es uns genauer anschauen. Einer der Techniker sagte, sie hätten neue Kollegen, vielleicht Unwissenheit. Damit wurden sehr viele kranke Menschen in Gefahr gebracht und ein Kind ist tot. Es verbreitet sich sogar schon in den sozialen Medien. Bring Stefan und Mareike mit, wir werden einige Befragungen durchführen. Melde dich, wenn du da bist. Ich besuche derweil Karl. Wir treffen uns dann am Haupteingang.«

»Alles klar, wir machen uns auf den Weg. Bestell Karl liebe Grüße von mir. Er soll schnell gesund werden, ich habe noch jede Menge Bier.«

Marcel lächelte. »Richte ich aus. Bis gleich.« Er legte auf und fuhr mit dem Fahrstuhl in die Unfallchirurgie. »Guten Tag, ich möchte gern zu Herrn Karl Hohlbein, der gestern operiert wurde«, meldete er sich bei einer Krankenschwester an.

Die Schwester nickte freundlich. »Der Eingriff hat noch nicht stattgefunden, Sie können gern zu ihm. Er liegt in der 6.«

Marcel bedankte sich, ging zu dem Zimmer und klopfte an.

»Herein.«

Marcel öffnete die Tür. »Das klang nach dem alten kauzigen Hohlbein von früher«, sagte Marcel seinem Freund grinsend.

Dieser hob die Arme. »Gott sei Dank mal ein nettes Gesicht.«

Marcel setzte sich neben das Bett auf einen Stuhl. »Ich ahne, dass du es dem Personal nicht leicht machst.«

»Wohl andersherum. Ich sollte längst operiert sein, doch es wurde verschoben. Dabei gehe ich an den Schmerzen im Fuß ein. Der gute Dr. Hart hat wohl Fälle hereinbekommen, die besser bezahlt werden. Das ist vielleicht ein schlechtgelaunter Zeitgenosse.«

Marcel lachte. »Dann müsstest du dich prima mit ihm verstehen.« Er zwinkerte.

Karl war vor dem Tod seiner Frau, als er noch aktiv Fallanalytiker gewesen war, mürrisch gewesen. Marcel hatte sogar eine große Abneigung ihm gegenüber gehegt. Inzwischen waren sie dicke Freunde und er amüsierte sich über Karls Ausbrüche.

»Man muss nur wissen, wie man mich zu nehmen hat. Dir ist das ja auch gelungen.« Karl schaute Marcel mit gerunzelter Stirn an. »Du siehst aus wie ein Gespenst. Hast du heute Nacht nicht geschlafen?«

Marcel erzählte ihm von Marlene und verspürte dabei sofort einen Krampf im Magen, weil ihn die Sorge um seine Nichte fast umbrachte.

»Du meine Güte. Was suchst du dann bei mir? Geh zu deiner Familie.«

»Du gehörst ja auch dazu, ich wollte ganz kurz mal

nach dir sehen, ehe Konrad kommt. Marlene schläft eh gerade.«

»Was will Konrad denn in der Klinik?« Karl lächelte. »Kannst du nicht mal hier auf dein Anhängsel verzichten?«

Marcel holte tief Luft. »Keine Ahnung, ob du als Patient den wahren Grund für Konrads Anwesenheit wissen solltest. Ich mache dir vielleicht Angst, wenn ich es erzähle.«

Karl hob eine Augenbraue. »Angst? Was ist das?«

Marcel schmunzelte und entschied sich, Karl von den Vorkommnissen zu berichten.

»Das ist hart. Die armen Angehörigen«, erwiderte Karl, nachdem Marcel geendet hatte. »Ich dachte, nur Ärzte spielen mit Patientenleben russisches Roulette, indem sie pfuschen. Doch einem ganzen Krankenhaus den Sauerstoff klauen, ist harter Tobak. Ich möchte nicht in der Haut des Verantwortlichen stecken.«

Marcel nickte. »Vor allem, dass der Alarm auf stumm gestellt war, macht die Sache noch ernster. Dadurch ist das Problem nicht sofort aufgefallen.«

Es klopfte an der Tür.

»Herein«, sagte Karl in seinem brummigen Ton.

Die Krankenschwester, die Marcel gerade begrüßt hatte, kam ins Zimmer. »Herr Hohlbein, Dr. Hart bat mich, Ihnen auszurichten, dass Ihre OP morgen stattfindet. Wahrscheinlich am Nachmittag.«

»Na super, wieder ewig hungern«, maulte Karl.

Marcel stieß ihn an.

»Danke, Schwester«, sagte Karl übertrieben nett.

Die Krankenschwester lachte und verließ das Zimmer.

»Das tut mir echt leid für dich. Ich dachte, die OP sei dringend.« Marcel wusste, dass die Schmerzen für Karl mittlerweile unerträglich waren.

Der überspielte es zwar, doch man sah ihm an, dass er welche hatte. »Dringend, aber nicht lebensnotwendig. Diese Schmerzen in meinem Fuß bringen mich zur Verzweiflung und es wird Zeit, dass er endlich gerichtet wird.«

»Ich habe eh nicht verstanden, warum die dich mit so einem Bruch nicht gleich operiert, sondern erst den Gips angelegt haben.«

Karl winkte ab. »Die Operation ist zwar nötig, auch zeitnah, aber trotzdem gab es Fälle, die Vorrang hatten. Morgen ist es ja endlich so weit.«

Der laute Aufschrei einer Frau unterbrach die Unterhaltung. »Hilfe!«

Marcel eilte zur Tür.

Auf dem Flur rannten Pflegepersonal und Ärzte umher.

»Das ist nicht euer Ernst, oder?«, brüllte ein Mann im weißen Kittel, der humpelnd auf ein Zimmer zustürmte. »Wo ist der Defibrillator? Warum steht er nicht an seinem Platz?«

Das Pflegepersonal hetzte in alle Zimmer und kam Sekunden später wieder heraus.

»Du meine Güte, was ist da los?«, fragte Karl. Er stieg aus seinem Bett und schleppte sich zur Tür. Dabei verzerrte er das Gesicht.

»Sieht so aus, als würde ein Gerät fehlen«, sagte Marcel.

»Ich brauche jetzt einen Defibrillator, verdammt«, schrie der Arzt erneut. »Arbeite ich nur mit Amateuren auf dieser Station? Der Patient stirbt, wenn nicht sofort ein Defi hier ist.« Der Mann humpelte in das Zimmer, in dem der Notfall zu sein schien.

»Das ist dieser Dr. Hart«, flüsterte Karl. »Von so einem cholerischen Typen muss ich mich operieren lassen.«

»Nicht sehr vertrauenserweckend«, pflichtete Marcel seinem Freund bei. Er erinnerte sich, dass dieser Arzt auf der Kinderstation gewesen war, als am Morgen Michelle reanimiert worden war. Da war ihm schon unangenehm aufgefallen, dass der Mann nicht mal grüßen konnte.

Aus dem Zimmer, in das der Arzt verschwunden war, ertönte ein lautes Kreischen.

Marcel hatte sich erschreckt, weil es sich angehört hatte, als wäre jemand in großer Not. Ihn beschlich ein ungutes Gefühl und er konnte sich nur mit Mühe zurückhalten, um nicht in das Zimmer zu laufen.

Dass es erneut einen Vorfall gab, der nicht üblich zu sein schien, beunruhigte ihn. So langsam machte er sich darüber Gedanken, ob die seltsamen Ereignisse gewollt waren.

Nach einem Moment kam der Pfleger, der zuvor Marlene den Sauerstoff gebracht hatte, mit einem Defibrillator angerannt. »Wo muss ich hin?«, rief er laut.

Dr. Hart kam heraus. »Hat sich erledigt«, schnauzte er Pfleger Kiran an. »Der Patient hatte Kammerflimmern und unser Defibrillator ist fort. Ich habe aufs Herz geschlagen, wir haben wieder einen Sinusrhythmus. Gott sei Dank bin ich fähig, auch ohne Geräte Leben zu retten, aber ich kann mich nicht um jeden einzelnen Patienten dieses Krankenhauses allein kümmern. Was sind das alles für Stümper hier?«

Der Pfleger verdrehte die Augen. »Natürlich, Sie sind der einzig wahre Mediziner in der Klinik. Was hat Frau Werner nur für ein Glück mit Ihnen.«

Marcel war aufgrund der schnippischen Antwort des Pflegers sprachlos.

»Dann kann ich ja wieder gehen, vielleicht finde ich noch einen anderen Arzt, der mich anpflaumt.« Der Pfleger drehte sich um. Dabei traf sein Blick Marcel. »Sie sind ja heute überall«, sagte er mit seinem ruhigen Lächeln.

»Ich besuche hier einen Freund, der Patient ist, während ich auf meine Kollegen warte, damit wir mit der Klinikleitung sprechen können. Dieser Sauerstoffvorfall sollte gründlich untersucht werden.«

»Verstehe.«

»Pfleger Kiran, lassen Sie den Defibrillator hier!« Dr. Hart war hinter ihn getreten und hatte die Unterhaltung zwischen Marcel und dem Pfleger unterbrochen.

»Nein, das mache ich nicht. Mein Auftrag aus dem OP lautete, ihn sofort zurückzubringen. Das tue ich jetzt.« Der Pfleger sah Marcel an. »Kommissar Schweißer, ich verabschiede mich. Vielleicht sehen wir uns später.« Er lief mit gestreckter Brust hinaus.

»Kommissar Schweißer?«, fragte Dr. Hart. »Gibt es einen Grund, dass die Polizei auf meiner Station herumstrolcht?«

»Ich besuche meinen Freund.«

Der Arzt lächelte aufgesetzt. »Na dann.« Er zeigte in das Zimmer, das Karl gegenüberlag. »Wenn Sie mich entschuldigen, ich habe zu tun.«

Marcel ging kopfschüttelnd zu Karl zurück. Das Auftreten des Arztes war mehr als arrogant, niemand, dem Marcel sein Leben anvertrauen wollen würde.

»Siehst du, es gibt noch Schlimmere als mich«, sagte dieser und legte sich wieder in sein Bett.

»Du bist im Vergleich zu ihm ein Goldjunge«, erwiderte Marcel frech. Doch so flapsig er die Worte auch ausgesprochen hatte, in seinem Magen flatterten Bedenken. Er schaute Karl ernst an. »Ich habe kein gutes Gefühl in dieser Klinik. Erst die Monitorsache, dann der Sauerstofffauxpas und nun verschwindet ein lebensnotwendiges Gerät auf der Station. Am liebsten möchte ich Marlene verlegen lassen, aber ich müsste das selbst finanzieren.«

»Ich verstehe deine Sorgen und bin auch ganz froh, wenn ich hier wieder raus bin.«

Marcel seufzte. »Hoffentlich war es das jetzt mit diesen komischen Vorfällen. Ich gehe jetzt zu Konrad und schaue morgen nach deiner Operation noch einmal bei dir rein. Du und Marlene solltet ganz schnell genesen, um entlassen werden zu können.«

Karl nahm Marcels Hand. »Ich bitte Gott, über Marlene zu wachen, damit sie wieder gesund wird.«

»Hey, was soll die Sentimentalität? Ich fang gleich an zu heulen.« Marcel traten tatsächlich Tränen in die Augen.

»Ich bin froh um deine Freundschaft. Sieh zu, dass du glücklich bist.«

»Das bin ich mit dir als Freund, mit Kim und Marlene als Familie, mit Konrad als besten Kollegen. Mich kann es gar nicht besser treffen.« Marcel runzelte die Stirn. »Du klingst, als hättest du vor, zu sterben.« Er hatte den letzten Satz als Witz gemeint, doch Karls Worte hatten wie etwas geklungen, was man sagte, wenn man wusste, dass man nicht wiederkam.

Der zog die Augenbrauen hoch. »Unsinn, ich bin unsterblich. Aber für den Fall, dass ich doch länger fernbleibe, hast du den Schlüssel zu meinem Haus. Dort findest du alles, was du brauchst.«

»Ich glaube es nicht, der mutige Fallanalytiker hat Angst«, sagte Marcel zwar etwas überspitzt, doch es machte ihn auch ein wenig melancholisch.

»Quatsch, ich habe nur lieber Dinge geregelt. Für alle Eventualitäten.«

Marcel hoffte, dass Karls Vorkehrungen nicht greifen mussten. »Wir sehen uns morgen.« Er drückte noch einmal die Hand seines Freundes und verließ das Zimmer.

10

Marcel lief die Treppe zum Haupteingang hinunter. Auf dem Weg erkundigte er sich bei Kim, ob Marlenes Zustand stabil war, verriet ihr aber nichts von dem Vorfall auf der unfallchirurgischen Station, um ihr nicht noch mehr Angst einzujagen.

Erst einmal mussten sie herausfinden, was diese Ereignisse wirklich ausgelöst hatte. Im besten Falle waren die Fehlfunktion des Monitors und das Verschwinden des Geräts nur Zufälle. Dann würde sich auch Kim wieder beruhigen.

Die Sauerstoffsache blieb jedoch sehr heikel. Marcel war froh, dass seine Kollegen gekommen waren, um dem nachzugehen.

Konrad, Stefan und Mareike standen am Informationsschalter.

Sein Partner kam auf Marcel zu und nahm ihn in den Arm. Er sagte nichts, drückte ihn nur fest und ließ ihn dann wieder los. Konrad war kein Mann großer Worte, wenn es emotional wurde, doch er hatte ein großes Herz.

Marcel riss sich zusammen, damit ihm keine Träne aus den Augen lief. »Danke, dass ihr gekommen seid. Wir gehen erst zu Frau Werner, der Klinikleiterin. Vielleicht weiß die mittlerweile, wer den Haupthahn zugedreht hat.«

»Das ist wirklich ein gefährlicher Fehler gewesen, wem auch immer das passiert ist«, sagte Mareike.

»War es ein Fehler, wird sich derjenige das nie verzeihen können«, erwiderte Konrad.

Marcel nickte. Er hoffte, dass es wirklich nur ein Fehler gewesen war und niemand absichtlich die Leitung manipuliert hatte.

Seine Kollegen folgten ihm in das alte Gebäude, das gegenüber dem Haupthaus der Klinik stand.

»Wie geht es Marlene?«, fragte Mareike.

»Sie ist schwer krank. Ihre Lunge funktioniert nicht gut genug, um alleine zu atmen. Deshalb bekommt sie Sauerstoff«, erwiderte Marcel. »Ausgerechnet heute passieren in dieser Klinik so viele Dinge, dass es mir nicht leichtfällt, dem Personal zu vertrauen.« Er erzählte seinen Kollegen von dem verschwundenen Defibrillator auf Karls Station.

Konrad legte eine Hand auf Marcels Schulter. »Du bist viel zu nah dran. Lass uns das hier machen und geh zu deiner Familie.«

»Keine Sorge, ich bin professionell und kann das trennen. Kim möchte sogar, dass ich mich kümmere. Du weißt es doch selbst. Wenn es um unsere Angehörigen geht, können wir uns gar nicht raushalten.«

Konrad nickte. »Ich dulde es nur, solange du rational bist. Wenn ich merke, dass du zu viel Privates reinbringst, bist du raus.«

»Einverstanden. Ich werde mich zusammenreißen.« Am Büro der Klinikleitung klopfte Marcel an.

»Herein.«

Sie betraten den Raum.

Frau Werner war eine hochgewachsene Frau, die ihren schlanken Körper in einen feinen roten Hosenanzug gehüllt hatte. Ihr braunes Haar fiel glänzend auf die Schultern und ihr Gesicht war stark geschminkt, trotzdem erkannte Marcel die leicht fahle Farbe.

»Guten Tag, ich bin Kommissar Schweißer.« Marcel stellte auch seine Kollegen vor. »Sie wissen, worum es geht?«

Frau Werner nickte. »Ich bin ehrlich gesagt schockiert. Solch ein gravierender Fehler darf in einem Krankenhaus nicht passieren. Der Tod des Frühgeborenen tut mir so leid. Ich werde selbstverständlich alles tun, um diese Situation mit dem Sauerstoff aufzuklären.«

»Dafür sind wir auch da. Dass heute bereits zwei Menschen in diesem Haus durch menschliche und technische Fehler gestorben sind, ist nicht gerade sehr förderlich für Ihre Klinik. Zudem kam es gerade auf der chirurgischen Station zu einem weiteren Vorfall, der für einen Menschen gefährlich geworden ist.« Marcel erzählte der Leiterin, die offenbar noch nicht darüber informiert worden war, von dem verlorengegangenen Defibrillator. »Ich finde es auffällig, dass sich an einem Tag so viele Dinge häufen, die Menschenleben gefährden. Deshalb schauen wir nun genauer hin, was die Gründe dafür sind.«

Die Frau schluckte. »Ich habe mit Dr. Schröder gesprochen. Er sagte, dass das Mädchen eine Frühgeburt in der fünfundzwanzigsten Schwangerschaftswoche und sehr instabil war. Es hätte möglicherweise sowieso nicht überlebt.«

Marcel hob die Augenbrauen. »Das ändert nichts an der Tatsache, dass der Tod heute an der unzureichenden Sauerstoffzufuhr lag, weil irgendwer die Hauptleitung zugedreht hat.«

Frau Werner strich sich über das Gesicht und hinterließ eine leichte Spur in ihrem davor makellosen Make-up. »Wissen Sie, was es für Auswirkungen hat, dass es schon an die Öffentlichkeit gelangt ist? Das erschüttert das Vertrauen unserer Patienten. Braucht es nicht erst einmal Beweise, dass wirklich jemand die Leitung zugedreht hat, ehe die Presse solche Berichte schreiben darf?«

»Die Eltern, die an die Öffentlichkeit gegangen sind, haben niemanden beschuldigt. Sie haben nur gesagt, dass ihr Kind tot ist, weil der Sauerstoff nicht funktioniert hat. Die Presse wird sicher bald hier auftauchen. Bis dahin sollten Sie möglichst wissen, wie es dazu kommen konnte, damit Sie eine Erklärung abgeben können.«

»Ich berufe eine Konferenz in zehn Minuten ein, zu der die Stationsleitungen und Ärzte, denen eine Teilnahme möglich ist, kommen werden, damit wir die Ereignisse erörtern können. Ich hole auch die Techniker dazu, sodass Sie diese befragen können. Dafür gehen wir in den Tagungsraum, da ist Platz.«

»Die Techniker würde ich gern erst einmal allein sprechen«, sagte Marcel. »Wenn denen ein Fehler unterlaufen ist, ist es wahrscheinlich nicht so gut, das vor einer Schar Personal zu bereden.«

»In Ordnung, ich höre mal nach, wo die Mitarbeiter sind, ich hatte sie schon vor einer geraumen Zeit hergebeten.« Die Klinikleitung tippte eine Nummer ins Telefon und bestellte die Kollegen dringlich zu sich ins Büro. Ihre Stimme war dabei fest und fordernd gewesen.

Marcel wollte ein paar Informationen zu der Klinik einholen, während sie auf die Techniker warteten. »Sind solche Geschehnisse, bei denen Menschenleben in Gefahr geraten, schon häufiger vorgefallen?«

»Ich weiß von keinen und ich bin seit dreißig Jahren hier.« Die Antwort war prompt gekommen. Marcel konnte sie nicht wirklich glauben, weil es fast so wirkte, als wäre sie auswendig gelernt worden, damit sie bei solchen Fragen sofort dagegenhalten konnte.

Es wäre ja richtig, wenn diese Vorfälle nicht die Norm wären, aber er fragte sich, weshalb sie sich dann an einem Tag so häuften.

Das Klopfen an der Tür riss ihn aus seinen Gedanken.

Die Klinikleitung öffnete und drei Männer traten in das Büro, das für so viele Personen gar nicht ausgelegt war.

Stefan und Mareike gingen deshalb nach draußen.

»Ich hatte Sie bei solch einem schwerwiegenden Vorfall eigentlich etwas früher erwartet«, sagte Frau Werner leicht gereizt.

»Verzeihung«, erwiderte der Mitarbeiter, mit dem Marcel auf der Kinderintensivstation geredet hatte. »Wir wollten erst auf Nummer sicher gehen, dass alle Stationen wieder mit Sauerstoff versorgt sind.«

»Ist das gegeben?«, fragte die Leiterin.

»Es funktioniert wieder reibungslos.«

»Die Herren von der Kriminalpolizei möchten mit Ihnen über den Vorfall reden. Wie Sie wissen, ist dabei ein Frühgeborenes gestorben, und die Sache wurde durch die Eltern bereits öffentlich gemacht. Ich bitte Sie, wahrheitsgemäß zu antworten, und wünsche eine lückenlose Aufklärung.« Frau Werner nickte Marcel zu und verließ ihr Büro.

»Mein Name ist Schweißer, das ist mein Kollege Malter. Wir haben ein paar Fragen an Sie. Herrn Brieger kenne ich bereits. Würden sich die anderen beiden kurz vorstellen?«

»Herr Rader«, antwortete der jüngere Mann. Er zupfte an seinem Kittelärmel, sein Blick huschte zwischen Konrad und Marcel hin und her. »Mir macht die Situation mit der Sauerstoffleitung etwas Angst, ich bin neu hier. Ohne Herrn Brieger wäre die Sache bestimmt schlimm ausgegangen.« Sein Gesicht war kreidebleich.

Der verschwitzte Mann neben ihm stellte sich als Herr Bergmann vor. »Entschuldigen Sie meinen Aufzug, ich bin völlig durch den Wind. Als die ersten Anrufe von den Stationen kamen, haben wir verzweifelt nach einer Ursache gesucht. Wer konnte denn ahnen, dass jemand den Haupthahn zugedreht und die Alarme ausgeschaltet hat?!«

Marcel schaute zu Herrn Brieger. »Sie haben es gesehen?«

»Ich habe bemerkt, dass die Alarme auf stumm geschaltet waren, was mich etwas verwundert hat. Also habe ich Herrn Rader und Herrn Bergmann gefragt, ob es einer von ihnen war. Sie haben verneint. Da wurde ich stutzig, denn man muss die manuell ausschalten. Deshalb habe ich alle Zuleitungen überprüft und bemerkt, dass das Hauptventil abgedreht war.«

»Meine Kollegen glauben, dass ich das aus Versehen gewesen sein könnte, weil ich heute Morgen den Rundgang gemacht habe«, sagte Herr Rader. »Aber ich schwöre, ich bin mir keiner Schuld bewusst.«

»Was genau haben Sie bei dem Rundgang getan?«, hakte Marcel nach.

»Ich habe die Druckanzeigen und die Displays überprüft, ob es Auffälligkeiten gibt.«

»Und da haben Sie nichts bemerkt?«, fragte Konrad.

»Nein, es war alles okay.«

»Sie haben an nichts gedreht?«, fuhr Marcel fort.

»Nein, ich bin ganz sicher.«

Für Marcel klang es glaubwürdig, er wusste aber, dass es nichts zu bedeuten hatte. Er musste versuchen, über die Kollegen mehr Informationen zu bekommen. Also schaute er Herrn Brieger an. »Warum haben Sie Herrn Rader in Verdacht?«

Der Techniker hob die Hände und weitete die Augen. »So haben wir das nicht gesagt, sondern lediglich gefragt, ob es möglich ist, dass er etwas Falsches gedreht hat. Wir wollen ihm nichts unterstellen. Er ist erst seit Kurzem in der Klinik angestellt. Leider muss ich gestehen, dass seine Einarbeitungszeit nicht optimal gelaufen ist. Er kann noch nicht alles wissen. Wenn er einen Fehler gemacht hat, dann unbeabsichtigt.«

»Ich bin nicht verantwortlich für diese Sache«, protestierte Herr Rader. »Wenn ich an etwas gedreht hätte, müsste ich das doch wissen.« Mittlerweile war sein Gesicht rot.

»Bleiben Sie ruhig, wir wollen nur herausfinden, was passiert ist«, erwiderte Marcel. Er sah wieder Herrn Brieger an. »Wer ist für die Einarbeitung zuständig?«

»Alle Kollegen, die schon ein paar Jahre hier arbeiten. Herr Rader und ein weiterer Techniker wurden neu eingestellt, weil wir manchmal zu knapp besetzt waren. Wenn hier in der Klinik der Bär steppt, ist es uns allerdings nicht möglich, neuen Mitarbeitern jedes Detail zu erklären. Glauben Sie, wir haben schon sehr oft mit Frau Werner darüber gesprochen, dass in der Einarbeitungszeit eines neuen Kollegen einer extra für denjenigen Dienst haben sollte. Doch das wird vom Betriebsrat und ihr selbst vehement ignoriert. Sie ist sehr sparsam, was Personal und Materialien angeht.«

Marcel machte sich gedanklich Notizen, damit er später mit Frau Werner darüber sprechen konnte.

Sollte diese an solchen Dingen sparen und damit Menschenleben in Gefahr bringen, hätte sie sich mitschuldig gemacht.

»Wann wird die Schicht gewechselt?«, fragte Marcel.

»Gar nicht, es gibt nur eine Tagesschicht. Wir sind von morgens bis zum späten Nachmittag im Haus. Nachts hat einer vom Team Rufbereitschaft, der nur in Notfällen kommt«, antwortete Herr Bergmann.

Marcel wollte sich nicht ausmalen, was passiert wäre, wenn das Sauerstoffproblem nachts aufgetreten und niemand der Techniker im Haus gewesen wäre. Bis einer dann vor Ort gewesen wäre, hätten weitaus mehr Patienten in Not geraten können.

Er dachte an Marlene, die auf Sauerstoffversorgung angewiesen war, schüttelte den Gedanken aber schnell wieder ab, um sich zu konzentrieren. »Waren Sie, Herr Brieger und Herr Bergmann, heute auch noch einmal in der Zentrale für den Sauerstoff?«

Beide verneinten.

»Wer hat noch Zugang zu diesen Räumlichkeiten?«, fragte Konrad.

»Im Grunde nur wir. Wir haben die Schlüssel immer bei uns. Es gibt noch einen an der Information für alle Fälle, aber der wird selten gebraucht. Wenn etwas ist, werden wir gerufen. Die Firma, die uns mit den Kaltvergasern ausstattet, kommt durch uns rein.« Herr Brieger zuckte mit der Schulter. »Es ist ein stinknormales Schloss, kein Sicherheitsschloss. Theoretisch könnte da jemand problemlos einbrechen.«

»Haben Sie sich schon an der Information erkundigt, ob der Ersatzschlüssel noch dort ist?«

Der jüngere Kollege senkte den Kopf. Seine Wangen glühten.

»Was ist?«, fragte Herr Bergmann.

Herr Rader schluckte. »Ich habe den Schlüssel von der Information geholt, weil ich meinen verloren habe.«

»Wie bitte?«, fragte Herr Brieger laut. »Warum meldest du das nicht?«

»Ich hatte Angst, weil ich noch nicht lange dabei bin, und wollte nicht schon jetzt negativ auffallen. Es war ein Fehler, darüber zu schweigen.«

»Das heißt also, dass jemand Unbefugtes den Schlüssel haben und sich damit Zutritt verschaffen könnte?«, fragte Marcel.

»Natürlich. Das ist großer Mist«, schimpfte Herr Bergmann. »Weißt du, was du da angerichtet hast?«

»Glaubt mir, ich schlafe kaum noch, weil ich Angst habe, dass sich jemand an den Geräten zu schaffen machen könnte.« Die Schultern des jungen Kerls hingen nach unten, er war in sich zusammengefallen. »Es tut mir leid, aber ich finde ihn einfach nicht mehr.«

»Kannst du dich erinnern, wann du ihn zuletzt hattest?«, fragte Herr Brieger.

»Ich bin der Meinung, dass ich ihn in meinen Spind gelegt hatte, weil ich den Schlüssel nicht mit heimnehmen wollte. Wahrscheinlich hätte ich ihn sonst immer vergessen. Als ich mich vor einer Woche umgezogen habe, war er nicht da. Ich muss ihn verloren haben, aber ich habe wirklich keine Ahnung, wo das passiert sein könnte.«

»Okay, dieser verlorene Schlüssel könnte natürlich eine Möglichkeit sein, wie eine Person in den Raum gelangen konnte«, sagte Marcel. »Dann stellt sich die Frage, warum jemand dort hineingeht, der nichts darin zu suchen hat, und den Sauerstoff abdreht.«

»Das wäre kein Fehler mehr, sondern mutwillig«, erwiderte Konrad.

Marcel fröstelte, denn wenn es mit Vorsatz passiert wäre, würde das bedeuten, dass in dieser Klinik ein Verbrechen stattgefunden hatte. In diesem Zusammenhang kamen ihm die anderen Vorfälle in den Sinn. Er wollte weitere Informationen sammeln, um zu ergründen, ob sie wirklich von einem Verbrechen ausgehen mussten. »Die Sauerstoffsache war heute nicht die Einzige, die zu massiven Problemen geführt hat. Sie haben ja die Monitorproblematik mitbekommen, bei der wohl auch ein Patient gestorben ist. Auf der Kinderintensiv hat das Personal ebenfalls um das Leben eines Mädchens gekämpft. Hätte es statt eines technischen Defekts auch menschliches Versagen sein können?«

Herr Brieger pustete geräuschvoll Luft aus seinen Wangen. »Mit menschlichem Versagen hatte das nichts zu tun. Wenn Patienten an den Elektroden hängen, kann niemand einfach zum Monitor gehen und andere Werte einstellen. Die kann man nur manipulieren, wenn man sich ins interne Netz einschleust und dort die Daten verändert. Dafür muss jemand Ahnung vom Hacking haben. Es bedarf nur einen Laptop, dann kann man sich von überall hier in der Klinik in das Netzwerk einklinken.«

Marcel bekam Gänsehaut. »Haben Sie die betroffenen Monitore nach dem Vorfall geprüft?«

»Ja«, sagte Herr Brieger. »Bei insgesamt fünf Geräten wurden falsche Werte angezeigt. Technisch habe ich nichts gefunden. Die Wartung ergab keine Auffälligkeit und die Netzverbindung zur Zentrale war auch nicht gestört. Herr Bergmann hat in dort alles kontrolliert, es gab keine Auffälligkeiten. Ich gehe davon aus, dass sich die Monitore aufgehängt hatten, vielleicht gab es irgendeinen Kurzschluss, von dem wir nichts mitbekommen haben. Anders kann ich es mir einfach nicht erklären.«

»Was ist mit den Herstellern der Monitore? Haben die uneingeschränkten Zugriff auf die Geräte?«, hakte Marcel nach.

Herr Brieger schüttelte den Kopf. »Die wissen, wie unser internes Netzwerk funktioniert und waren bei den Installationen dabei. Sie wären natürlich in der Lage, sich hineinzuhacken, aber auch sie müssten dafür hier in der Klinik sein. Ich würde nicht verstehen, warum die so einen Schaden verursachen sollten. Sie haben schließlich auch einen Ruf zu verlieren.«

Marcel wusste, dass viele Taten von Verbrechern für einen normal tickenden Menschen nicht nachvollziehbar waren. Doch auch er hatte trotz seiner Erfahrung in der Kripo derzeit keine Idee, warum jemand absichtlich bei fünf Menschen die Monitore so manipuliert hatte, dass sie in Gefahr geraten waren. Er wollte allerdings auch nicht einfach so ausschließen, dass die Vorfälle geplant gewesen waren, dafür war die Häufung der Merkwürdigkeiten an diesem Tag zu auffällig.

Sie mussten weiter nach den Ursachen der Problematik suchen.

Die Techniker hatten bereits einiges erwähnt, das für die Ermittlungen wichtig war. Hoffentlich brachte die Versammlung weitere Hinweise.

»Okay, wir sind erst einmal fertig. Sollte es noch Fragen geben, melden wir uns«, sagte Marcel deshalb.

Die Männer verließen das Büro.

Marcel und Konrad liefen zu Mareike und Stefan, die im Flur gewartet hatten.

Marcel gab die Informationen an seine beiden Kollegen weiter. »Bisher gehen wir von viel Pech und menschlichem Versagen aus. Die drei Techniker schwören, nicht wissentlich den Haupthahn zugedreht zu haben. Allerdings gibt es da den verlorenen Schlüssel von Herrn Rader. Es könnte gut möglich sein, dass ihn jemand gestohlen oder gefunden hat und für die Sauerstoffsache verantwortlich ist. Jetzt nehmen wir erst einmal an dieser Besprechung teil und hören, ob es heute noch mehr dieser Vorfälle gab.

Der Tagungsraum hatte sich gut gefüllt, er war fast zu eng für so viele Personen. Die Anwesenden murmelten durcheinander.

Als Marcel an zwei Pflegern vorbeiging, die auf ein Handy sahen, schnappte er ein paar Worte auf. Er blieb stehen, um dem Gespräch zu lauschen.

»Das ist eine Frechheit. Ich wusste, dass dieser Kerl nicht richtig tickt«, sagte einer der beiden.

»Kommissar Schweißer«, stellte er sich vor, weil er erfahren wollte, worüber sich die beiden so echauffierten.

Er zeigte seinen Dienstausweis. »Worüber regen Sie sich so auf? Hat es etwas mit dem Krankenhaus zu tun?« Er zeigte auf das Handy.

Die Männer schauten ihn erst irritiert an.

Dann zuckte einer mit der Schulter. »Das Klinikum wird von der Presse belagert und unser Betriebsratsvorsitzender hat ein Interview gegeben, das unverschämt ist.« Der Mann hielt Marcel das Handy hin.

Zu sehen war Dr. Hart, der den Notfall mit dem Patienten gehabt hatte, als kein Defibrillator vor Ort gewesen war. Er stand in einem weißen Kittel zwischen einigen Reportern vor dem Krankenhauseingang.

Marcel spielte das Video ab.

»Was meinen Sie als Arzt zu den heutigen Vorfällen in dieser Klinik?«, fragte eine Reporterin und hielt Dr. Hart das Mikrofon in die Kamera.

»Was soll ich dazu sagen?! Es ist natürlich sehr traurig, dass Menschen tot sind. Wir müssen sehen, ob dafür menschliches Versagen verantwortlich ist. Ich kann nur erwähnen, dass bei mir kein Patient gestorben wäre. Ich habe vorhin in einer Notsituation eingreifen können, obwohl es erschwerte Bedingungen gab. Als guter Arzt tut man eben alles, was man tun muss, um Leben zu retten.«

»Das bedeutet, bei Ihnen wäre der Mann heute Morgen nicht gestorben, obwohl der Monitor nicht funktionierte?«, fuhr die Reporterin fort.

Dr. Harts Auflachen triefte vor Arroganz. »Ganz sicher nicht. Ich beachte keine Monitore, sondern die Patienten.« Er zeigte in Richtung Eingang. »Wenn Sie mich jetzt entschuldigen, ich habe zu tun.« Er drängelte sich an dem Kameramann vorbei und lief in die Klinik.

Marcel war sprachlos.

Wie konnte ein Arzt dermaßen unprofessionell vor der Kamera sprechen, und dabei seine Kollegen in ein schlechtes Licht zu rücken?

Er schaute die beiden Pfleger an. »Ist Dr. Hart immer so?«

»Ja, er glaubt, dass er der Beste ist«, antwortete einer der beiden. »Mich würde nicht wundern, wenn der extra Notfälle herbeiruft, um den Helden zu spielen. Bei ihm sind die Patienten komischerweise immer besonders kritisch. Wenn er mit Ihnen fertig ist, behauptet er, dass sie seinetwegen wie neugeboren sind. Dabei ist er einfach nur ein eingebildeter Fatzke und gar nicht so gut, wie er glaubt.«

Marcel bedankte sich für die Informationen, die ihm ein eindrückliches Bild von dem Arzt vermittelt hatten. »Falls wir noch Fragen haben, kommen wir auf Sie zu.« Er lief nach vorne zu Frau Werner, damit diese die Versammlung offiziell eröffnen konnte.

Die Leitung klatschte in die Hände. »Kollegen und Kolleginnen, kann ich Sie um Ihre Aufmerksamkeit bitten?«

Es wurde ruhig, das anwesende Personal starrte sie an.

»Die beiden Herren sind von der Kriminalpolizei. Heute haben sich Vorkommnisse abgespielt, die zwei Patienten das Leben gekostet haben und somit ein paar Fragen aufwerfen. Ich möchte, dass Sie sich Mühe geben, der

Kripo bestmöglich zu helfen. Sie haben sicherlich bereits mitbekommen, dass wir in der Lokalzeitung, in den sozialen Netzwerken und auch auf Bewertungsplattformen gerade nicht sonderlich gut wegkommen. Das bedeutet für Sie alle, dass das Klinikum eine Krise durchmacht, die uns die Jobs kosten könnte.«

Es wurde wieder etwas lauter.

»Beruhigen Sie sich bitte. Wir sind hier, um das zu klären. Ich übergebe das Wort an die Herren der Kriminalpolizei.«

Marcel trat nach vorn. »Mein Name ist Kommissar Schweißer, das ist mein Kollege Malter. Heute gab es ein schwerwiegendes Problem mit dem Sauerstoff auf den Stationen. Dabei ist ein Frühgeborenes gestorben. Zunächst müssen wir wissen, ob es bei Ihnen auf den Stationen noch zu weiteren Geschädigten gekommen ist.«

Es meldeten sich fünf Personen.

»Es war nicht einfach«, sagte ein Mann, der in einen blauen Kasack und eine gleichfarbige Hose gekleidet war. »Ich bin Leiter der internistischen Intensivstation. Wir haben fast ausschließlich Patienten, die mit Sauerstoff versorgt werden müssen. Wir konnten während des Ausfalls mit den Transportflaschen nicht alle abdecken. Zwei Patienten waren dauerhaft über einen Zeitraum von knapp einer halben Stunde unterversorgt. Ich hoffe, dass es bei niemandem zu Folgeschäden aufgrund von Sauerstoffmangel gekommen ist.«

»Bei uns auf der chirurgischen Intensiv gab es auch die Problematik«, sagte eine Frau. »Zudem hatten wir heute Morgen einen sehr merkwürdigen Vorfall mit einem Monitor. Der alarmierte plötzlich bei einem Patienten und zeigte Kammerflimmern an. Wir haben nach Standard defibrilliert, aber es trat keine Besserung ein. Als wir dann mit dem Defibrillator die Vitalwerte des Patienten kontrolliert haben, hat der uns ständig gesagt, dass kein weiterer Stromstoß nötig sei, doch auf dem Monitor wurde unverändert Kammerflimmern angezeigt. Wir haben ein EKG geschrieben. Das Herz war völlig in Ordnung, obwohl der Monitor etwas anderes sagte.«

»Du meine Güte«, flüsterte Frau Werner. »Geht es dem Patienten gut?«

»Ja, Gott sei Dank. Allerdings ist seine Frau sehr sauer. Sie will das anzeigen.«

»Das lief trotzdem besser als bei uns auf Station 6«, sagte eine Frau, die in einen weißen Kasack und eine weiße Hose gekleidet war. »Wir hatten wirklich jemanden mit Kammerflimmern, und unser Defibrillator ist verschwunden. Wir finden ihn nicht.«

»Hat ihn jemand verliehen und vergessen, es weiterzugeben?«, fragte Frau Werner.

»Ach, natürlich«, plärrte jemand.

Marcel hatte die Stimme sofort erkannt.

Dr. Hart verdrehte die Augen. »Es ist doch üblich, dass Kollegen vergessen, etwas weiterzugeben. Würde jeder seine Aufgaben richtig erledigen, würden solche Vorkommnisse nicht passieren. Mich regen diese Zustände in der Klinik schon länger auf. Hier arbeitet zu viel unprofessionelles Personal.«

Ein Pfleger stöhnte laut auf. »Natürlich würde Ihnen solch ein Fauxpas nicht passieren, das haben Sie ja gerade der Presse mitgeteilt. Wollen Sie als Held aus der Nummer, die hier abläuft, herausgehen?«

Dr. Hart hob einen Zeigefinger. »Nicht in diesem Ton. Ich habe nur die Wahrheit gesagt. Früher hatten wir auch keine Monitore, wir haben die Patienten mit bloßem Auge beurteilt.«

Marcel musste dem Arzt in dem Punkt des Beobachtens recht geben. Er selbst hatte bei dem Mädchen in Marlenes Zimmer erkannt, dass etwas nicht gestimmt hatte.

Trotzdem war die Arroganz des Mannes kaum zu ertragen.

Dr. Hart und Frau Werner tauschten einen Blick aus. Er dauerte nur eine Sekunde lang, aber irgendetwas lag zwischen ihnen.

Marcel machte sich gedanklich Notizen, dass er die berufliche Beziehung der beiden näher beleuchten wollte.

»Ich möchte etwas zu dem verschwundenen Defibrillator sagen«, meldete sich ein anderer Mann in weißem Kittel zu Wort. »Bei uns auf der Gynäkologie fehlen zwei CTG-Geräte. Wir haben herumtelefoniert. Aber welche Station würde sich diese ausleihen? Die werden ja nur für Schwangere genutzt. In den Gesprächen mit den Kollegen habe ich erfahren, dass auch anderen etwas fehlt.«

»Was ist ein CTG-Gerät?«, fragte Marcel. »Ist das lebensnotwendig?«

Der Mann nickte. »Es misst die Herzfrequenz eines Ungeborenen und die Aktivität der Gebärmutter. Ohne können wir schlecht den Zustand des Babys bestimmen, was für dieses zur Gefahr werden kann.«

Marcel ahnte Schlimmes.

Mittlerweile klangen die Geschehnisse nicht mehr nach einem Versehen.

»Wo sind noch verschwundene Sachen aufgefallen?«, fragte er.

Es meldeten sich einige aus dem Kollegium. Auf den Intensivstationen fehlten Beatmungsmaschinen, auf anderen Stationen auch Defibrillatoren, Überwachungsmonitore sowie EKG- und EEG-Geräte.

Marcel fragte sich, wie jemand so viele Geräte wegschaffen konnte, ohne dabei erwischt worden zu sein. Das musste doch auffallen. Allerdings wusste er nicht, wie es in der Klinik üblicherweise zuging.

»Ich bitte Sie, schriftlich festzuhalten, was bei Ihnen auf der Station nicht mehr vorhanden ist«, forderte Frau Werner auf.

Die Tür wurde geöffnet.

Der Techniker Bergmann stürzte verschwitzt und mit hochrotem Gesicht in den Raum. »Entschuldigung«, sagte er völlig außer Atem. »Ich habe gerade etwas sehr Merkwürdiges gefunden. Nach dem Vorfall mit dem Sauerstoff wollte ich noch einmal die Kaltvergaser kontrollieren. Wir haben beschlossen, heute ein Auge mehr drauf zu werfen. Auf dem Weg dorthin habe ich ein Brummen aus den alten Lagerräumen gehört und nachgeschaut. Eigentlich stehen dort ja sonst nur ausrangierte Betten. Aber da sind ein Haufen Geräte. Beatmungsmaschinen,

Defibrillatoren und was weiß ich noch alles. Das ist kein Ort, um solche Dinge zu lagern.«

Wieder redeten die Leute wild durcheinander.

So langsam glaubte Marcel, dass jemand diese Dinge mutwillig tat. Er schaute zu Dr. Hart, weil ihm die Aussage des Pflegers von vorhin durch seine Gedanken spukte.

Der Arzt lehnte mit einem Lächeln im Gesicht und verschränkten Armen an der Wand.

Über ihn würde sich Marcel bei dem Personal noch mehr Informationen holen, um einschätzen zu können, ob er möglicherweise wirklich solche Dinge tun würde, damit er als Held dastand.

Frau Werner klatschte erneut in die Hände. »Kollegen und Kolleginnen, holen Sie sich Ihre Geräte von dort zurück. Kontrollieren Sie, ob sie funktionstüchtig sind. Melden Sie jeden merkwürdigen Vorfall sofort bei mir, geben Sie alles an den Spät- und Nachtdienst weiter, damit jeder die Augen offenhält. Unsere Patienten haben höchste Priorität. Sie sollen bei uns sicher sein. Es darf keine weiteren Vorfälle geben. Ich kümmere mich um die Presse.«

Die Versammlung löste sich auf.

Frau Werner steuerte auf Dr. Hart zu. Sie gestikulierte wild mit den Händen.

Dr. Hart regte sich kaum, hatte sogar weiterhin das belustigte Lächeln im Gesicht.

Konrad stellte sich neben Marcel. »Was denkst du?«

»Ehrlich gesagt, befürchte ich, dass hinter den Vorkommnissen mehr als bloß ein Fehler steckt. Ich möchte mir jetzt noch einmal Frau Werner zu Brust nehmen, denn laut den Technikern spart sie ziemlich viel. Vielleicht ist das der Grund, warum Geräte nicht funktionieren und Mitarbeiter wegen ungenügender Einarbeitung Fehler machen.«

»Das erklärt aber nicht, dass irgendwer Ausstattung in einem Lager versteckt, die auf den Stationen gebraucht wird. Weder kann das aus Versehen passieren, noch hat es etwas mit Einsparungen zu tun. Mir scheint es, als wollte jemand Unruhe stiften.«

Marcel sah das ähnlich. »Wir sollten das schleunigst aufklären.«

11

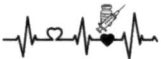

Es machte ihm zunehmend Spaß zu beobachten, dass jeder darüber verwirrt war, wie viele Fehler an einem Tag in einer Klinik passieren konnten.

Dass bei seinen ersten Aktionen bereits zwei Menschen sterben würden, hätte er nicht erwartet. Ein Baby war unter den Opfern, das tat ihm leid. Doch das Frühchen war als kleiner Held ums Leben gekommen.

Er würde noch häufiger zuschlagen und dieses Krankenhaus zerstören. All diesen Göttern in Weiß, Blau oder Grün würde er die Unfähigkeit vor Augen führen. Er dachte an seinen nächsten Anschlag und grinste.

Schon am folgenden Tag würden wieder ein paar Möchtegernhelden vor Hektik und Panik schwitzen. Sie würden erkennen, dass sie seit Stunden falsche Medikamente spritzten. Es würde sich zeigen, dass kein Patient sicher war. Dass in diesem Krankenhaus Leben ruiniert werden.

Ihm gefiel die Unsicherheit der Verantwortlichen, die im Dunkeln tappten und nicht wussten, weshalb das alles passierte. Es würde ihm Freude bereiten, wenn sie alle an sich selbst zweifelten.

Es meldete sich aber auch ein bisschen Traurigkeit in ihm. Seit vielen Jahren war er in diesem Haus, doch wenn es geschlossen werden würde, weil der Ruf nicht mehr zu retten war, würde das auch ihn betreffen.

Schnell wischte er den Gedanken, arbeitslos zu sein, beiseite, denn er konnte in ein anderes Haus gehen und schauen, ob dessen Mediziner vielleicht keine Pfuscher waren oder auch dort Missstände aufdecken.

Er holte tief Luft, weil seine Überlegungen ihn von der Vorbereitung seines nächsten Zuges ablenkten. Zwar konnte er den gerade noch nicht umsetzen, aber allein den Weg abzulaufen half ihm, seinen Plan zu manifestieren.

Er ging am Zentrallager entlang, wo die Bestellungen für den nächsten Tag bereits sortiert waren. Er drehte das Fläschchen in seiner Kitteltasche. Darin schwappte die fiese Flüssigkeit, die schon bald zu einem unschönen Ergebnis führen würde, sobald er sie in die Infusionen geben würde. Ein Lächeln umschmeichelte seine Lippen, weil er genau vor sich sehen konnte, wie er sich nachts in das Lager hineinschleichen und die Infusionen für den Operationssaal bearbeiten würde. Er rieb sich in Gedanken die Hände, stellte sich vor, wie die Patienten auf dem OP-Tisch wegsterben würden.

Wenn es dann tatsächlich so weit sein würde, würde er mit Genuss dabei zuschauen, wie die Beteiligten ausrasteten. Es würde sich Hektik im OP verbreiten, weil sie erfolglos reanimieren würden. Sie würden sich fragen, warum sich der sterbende Patient nicht retten ließ, ohne zu wissen, dass der Tod mit den Infusionen kam.

Lächelnd lief er zurück ins Haupthaus, um dort zu sein, wo man ihn gerade brauchte, auch wenn es ihm schwerfiel, nicht sofort in das Lager zu gehen, um die Infusionen zu manipulieren.

Doch im Lager arbeitete derzeit noch viel zu viel vom Personal.

Vorfreude ist die schönste Freude.

Sein Funk klingelte.

Er holte tief Luft, lächelte, nahm ab und hörte zu, was der Pfleger von der internistischen Intensivstation wollte. »Ich bin gleich da«, versicherte er und ging zum Fahrstuhl.

12

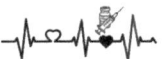

Marcel und Konrad hatten sich mit Frau Werner in ihrem Büro verabredet.

Diese hatte nach der Versammlung erst etwas mit Dr. Hart besprechen wollen.

Auf dem Weg in den Verwaltungstrakt gingen Marcel und sein Partner noch einmal die Dinge durch, die an diesem warmen Julitag in der Klinik für große und kleine Katastrophen gesorgt hatten.

Konrad strich sich durch den Bart. »Möglicherweise wäre es doch eine gute Idee, dass du Marlene verlegen lässt. Nur um auf Nummer sicherzugehen.«

Marcel nickte. »Ich habe vorhin mit der Neuwieder Klinik telefoniert, sie haben derzeit keinen Platz für solch intensivpflichtige Patienten und könnten Marlene nicht adäquat versorgen. Wir stehen auf der Warteliste. Also stecke ich meine Energie jetzt in den Fall. Finden wir heraus, wer solche Sabotagen machen würde.«

»Was könnten mögliche Motive sein, Patienten einer Klinik in Gefahr zu bringen?«

Marcel seufzte. »Da fallen mir einige ein. Rache, Machtdemonstration, Terroranschlag.«

Konrad pfiff leicht durch die Zähne. »Das wäre echt heftig.«

Als sie am Büro der Klinikleitung ankamen, standen Stefan und Mareike bereits davor.

Marcel hatte die beiden für ein paar Befragungen auf die Intensivstationen des Hauses geschickt, um sich ein allgemeines Bild zu machen. »Konntet ihr etwas Hilfreiches herausfinden?«

Mareike holte ihr Notizbuch aus der Hosentasche. »Solche Vorkommnisse scheinen nicht normal zu sein. Einige der Pfleger und Krankenschwestern sind darüber beunruhigt, dass so viele unerklärliche Dinge passiert sind, aufgrund derer sogar Menschen sterben. Eine Krankenschwester stand unter Schock und musste nach Hause geschickt werden.«

»Hat das Personal erzählt, was sie vermuten?«, fragte Konrad.

»Nichts Konkretes«, antwortete Stefan. »Es gab mehrfach Äußerungen, die sich gegen Dr. Hart als leitende Person des Betriebsrats und Frau Werner als Klinikleiterin richten. Einige Ärzte und auch das Pflegepersonal beschweren sich über Sparmaßnahmen, die solche Ereignisse durchaus hervorrufen können. Keine ausreichende Wartung der medizinischen Geräte, zu wenig Personal, dadurch keine gute Einarbeitung, Materialeinsparungen, spärliche Anschaffung von Ersatzgeräten.«

»Die Einsparungen scheinen nicht nur beim medizinischen Personal der Fall zu sein, auch die Techniker haben vorhin ähnliches erzählt«, erwiderte Marcel. »Es könnte in der Tat möglich sein, dass es dadurch zu diesen Vorfällen gekommen ist.«

Konrad presste die Lippen zusammen und verschränkte die Arme. »Einige der Geschehnisse lassen sich durch solch eine Begründung erklären. Aber warum sollte jemand unbemerkt Geräte in einem Lager abstellen?«

»Es könnte doch sein, dass sie kontrolliert werden sollten, und ein unerfahrener, nicht gut eingearbeiteter Mitarbeiter hat vielleicht gedacht, sie dorthin bringen zu müssen«, sagte Marcel.

Konrad hob eine Augenbraue. »Ich bin nicht davon überzeugt, dass das die wahre Begründung ist. Das hätte doch jemanden stutzig machen müssen, dass dann so viele Geräte auf einmal weggebracht wurden.«

Marcel zuckte mit den Schultern. »Selbst wenn Klinikpersonal den Täter beobachtet hätten, dieser wird nicht alle Geräte mit einem Mal weggeschafft haben. Das einer unter hunderten Mitarbeitern den zweimal sieht, wie er etwas durch die Gegend schiebt, ist eher unwahrscheinlich. Vielleicht hat er es auch über ein paar Tage verteilt getan. Wir fragen die Leiterin, wie so was normalerweise abläuft.« Marcel schaute zu Mareike und Stefan. »Habt ihr sonst noch etwas Hilfreiches?«

»In den Befragungen konnten wir heraushören, dass Dr. Hart nicht sehr geschätzt wird. Zwar ist er heute oft eingesprungen und hat Leben gerettet, wenn Not am Mann war, aber er scheint ein arroganter Zeitgenosse zu sein.«

»Das haben wir in dem Interview gesehen, das er vorhin gegeben hat«, sagte Marcel. »Ein Pfleger hat vor der Versammlung zu uns gesagt, er würde sich nicht wundern, wenn Dr. Hart alles selbst initiiert, um sich als Held aufspielen zu können.«

Konrad nickte. »Das wäre ein Motiv.«

»Aber würde er wirklich den Ruf des Krankenhauses so schaden, in dem er arbeitet?«, fragte Mareike.

»Vielleicht denkt er über Konsequenzen wie Klinikschließung gar nicht nach«, antwortete Konrad. »Anhand des Interviews sieht man ja, dass er keine Probleme hat, seine Kollegen bloßzustellen und sich in den Vordergrund zu rücken. Wir sollten die Option, dass er für die Vorfälle verantwortlich ist, zumindest in Betracht ziehen.«

»Gut, wir befragen jetzt Frau Werner«, sagte Marcel. »Mareike und Stefan, ihr informiert die Kollegen und den Staatsanwalt, dass wir definitiv in der Sache ermitteln. Die zwei toten Patienten sind mindestens Opfer von Fahrlässigkeit. Bitte informiert auch die Angehörigen darüber, dass wir die Todesursache untersuchen. Ich bringe Konrad nachher ins Präsidium zurück, ihr könnt fahren.«

»Machen wir«, bestätigte Mareike.

Die beiden gingen.

Marcel klopfte an die Bürotür.

Es kam keine Reaktion.

Marcel klopfte erneut und probierte, die Tür zu öffnen. Sie war abgeschlossen.

»Wir müssen wohl noch etwas warten. Vielleicht staucht sie Dr. Hart wegen des Interviews zusammen.« Marcel rieb sich die Augen. Ihm steckte die Müdigkeit in den Knochen. Am liebsten würde er zu seiner Familie gehen, doch das würde noch eine Weile warten müssen. Besser er schrieb Kim eine Nachricht, dass es dauern würde, bis er wieder auf Station kam, damit sie sich keine Sorgen machte. Er holte sein Handy heraus und tippte. *Wir warten gerade auf die Klinikleiterin, die noch unterwegs ist. Es dauert also, bis ich zurück bin. Ist alles okay?*

Kim antwortete prompt. *Marlenes Zustand ist unverändert. Habt ihr schon etwas herausgefunden?*

Bisher nichts Brauchbares, wir werden aber alles tun, um Antworten zu erhalten. Mach dir keine Sorgen. Ich liebe dich. Bis gleich. Marcel steckte das Handy weg und holte tief Luft, weil er erleichtert war, dass Marlene sich weiterhin stabil hielt.

»War das Kim?«, fragte Konrad.

Marcel nickte. »Ich bin froh, dass sich Marlene wacker hält, und hoffe, dass es so bleibt.«

»Was sagen denn die Ärzte, wie es mit ihr weitergeht?«

»Wenn sie fieberfrei bleibt, lassen sie sie eventuell schon morgen aufwachen. Sie wird zwar noch ein paar Tage in der Klinik bleiben, aber wenn sie extubiert ist, kommt sie in ein bis zwei Tagen von der Intensivstation runter.«

»Was heißt extubiert?«, fragte Konrad. »Ist das was Gutes?«

Marcel lachte. »Ich werde hier zu einem Arzt ausgebildet, indem ich Wörter lerne, die ich noch nie gehört habe. Es bedeutet, dass der Schlauch aus ihrem Hals kommt, damit sie nicht mehr beatmet werden muss.«

»Das klingt super.«

Marcel lächelte. »Ihr Zustand war echt ein ganz schöner Schreck. Aber Gott sei Dank ist sie ein tapferes Mädchen.«

Von Weitem klackerten Absätze hoher Schuhe. Kurz darauf kam Frau Werner den Flur entlang, die glatt mit einem Model auf dem Laufsteg verwechselt werden konnte. Sie wirkte nicht wie die Chefin einer ganzen Klinik.

Marcel hatte sich für einen solchen Posten eine viel ältere, erfahrene Person vorgestellt.

Frau Werner sah hingegen noch jung aus, obwohl sie wahrscheinlich über fünfzig war. »Entschuldigen Sie bitte, dass es länger gedauert hat. Kommen Sie in mein Büro. Ich kann Ihnen Wasser oder Kaffee anbieten.«

Marcel und Konrad folgten ihr. Sie setzten sich auf die zwei Stühle, die vor ihrem Schreibtisch standen.

Marcel wählte Kaffee, weil er so müde war.

Konrad nahm ein Wasser.

Frau Werner goss jedem sein gewünschtes Getränk ein. »Was wollen Sie wissen?«

»Wir haben uns einige Gedanken darüber gemacht, was hinter diesen Vorkommnissen stecken könnte. Bei Befragungen haben wir herausgehört, dass das Personal sehr unzufrieden mit den Sparmaßnahmen ist und die

Vorfälle heute drauf schiebt. Wir würden gern herausfinden, ob Sie in Ihrer Krankenhauspolitik etwas hätten tun können, um solche Fehler zu vermeiden.« Marcel beobachtete die Reaktion der Frau genau.

Ihre Wangen glühten leicht rot und sie nestelte mit den Händen. »Es ist gang und gäbe, dass sich eine Klinik mit Sparmaßnahmen beschäftigen muss. Doch diese führen nicht dazu, dass Menschen sterben. Nicht meine Entscheidungen sind dafür verantwortlich, dass der Sauerstoff abgedreht wurde.«

»Die Techniker gaben an, dass die Einarbeitung neuer Kollegen nicht optimal verläuft, weil die Krankenhausleitung nicht die nötige Zeit und Kapazität gewährt. Eventuell hat das zu einem fatalen Fehler geführt. Der junge Kollege Rader könnte sich schrecklich geirrt haben, weil er es nicht besser wusste.«

»Aber er sagt, dass er den Haupthahn nicht zugedreht hat.«

Konrad räusperte sich. »Er hat verheimlicht, dass er seinen Schlüssel verloren hat. Aus Angst, Ärger zu bekommen. Er könnte seine Schuld in Hinsicht auf die Sauerstoffleitung also ebenso verleugnen.«

Frau Werner schluckte schwer. »Wir wissen ja nicht, ob es wirklich so war.« Sie seufzte und senkte die Schultern. »Es ist nicht einfach, Personal zu finden, das in einer Klinik arbeiten möchte. Dazu kommt, dass ich nicht sehr viele einstellen kann, wenn es kein Geld für die Bezahlung der Mitarbeiter gibt. Ich habe die erfahrenen Kollegen gebeten, die neuen gut einzuarbeiten, und ich kann nicht danebenstehen, um zu kontrollieren, ob sie dem immer Folge leisten.«

Marcel verstand, was die Frau sagen wollte.

Die Personaleinschränkungen gab es in jedem Job und sie führten generell zu viel Frust. Doch deshalb durften keine Menschen sterben.

»Sie könnten dafür sorgen, dass genug Personal da ist, damit sich einer der erfahrenen Mitarbeiter Zeit nehmen kann, seinen Kollegen einzuweisen.« Marcel hob beschwichtigend die Hände, als Frau Werner offenbar zu einem Protest ansetzte. »Doch wir sind nicht hier, um Ihnen Ratschläge zu geben, wie Sie Ihr Krankenhaus zu leiten haben. Wir wollen herausfinden, was genau zu den Ereignissen geführt hat. Verstehe ich es richtig, dass die Techniker auch für die Wartung der Geräte zuständig sind?«

»Sie überprüfen diese hauptsächlich. Eine große Wartung wird durch die Herstellerfirmen übernommen.«

»Und die laufen regelmäßig?«, fragte Konrad.

Wieder errötete die Klinikleiterin. »Sicher nicht nach deren Vorstellungen, die Firmen würden die Kontrollen häufiger durchführen. Klar, sie verdienen daran. Wir beschränken uns da auf die Überprüfung der Geräte nach Paragraf 14 der Medizinprodukte-Betreiberverordnung.«

»Wenn ich richtig liege, passiert das also alle zwei Jahre«, sagte Konrad.

Marcel war erstaunt, dass sein Kollege darüber Bescheid wusste.

»Genau, daran halten wir uns.«

»Und halten Sie sich auch daran, dass Sie Sicherheits- und Messtechnische Kontrollen durchführen lassen, falls eines der Geräte zum Beispiel einen Fehler aufgewiesen hat?«, hakte Konrad nach.

Frau Werner errötete erneut und senkte den Blick. »Wenn unsere Techniker das Problem wieder in den Griff bekommen, verzichten wir darauf. Es muss nicht immer sofort eine Firma dafür beauftragt werden. Ich habe keinerlei Informationen durch die Stationen gehabt, dass es ein Problem mit den besagten Geräten gab, sodass es nötig gewesen wäre, eine außerplanmäßige Prüfung anzufordern.«

Marcel kochte innerlich vor Wut.

Dieser Frau war augenscheinlich nicht bewusst, dass eine mangelhafte Wartung von Geräten und die ungenügende Einweisung des Personals zu gefährlichen Situationen führen konnten. Trotzdem tat sie so, als wäre sie daran völlig unbeteiligt.

»Das könnte bedeuten, dass die fehlerhaften Vitalzeichen an den Überwachungsmonitoren heute Morgen aufgrund mangelnder Wartung passiert sind«, sagte Konrad streng.

Marcel wollte keine weiteren Ausflüchte mehr hören, sondern Erklärungen für die Vorkommnisse finden. »Ich würde gern noch mit Ihnen über diese Geräte sprechen, die von den Stationen verschwunden sind. Wir haben uns gefragt, wie so etwas unbemerkt passieren kann. Wer holt die normalerweise ab und warum?«

»Tja, eigentlich niemand. Ich kann mir nicht erklären, wie die in das Lager gekommen sind. Wenn die kaputt sind beziehungsweise eine Störung anzeigen, gibt das Personal einen Auftrag im Intranet an die Techniker. Dort schreiben sie rein, um welches Gerät es geht und was das Problem ist. Die Kollegen der Technik kommen dann auf die Station und kümmern sich darum.«

»Aber nehmen es nicht mit?«, hakte Marcel nach.

»Nur wenn sie es auf die Schnelle nicht gelöst kriegen. Es passiert auch, dass sie gar nichts tun können und die Firma angerufen werden muss.«

»In diesem Fall würden die Techniker die Geräte in das Lager stellen?«, fuhr Marcel fort.

Frau Werner schüttelte vehement den Kopf. »Dort stehen nur ausrangierte Betten und Nachtschränke, die entsorgt werden, sonst nichts.«

»Wer hat Zugang zu diesem Raum?«

»Im Grunde jeder, der ist nicht verschlossen. Das alte Gerümpel klaut niemand, und wenn, wäre es nicht tragisch.«

Marcel dachte darüber nach, ob es wirklich möglich war, dass jemand von der Technik gedacht hatte, diese Geräte wären defekt und müssten dorthin gebracht werden. Er konnte es sich nicht recht vorstellen, denn derjenige hätte doch erst geprüft, inwieweit die funktionstüchtig waren, ehe er sie weggebracht hätte. »Es gibt noch die Möglichkeit, dass die Vorfälle heute beabsichtigt waren«, sagte er zu Frau Werner.

Diese riss die Augen auf. »Wie bitte? Sie meinen, jemand möchte dem Haus bewusst schaden? Wer sollte so etwas tun?«

»Wir werden zusammen schauen, ob es Leute gibt, die einen Grund dafür hätten. Ehemalige, verärgerte Patienten oder Mitarbeiter, die sich rächen wollen. Jemand, der das Haus erpressen will oder einen Terroranschlag verübt.«

»Erpressung?«, fragte die Klinikleiterin. »Dann ist es wahrscheinlich niemand, der im Haus arbeitet, denn dass wir rote Zahlen schreiben, weiß jeder. Hier gibt es nichts zu holen.«

»Es muss nicht immer zwangsweise etwas mit einer Geldforderung zu tun haben«, erwiderte Konrad ruhig. »Zum Beispiel könnte es jemand sein, der bei einem Arzt ein Geständnis erzwingen möchte. Gibt es derzeit Beschwerden, laufende Ermittlungen oder Nachforschungen zu Behandlungsfehlern?«

Frau Werner schaute Konrad mit gerunzelter Stirn an. »Es lässt sich natürlich schon hin und wieder einmal jemand über Ärztefehler oder unangemessenes Verhalten aus.«

»Ist es zu Anzeigen gekommen?«, fragte Marcel.

Das Gesicht der Leiterin wurde noch blasser. »Ich … Eigentlich möchte ich ungern darüber sprechen.«

»Frau Werner, Ihnen ist offenbar der Ernst der Lage nicht klar«, sagte Konrad streng. »Alles, was für die Ermittlung wichtig ist, sollten Sie an uns weitergeben. Wir tragen nichts nach außen, doch wir müssen alle möglichen Täter in Betracht ziehen.«

Marcel dachte sich, dass es da wahrscheinlich einige Kandidaten gab, wenn man sich die Bewertungen der

Klinik im Internet ansah. Es war in jedem Krankenhaus so, dass ehemalige Patienten unzufrieden waren. Es würde also in diesem Fall nicht sehr einfach werden, einen Täter zu finden.

Die Frau holte tief Luft. »Es wurden schon einige Anzeigen erstattet, wir wurden aber noch nie verurteilt. Der letzte Gerichtsprozess hat erst vor Kurzem geendet, das Krankenhaus hat Recht bekommen.«

»Worum ging es?«, fragte Marcel.

»Eine Patientin ist während einer Operation gestorben. Es war ein chirurgischer Routineeingriff. Nichts Dramatisches. Es haben sich jedoch Komplikationen entwickelt und die Frau hat nicht überlebt. Die Familie hat geklagt, weil sie Dr. Hart die Schuld an dem Tod geben. Allerdings war das wohl eher ein persönliches Problem, denn die Familie kam mit Dr. Harts Art nicht zurecht. Die Situation eskalierte am Tag der Operation in einer Auseinandersetzung zwischen dem Arzt und dem Sohn der Patientin. Die Angehörigen haben anschließend die Verleumdung aufgestellt, er wäre ständig alkoholisiert gewesen. Ich denke, die haben nur ein Ventil gesucht. Dr. Hart ist ein guter Arzt, er hat keine Fehler gemacht.«

Marcel konnte sich hervorragend vorstellen, dass dieser Mediziner nicht sonderlich gut bei der Familie ankam. Sein Auftreten auf der Station an diesem Tag hatte auch er etwas merkwürdig gefunden.

In dem Fall könnte die Familie ein Motiv haben.

»Wir brauchen die Namen der Angehörigen, die geklagt haben«, bat Marcel.

»Die darf ich Ihnen nicht ohne Weiteres herausgeben.«

»Das ist klar, wir holen uns dafür einen Beschluss. Wenn Sie allerdings ein Erpresserschreiben erhalten, rufen Sie sofort an.« Marcel trank noch einen Schluck des lauwarmen Kaffees. Er hatte im Gefühl, dass mit einem Arzt, der überall aneckte, noch mehr Patienten unzufrieden sein könnten. »Gab es speziell gegen Dr. Hart weitere Beschwerden oder gar Anzeigen? Ich habe ihn kennengelernt, er ist sehr forsch und auch beim Personal nicht sonderlich beliebt. Das Interview vorhin war ehrlicherweise befremdlich. Er scheint davon überzeugt zu sein, dass er der einzig gute Arzt in dieser Klinik ist. Wenn man sich die Bewertungen des Krankenhauses ansieht, kommt gerade er nicht sonderlich gut dabei weg.«

Frau Werner senkte den Blick und erwiderte nichts.

»Es wäre für den Ruf Ihrer Klinik wirklich von Vorteil, wenn sie kooperieren«, fuhr Marcel fort. »Wir finden sowieso heraus, wenn in der Vergangenheit weitere Verfahren gegen Dr. Hart gelaufen sind.«

Frau Werner schloss für wenige Sekunden die Augen und holte tief Luft. »Es gab vier Anzeigen über viele Jahre. Sie waren alle haltlos. Dr. Hart ist ein sehr guter Arzt, er möchte einfach Menschenleben retten.«

»Vier Anzeigen sind recht viel, oder?«

Sie zuckte mit den Schultern. »Ich vermute, das ist seiner Art zuzuschreiben. Mit der fühlen sich manche Patienten nicht wohl. Wenn dann Komplikationen auftreten, geben Sie dem unsympathischen Mann die Schuld.« Frau Werner hatte den Rücken durchgestreckt.

»Er spielt die Geschehnisse des heutigen Tages ziemlich herunter, für einen guten Arzt finde ich das sonderbar.«

»Dr. Hart ist ein Mediziner durch und durch. Er liebt Hektik und Unruhe. Das klingt sicher etwas merkwürdig, aber er geht in seiner Arbeit auf.

Marcel fand es wirklich seltsam, konnte es jedoch ein wenig nachvollziehen.

Wenn man seinen Job liebte, wollte man nicht nur herumsitzen und Däumchen drehen.

Marcel wünschte sich deshalb nicht, dass ein besonders perfider Fall eintraf. Aber er wusste, dass andere Menschen nicht wie er tickten. Ihm kamen die Worte des Pflegers in den Sinn, mit dem sie vor der Versammlung gesprochen hatten.

»Ist es möglich, dass Dr. Hart solche Vorfälle initiiert, damit er einen Notfall bekommt? Also zum Beispiel einen Defibrillator versteckt, damit es schön hektisch wird?«, fragte Konrad, der wohl den gleichen Gedanken wie Marcel gehabt hatte. »Einige vom Personal haben solch eine Vermutung geäußert.«

Die Leiterin des Krankenhauses riss die Augen auf. »Wie bitte? Diese Anschuldigung geht zu weit. Dr. Hart mag ein Kauz sein, aber so etwas traue ich ihm nicht zu. Warum sollte er im ganzen Klinikum Notfälle auslösen? Er kann ja nicht überall den Helden spielen.«

Da war etwas dran.

Trotzdem wollte Marcel Dr. Hart im Auge behalten. Er ging in Gedanken noch einmal durch, welche

Personengruppen er und Konrad als potenziellen Täter besprochen hatten. »Was ist mit verärgertem Klinikpersonal? Will sich vielleicht jemand aufgrund einer Kündigung oder Ähnlichem rächen?«

»Da müsste ich in der Personalabteilung nachfragen. Es gab einige Kündigungen in den dreißig Jahren, in denen ich hier bin. Über die wurde sich natürlich auch beschwert.«

Marcel spürte, dass die Suche nach der Ursache dieser merkwürdigen Geschehnisse nicht einfach werden würde, weil zu viele Möglichkeiten existierten. »Ist Ihnen eine Kündigung vielleicht besonders in Erinnerung geblieben? Hat jemand gedroht?«

»Die meisten stellen eine Klage vor dem Arbeitsgericht in Aussicht. Lassen Sie mich einmal nachdenken, wer da infrage kommen könnte.« Frau Werner verdrehte die Augen nach oben. Dann riss sie diese auf. »Ja, Moment. Da fällt mir jemand ein, der sich auf ganz unverschämte Art und Weise gegen die Kündigung gewehrt hat.« Sie wählte eine Nummer. »Hier ist Werner, ich habe eine Frage. Vor drei Jahren hat dieser Mitarbeiter Sie bedroht. Könnten Sie mir bitte noch einmal den genauen Hergang schildern?«

Marcel spürte ein leichtes Kribbeln, weil er hoffte, dass es vielleicht ein weiterer Hinweis sein könnte.

Nach einem Augenblick bedankte sich die Klinikleiterin und legte auf. »Das war eine Kollegin aus der Personalabteilung. Vor drei Jahren haben wir einem Kollegen gekündigt, der im Hol-und Bringdienst angestellt war.

Er hat die Materialbestellungen von Stationen gepackt und diese ausgeliefert.«

Marcel horchte auf.

Das wäre jemand, der sich sicherlich mit den Lagern auskannte.

»Er trat häufiger unangenehm auf und soll weibliche Mitarbeiterinnen immer wieder mit anzüglichen Sprüchen belästigt haben. Es gab einige Beschwerden, wir haben ihn mehrmals verwarnt. Aber vor drei Jahren kam es zu sexuellen Aktivitäten mit einer Krankenschwester. Sie wurden in den Lagern mit den alten Betten erwischt.«

»Es ist aus verbaler Belästigung sexuelle Nötigung geworden?«, hakte Konrad nach.

»Nein, die Krankenschwester hat freiwillig mitgemacht. Laut ihr wusste der Mann, dass sie sich bei Stress mit Sex beruhigen ließ. Das hat er offenbar ausgenutzt. Es soll unkomplizierter Sex für ihn gewesen sein. Wir haben beide daraufhin entlassen. Kurz danach hat der Mann angefangen, unsere Kolleginnen von der Personalabteilung zu drohen. Er hat immer wieder angerufen, Rache geschworen und gesagt, dass er das gesamte Haus ruinieren würde.«

Das klang nach einem typischen Täter, allerdings fragte sich Marcel, was sich ein solcher Mitarbeiter von so einem Racheplan versprach. Darauf würde ihm der Verdächtige hoffentlich selbst Hinweise liefern. »Haben Sie einen Namen für uns? Selbstverständlich bekommen Sie auch dafür einen Beschluss. Doch wenn wir die sofort bekommen, können wir unsere Kollegen schon beauftragen, den Mitarbeiter zu überprüfen.«

Frau Werner nickte und reichte ihm einen Zettel. »Alessio Scholz. Seine Adresse, zumindest die letzte, die wir haben, steht auch darauf.«

»Danke.« Marcel steckte ihn ein. »Gab es weitere Kündigungen, bei denen Ihnen mit Rache gedroht wurde?«

Frau Werner seufzte. »Nicht im Rahmen einer Kündigung, aber bei einem Mitarbeiter, der immer noch hier angestellt ist. Bei ihm kam es vor vielen Jahren zu einem Vorfall, den er uns noch heute nachträgt. Er hat damals gedroht, damit an die Öffentlichkeit zu gehen, weil er dachte, er wäre ungerechterweise zur Verantwortung gezogen worden. Aber das ist lange her, er hat sich nie gerächt.«

»Könnte es sein, dass er das so viele Jahre später doch tut?«, hakte Konrad nach.

»Verziehen hat er das nie und wird auch nicht müde, es zu erwähnen. Er hält weder von mir noch von Dr. Hart viel.«

»Um welchen Mitarbeiter handelt es sich?«

»Sein Name ist Kiran Köthe.«

Marcel wunderte sich nicht, dass Pfleger Kiran erwähnt wurde. Der Mann war zwar ein großartiger Pfleger, aber sagte das, was er dachte auch gegenüber Dr. Hart. Marcel konnte sich gut vorstellen, dass es Spannungen gegeben hatte. »Was genau ist vorgefallen?«

»Ich weiß nicht, ob das für den Fall relevant ist. Es liegt zwanzig Jahre zurück. Die beiden haben zwar ihre

Diskrepanzen, die sie nicht aus der Welt schaffen können, aber Pfleger Kiran hat nie wahr gemacht, was er damals angedroht hat.«

»Können Sie wirklich ausschließen, dass der Pfleger heute keine Rachegefühle mehr hegt?«

Die Klinikleiterin starrte Marcel an, er sah ihr regelrecht an, wie es in ihrem Kopf ratterte. »Man kann nie etwas zu einhundert Prozent ausschließen.«

»Erzählen Sie uns bitte von dem Vorfall, damit wir uns ein Bild machen und entscheiden können, ob es für den Fall relevant ist«, forderte Konrad die Leiterin auf.

Frau Werner holte tief Luft. Ihre Kiefermuskeln spannten sich an und sie trommelte mit den Fingern auf der Tischplatte. »2002 hatten die beiden bei einer Operation ihre Differenzen. Kiran Köthe war anschließend sehr unverschämt und hat Behauptungen über Dr. Hart aufgestellt, die nicht stimmten. Bei dem Patienten kam es während der Operation zu Komplikationen, an denen Herr Köthe nicht ganz unschuldig war. Gott sei Dank ist der Patient vollständig genesen. Doch das Auftreten des Pflegers gegenüber Dr. Hart war inakzeptabel. Generell gibt es immer mal wieder Streitereien zwischen ihm und Ärzten. Deshalb haben wir damals entschieden, ihn erst einmal als Pfleger abzuziehen. Wir haben ihn vor die Wahl gestellt, im Hol-und Bringdienst sowie im Hausmeisterservice auszuhelfen oder das Krankenhaus zu verlassen. Er ist geblieben, hat jedoch gesagt, dass er das nicht auf sich sitzen lassen würde und wir eines Tages dafür büßen würden. Er hat seine Drohung aber nicht wahr gemacht. Weil er sich dann gut führte, habe ich ihn wieder als Pfleger eingestellt, allerdings als Springer fürs Haus. Er hilft, wo er gebraucht wird. Ich vermute, dass die Wut auf Dr. Hart nie abgeebbt ist, weil Herr Köthe nicht mehr im OP arbeiten darf. Er ist eigentlich ein guter Pfleger, doch seine Abneigung gegenüber Ärzten lässt er gern raushängen. Generell hält er nicht viel von dem Haus. Warum er geblieben ist, weiß ich bis heute nicht.«

Das fragte sich auch Marcel. Der Gedanke, dass dieser Pfleger etwas mit den Geschehnissen zu tun hatte, um der Klinik zu schaden, drang in sein Bewusstsein.

Warum sonst sollte er nach zwanzig Jahren noch immer dort arbeiten? Die Degradierung und der Streit von damals könnten zu einem Motiv geführt haben.

»Wir werden Herrn Köthe und Dr. Hart dazu befragen«, sagte Marcel.

»Kiran Köthe wird bereits Feierabend haben, er hatte Tagdienst, der endete um 16 Uhr. Dr. Hart finden Sie wahrscheinlich am ehesten auf Station 6.«

»Das trifft sich gut, da wollte ich sowieso noch einmal vorbeigehen, um meinen Freund zu besuchen.« Marcel erhob sich. »Sie melden sich bitte, wenn etwas passiert. Wir überprüfen auch den ehemaligen Mitarbeiter.« Marcel reichte ihr seine Visitenkarte. »Ich bin wahrscheinlich am Abend wieder auf der Kinderintensivstation anzutreffen, da meine Nichte ja dort liegt.«

»Danke«, sagte die Leiterin und nestelte mit den Händen. »Ich hoffe, dass der Albtraum nun vorbei ist.«

Das hoffte auch Marcel, in erster Linie für Marlene, aber auch für all die anderen Patienten. Zusammen mit Konrad verließ er das Büro.

»Ich komme mit zu Karl. Schadet ja nicht, wenn er seinen Lieblingsfreund sieht«, sagte der.

»Das bin ich, du bist nur zweite Wahl.«

Konrad lachte. »Das ist dein Wunschdenken.«

Sie liefen über das Gelände zum Haupthaus.

Die Sonne schien prall an dem späten Nachmittag. Ein schöner Tag, um an den See zu fahren oder Eis essen zu gehen.

Statt das Wetter zu genießen, lag Marlene im Koma und Marcel kam fast um vor Sorge. Das befeuerte seine Motivation, den Fall abzuschließen. »Überprüft ihr nachher im Büro die Personen, die Frau Werner uns genannt hat?«

»Ja, ich gehe dann auch mit Mareike und Stefan jede Theorie durch«, sagte Konrad. »Wir überlegen, welche Motive es sein könnten und wer die Gelegenheit hat, in der Klinik so etwas aufzuziehen. Dann schicke ich dir die Liste zu, damit du auch noch einmal drüber nachdenken kannst. Es sei denn, du sagst, du willst dich lieber raushalten.«

»Nein, ich werde mit ermitteln. So sehr ich hoffe, dass sich morgen alles beruhigt hat, ich habe im Gespür, dass etwas nicht stimmt. Es wäre ein krasses Verbrechen, wenn jemand absichtlich so viele Menschenleben in Gefahr bringt und Tode in Kauf nimmt.«

Konrad nickte und drückte den Knopf am Fahrstuhl, der sie auf Station 6 bringen sollte.

Als sie diese betraten, kam ihnen Dr. Hart entgegen. Er verdrehte die Augen. »Ach herrje. Suchen Sie etwa noch immer nach Antworten, weshalb heute so viel Mist läuft?«

»Ich bin sicher, dass Ihre Patienten dankbar sein werden, wenn sie hier wieder in Sicherheit sind.«

»Glauben Sie mir, solange ich im Haus bin, sind die in keiner Gefahr. Ich weiß, wie man sich in Notsituationen verhält, selbst wenn man keine Geräte hat. Wahrscheinlich war das ein Scherz, diese zu verstecken. Unqualifiziertes Personal, das während der Arbeitszeit nichts Besseres zu tun hat, als solche Streiche zu spielen, ist wirklich kaum auszuhalten. Solche Personen sollte man hochkant rausschmeißen.«

»Ich finde es sehr seltsam, dass Sie das als Scherz herunterspielen. Immerhin sind heute aufgrund der Geschehnisse zwei Patienten gestorben.« Marcel beobachtete den Arzt genau, weil er hoffte, etwas an seinem Verhalten ablesen zu können.

Dieser grinste. »Tja, die Todesfälle sind dem Umstand geschuldet, dass heutzutage kein gutes Personal mehr da ist, das mit Notfallsituationen umgehen kann. Wäre ich vor Ort gewesen, wäre kein Patient gestorben.«

»Dann ist es natürlich sehr schade, dass Sie sich nicht zerteilen können, um immer dort zu sein, wo man Sie braucht«, erwiderte Konrad. »Allerdings frage ich mich, ob das Personal Sie so gern bei Notfällen dabeihat. Sie scheinen nicht der beliebteste Kollege zu sein. Mit Herrn Köthe führen Sie einen jahrelang Streit. Was ist da das Problem?«

Der Arzt hob die Augenbrauen. »Sie wärmen alte Kamellen auf. Was hat das mit den Vorfällen zu tun?«

»Beantworten Sie einfach die Frage«, forderte Konrad ihn streng auf.

»Pfleger Kiran ist ein Rotzlöffel, schon immer gewesen. Er hasst mich, weil ich dafür gesorgt habe, dass er nicht mehr im OP arbeiten darf. Meine Entscheidung hatte aber gute Gründe. Und die anderen vom Personal, die meinen, ihre Klappe aufreißen zu müssen, sind neidisch, weil ich ein Arbeitstier bin. Ich funktioniere bestens unter Druck. Sie können nicht mithalten. Das, obwohl ich nicht mal gut zu Fuß bin.« Er lachte.

»Sie mögen Hektik und Notfälle?«, hakte Marcel nach.

»Natürlich, Menschenleben zu retten ist mein Job. Ich habe lieber eine Reanimation oder schwierige Operation, als meine Arbeitszeit nur abzusitzen.« Der Arzt schaute genervt. »Kann ich gehen? Oder wollen Sie mir anhängen, dass ich das mit dem Sauerstoff, den Monitoren und den versteckten Geräten war?« Er lachte laut auf.

»Waren Sie es denn?«, fragte Marcel frei heraus und sah den Mann eindringlich an.

Dessen Grinsen erstarb. Er funkelte Marcel an. »Ich habe so etwas nicht nötig. Auf Wiedersehen.« Er humpelte davon.

»Mit dem stimmt etwas ganz und gar nicht«, flüsterte Konrad. »So ein arroganter Kerl, von dem will ich nicht operiert werden.«

Marcel nickte. »Ich habe bei ihm auch ein ungutes Gefühl. Wir sollten ihn auf alle Fälle genau beleuchten.«

Marcel und Konrad meldeten sich bei den Schwestern an, um Karl zu besuchen.

»Oh nein, jetzt bringst du wohl das halbe Präsidium her«, sagte dieser, nachdem sie das Zimmer betreten hatten. In seinen Augen konnte Marcel die Freude lesen.

»Ich hätte dir Bier mitgebracht, aber das ist hier nicht erlaubt«, begrüßte Konrad ihn.

»Ich werde hier von den Medikamenten schon genug benebelt.« Karl zwinkerte.

»Wir wollten noch mal nach dir sehen, ehe wir gleich ins Präsidium fahren«, sagte Marcel.

»Hier ist alles beim Alten. Ich warte, habe Hunger und Langeweile. Die Schmerzen sind dank der Medikamente auszuhalten. Ich werde es schon überleben.«

»Das hoffe ich. Wer sonst sollte uns besser in der Täteranalyse helfen als du?«, erwiderte Konrad.

»Wisst ihr denn, was heute das Problem war?« Karls Augen leuchteten. Er war bereits länger in Rente, doch das Analysieren konnte er einfach nicht lassen.

»Nein, und selbst wenn, würden wir dir nichts sagen. Du bist hier, damit du gesund wirst.« Marcel lächelte. »Kann ich dir morgen etwas mitbringen, um dir etwas Gutes zu tun?«

»Oh ja, bitte frisches Obst. Das Zeug hier kann man nicht essen.«

»Das mache ich. Ich schaue am späten Nachmittag nach dir, wenn du deinen Rausch ausgeschlafen hast.«

»Danke. Und nun haut ab, ihr habt genug zu tun. Ich benötige meine Ruhe.« Karl lachte, doch sein Blick huschte unruhig im Raum herum. Er spielte nervös mit der Bettdecke.

»Ruf mich an, wenn du was brauchst oder reden möchtest. Ich bin eh die ganze Nacht wach.«

»Das wird nicht nötig sein, ich bin schon groß und komme zurecht. Wir sehen uns morgen.«

Marcel und Konrad verließen das Zimmer.

»Ich gehe noch mal zu Kim und fahre dich dann zum Präsidium. Vielleicht sind die Kollegen dort bereits weiter.«

»Lass dir Zeit. Ich rufe Mareike an und gebe ihr die ersten Infos zu diesem Alessio Scholz durch, damit sie ihn schon mal prüfen können.«

»Okay, bis gleich.« Marcel lief in die Kinderklinik hinüber und klingelte.

Eine Schwester fragte nach seinem Namen und öffnete ihm, nachdem er sich vorgestellt hatte.

Das Pflegepersonal hatte gewechselt, wahrscheinlich war das die Spätschicht. Die Schwestern saßen vorn an dem Stützpunkt und schauten etwas besorgt drein. Sicher hatten sie erfahren, was alles an diesem Vormittag passiert war.

Marcel ging ins Zimmer.

Kim stand am Fenster und schaute hinaus.

»Ich bin zurück«, flüsterte Marcel, damit er die Ruhe in dem Raum nicht störte.

Sie drehte sich um. »Hey, Schatz. Alles okay?«

»Soweit ja, ich bin bloß etwas müde. Wie geht es dir? Hast du etwas gegessen?«

»Habe ich, Schwester Tessa hat mir eine Portion vom Mittag gegeben, die auf einer der Kinderstationen übriggeblieben war. Ich bin jetzt als Begleitperson aufgenommen und bekomme zu jeder Mahlzeit etwas.« Sie schmiegte sich in seine Arme. »Marlene ist stabil. Ich hoffe, dass wir sie morgen aufwecken können.«

»Ganz bestimmt«, erwiderte Marcel. »Sie ist unser starkes Mädchen. Hoffentlich kehrt in dieser Klinik auch bald wieder Normalität ein.«

»Habt ihr denn schon etwas herausgefunden?«

»Wir verfolgen einige Spuren. Am wahrscheinlichsten klingt, dass es aufgrund von Sparmaßnahmen zu mehreren Fehlern kam. Leider haben die sich heute extrem gehäuft.«

»Wenn das wirklich der Fall ist, können wir Marlene nicht bedenkenlos in der Klinik lassen.«

»Ich habe mit dem Arzt darüber gesprochen. Wenn wir eine Verlegung wollen, müssen wir das selbst zahlen, weil keine Indikation besteht. Das würde ich sofort tun. Es gibt nur noch die Neuwieder Kinderklinik im Umkreis, die gerade aber keine Kapazitäten für solche Intensivpatienten hat. Das hieße, wir müssten einen langen Transport in Kauf nehmen.«

»Das wird wahrscheinlich sehr teuer«, sagte Kim. Ihre Schultern und ihr Blick sanken nach unten. »Warten wir ab. Wenn aber noch eine Sache passiert, möchte ich, dass Marlene morgen sofort in eine andere Klinik geht. Ich habe Angst um sie.«

»Das verstehe ich. Ich habe genug Erspartes, das wir nutzen können.«

Kim vergrub ihr Gesicht an Marcels Brust. »Du wirst herausfinden, was hier los ist, damit Marlene sicher ist.«

Marcel schmunzelte. Es schmeichelte ihn, dass Kim in ihm den Beschützer sah. »Ich bringe jetzt Konrad ins Präsidium und höre nach, was das restliche Team bisher herausgefunden hat. Danach komme ich sofort wieder her. Ich beeile mich.«

»Fahr nach Hause und schlaf, damit du morgen fit für die Ermittlungen bist. Ich bekomme ein Zimmer auf dieser Station, dort kann ich mich ausruhen. Im Moment braucht es niemand, deshalb kann ich darin schlafen. Aber in das dürfen nur Frauen rein, weil es für stillende Mütter ist.«

»Ich habe kein gutes Gefühl dabei, dich mit den Sorgen allein zu lassen.« Obwohl Marcel fertig war, dringend eine Dusche brauchte und etwas Schlaf, stand das Wohl seiner Familie an erster Stelle.

»Es bringt nichts, wenn du hier am Bett sitzt und Rückenschmerzen bekommst. Nimm dir lieber frei, wenn wir entlassen sind, damit wir zu Hause beide Zeit mit ihr haben. Sie wird sicher etwas durcheinander sein.«

»In Ordnung. Bitte ruf sofort an, wenn was ist. Und versprich mir, dass du wenigstens versuchst, etwas zu schlafen.«

Kim küsste ihn. »Ehrenwort.«

»Ich komme morgen früh ganz zeitig vorbei.«

Sie verabschiedeten sich und Marcel verließ die Station mit einem mulmigen Gefühl.

Konrad wartete im Eingangsbereich der Kinderklinik. »Wie geht es Marlene?«, fragte er.

»Sie hält sich wacker und die Werte sind in Ordnung. Hoffen wir, dass sie morgen wach werden kann. Wenn sie nicht mehr von irgendwelchen Gerätschaften abhängig ist, wäre mir wohler, denn die Vorfälle heute in der Klinik schaden am allermeisten den kritisch Kranken.«

Konrad nickte. »Man könnte meinen, dass das so beabsichtigt ist. Es waren immerhin die Geräte versteckt, die man für Notfälle benötigt, vielleicht wirklich, weil jemand den Helden spielen will. Mir ist dabei dieser Krankenpfleger eingefallen, der durch die Presse gegangen ist. Der hat Patienten absichtlich Medikamente gespritzt, sodass diese einen Herzstillstand erlitten haben. Er hat sie reanimiert und sich als Held feiern lassen. Dabei kamen auch einige ums Leben. Das hat er sogar in verschiedenen Häusern gemacht.«

»Und da wären wir wieder bei Dr. Hart, der offenbar mit seinem Können angeben will.« Marcel setzte sich ans Steuer und fuhr los, sobald Konrad im Auto saß.

»Wir finden heraus, welche Absicht er hegte, wenn es tatsächlich so der Fall ist«, antwortete dieser. Konrad schaute auf sein Handy. »In den letzten vier Stunden gab es dreiundzwanzig negative Bewertungen für das Klinikum, das wird dem Haus mächtig schaden. Die Nachrichten sind voll von den Ereignissen. Das Interview mit Dr. Hart ist überall zu sehen und geht durch die sozialen Netzwerke. Er wird zum Teil richtig gefeiert, Patienten wollen nur von ihm behandelt werden.«

Marcel lachte auf. »Dabei hat er schon vier Anzeigen wegen möglichem Pfusch. Ich bin gespannt, was noch alles ans Licht kommt.«

13

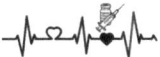

Marcel spürte jeden einzelnen Knochen seines Körpers. Er lag auf dem Bauch, seine Arme ruhten schwer neben ihm. Der Wecker rasselte vor sich hin, doch er schaffte es nicht, sich zu bewegen, um ihn auszustellen. Gefühlt war er erst vor zwei Minuten eingeschlafen, dementsprechend gerädert fühlte er sich. Er tastete mit der Hand blind nach dem Wecker und schlug ihn stumm. »Mist, ich bin so erledigt.«

Seine Gedanken gingen zu Kim, die mit Sicherheit viel schlimmer dran war als er. Das motivierte ihn endlich, aufzustehen. Er setzte sich auf und verharrte einen Augenblick lang in der Position, bis die Schwindelattacke vorüber war. Dann schaute er auf sein Handy. Mit Sicherheit hatte er nichts verpasst, denn er hatte es so laut gestellt, dass man Tote damit hätte wecken können. Trotzdem hatte ihn das Gefühl, nach neuen Benachrichtigungen sehen zu müssen, nicht in Ruhe gelassen. Dass Kim noch nicht geschrieben hatte, wertete er als gutes Zeichen.

Er stand auf und lief in die Küche, um sich einen Kaffee zuzubereiten. Während sich der Duft frisch gemahlener Kaffeebohnen im Raum verteilte, machte er sich im Bad schnell fertig. Dann rief er im Präsidium an.

»Kripo Koblenz, Stenzer. Wie kann ich Ihnen helfen?«

»Hier ist Marcel.«

»Hast du mal auf die Uhr geschaut? Es ist halb sechs. Kannst du nicht schlafen?«

»Nicht wirklich. Gab es heute Nacht im Krankenhaus neue Vorkommnisse?«

»Nein, wir haben nichts gehört.«

»Gott sei Dank«, erwiderte Marcel erleichtert. »Alles klar, mehr wollte ich nicht wissen. Ich fahre jetzt zu meiner Nichte in die Klinik. Sagst du Konrad bitte Bescheid, dass er dorthin kommen soll?«

»Erledige ich.«

»Danke.« Marcel legte auf. Er trank seinen Kaffee und machte einen Latte macchiato für Kim in einem Thermobecher. Ganz sicher konnte sie den gut gebrauchen. Dann verließ er das Haus und fuhr zur Klinik.

Obwohl es erst kurz nach 6 Uhr war, herrschte an diesem Morgen zäher Verkehr. Ab der nächsten Woche würde sich das etwas beruhigen, weil die Sommerferien in Rheinland-Pfalz begannen und viele in den Urlaub fuhren.

Sein Handy klingelte und zeigte an, dass Konrad anrief.

Marcel nahm ab. »Guten Morgen. Ich bin schon unterwegs. Wie weit seid ihr gestern mit den Hinweisen gekommen?«

»Wir haben uns den Kreis der möglichen Täter ange-schaut, sollte es sich wirklich um ein Verbrechen handeln, und uns überlegt, welche Motive dahinterstecken könnten. Alessio Scholz, den ehemaligen Mitarbeiter, der der Personalabteilung gedroht hat, können wir ausschließen. Er arbeitet mittlerweile in einer Privatklinik, hat ein sexuelles Verhältnis mit der Chefin und ist zufrieden. Der hatte dort gestern Frühschicht, das wurde durch mehrere seiner Arbeitskollegen bestätigt.«

Marcel strich den ehemaligen Mitarbeiter direkt aus seinen Gedanken. »Was ist mit den Angehörigen, die Dr. Hart verklagt haben?«

»Die waren nicht erreichbar. Aber wie wahrschein-lich ist es, dass die Insiderwissen haben? Die würde ich hintenanstellen.«

»Also bleibt ein Krankenhausmitarbeiter, der sich gut auskennt. Wen habt ihr da im Sinn?«

»Dr. Hart, der sich möglicherweise heldenhaft auf-spielen möchte. Wir bleiben auch an dem Techniker Rader dran, wobei wir bei dem derzeit kein Motiv erkennen, warum er es beabsichtigt tun könnte. Wir haben uns ebenfalls Pfleger Kiran aufgeschrieben. Sein Beweggrund könnte sein, dem Krankenhaus wegen der Differenzen mit Vorgesetzten zu schaden, insbesondere die mit Dr. Hart und der Leitung. Da sollten wir ebenso genauer hinschauen.«

»Klingt schlüssig. Wir werden heute auf alle Fälle noch einmal allein mit diesem Herrn Rader sprechen. Habt ihr diese drei potenziellen Täter auf Einträge überprüft?«

»Ja, haben wir. Pfleger Kiran ist sauber. Dr. Hart hat einen wegen unangemessenen Verhaltens gegenüber Patienten, da wurde er tatsächlich doch einmal verurteilt. Der Techniker Rader ist bisher nicht in Erscheinung getreten.«

»Ist nicht sehr hilfreich. Ich bin gespannt, was uns noch erwartet. Wenn ich gleich in der Klinik bin, schaue ich erst mal nach Marlene und Kim. Ihr könnt in einer Stunde nachkommen.«

»Machen wir. Bis nachher.« Konrad legte auf.

Marcel brauchte lange bis zum Krankenhaus. Es war schon 6:45 Uhr, als er endlich das Auto parkte. Er eilte zur Intensivstation und war ein wenig aufgeregt, weil er hoffte, dass die Ärzte Marlene schnell wach werden lassen würden, damit er dieses starke Mädchen ordentlich knuddeln konnte. Mit den ganzen Schläuchen hatte er Angst, etwas kaputt zu machen. Er klingelte.

Schwester Tessa war an diesem Morgen wieder da und begrüßte Marcel freundlich. Sie begleitete ihn ins Zimmer, wo er Kim herzzerreißend weinend vorfand.

Er hastete zu ihr. »Was ist los, Schatz?« Sein Herz schlug wild gegen seinen Hals und die eben verspürte Hoffnung zerschlug sich sofort.

»Ich … ich … wollte dich … gerade anrufen«, sagte Kim schluchzend.

Schwester Tessa kam zum Bett und schaute Marcel bedauernd an. »Ich habe Frau Berger eben darüber informiert, dass es Marlene leider etwas schlechter geht. Sie fiebert seit den frühen Morgenstunden wieder bis zweiundvierzig Grad, was uns etwas Sorgen bereitet. Sie hatte nun schon vier Gaben vom Antibiotikum. Trotzdem scheint es nicht anzuschlagen.«

»Aber wieso?«, fragte Marcel nervös. »Es ging ihr doch viel besser. Haben Sie etwas übersehen?«

»Wir haben noch einmal eine Probe für eine zweite Blutkultur abgenommen, um zu prüfen, ob sich andere Keime verbreitet haben. Die Ergebnisse kommen erst in ein paar Tagen. Wir sehen jedoch in circa einer Stunde, ob der Entzündungswert weiter angestiegen ist. Das wäre dann ein deutliches Zeichen, dass es ein neuer Keim ist.«

»Den sie sich hier eingefangen hat?« Marcel könnte aus der Haut fahren, weil er langsam genug von dem Krankenhaus hatte. Erst die ganzen Ereignisse am Vortag, nun womöglich ein zweiter Keim, der den Zustand seiner Nichte wieder verschlechterte. Wie sollte er da Vertrauen fassen?

»Wir haben hygienische Standards, die wir eingehalten haben. Wir müssen die Ergebnisse abwarten, erst dann können wir zu einhundert Prozent wissen, ob überhaupt ein weiterer Keim da ist. Es ist schlimm für Sie mit anzusehen, dass es Marlene wieder schlechter geht, das weiß ich. Leider können wir erst einmal nichts tun, außer sie stabil zu halten.«

Kim weinte. »Das ist ein riesengroßer Albtraum.«

Dr. Schröder kam ins Zimmer. Er trat auf Marcel und Kim zu. »Wie ich sehe, sind Sie bereits informiert. Wir hatten gehofft, dass wir Marlene heute extubieren können, doch unter diesen Umständen geht das nicht. Es tut mir sehr leid.«

Marcel schluckte einen Kloß hinunter und drückte Kims Hand.

»Durch die Verschlechterung des Zustandes ist der Sauerstoffbedarf höher. Wir haben neben dem Blut auch Sekret aus ihren Bronchien abgenommen und eingeschickt. Ich gehe aber nicht davon aus, dass es ein Lungenkeim ist, der den Zustand verschlechtert hat, denn Farbe und Konsistenz des Sekrets sehen nicht danach aus. Die Blutwerte habe ich gerade eingesehen, der CRP-Wert, ein Indikator für eine Infektion, ist trotz Antibiotikum enorm gestiegen. Ich werde Marlene ein anderes verordnen, was breit wirkt, also viele Bakterien bekämpft. Wenn wir die Ergebnisse der Kultur haben und wissen, um welchen Keim es sich handelt, können wir noch einmal präzisieren.«

Marcel nickte nur, er war in diesem Moment nicht in der Lage, etwas zu sagen.

Der Doktor drehte sich zu Schwester Tessa. »Bei Michelle gilt das Gleiche, wir wechseln das Antibiotikum.« Er zeigte auf das ältere Mädchen im Nachbarbett. »Ich weiß nicht, warum, aber auch ihr CRP-Wert ist angestiegen.«

»Es geht ihr nicht gut«, sagte Schwester Tessa. »Ich bin bei einhundert Prozent Sauerstoffzufuhr und sie sättigt nur bei neunundachtzig Prozent. Außerdem lässt sich das Fieber nicht senken und der Blutdruck ist zu niedrig.«

»Geben Sie ihr einen Kochsalzbolus in einer halben Stunde und hängen Sie einen Adrenalin-Dauertropf an. Ich ordne es schriftlich an.« Der Arzt ging zu der Patientenakte des Mädchens.

»Moment«, sagte Kim plötzlich. »Wenn sich der Zustand beider Mädchen in dem Zimmer plötzlich verschlechtert, hat doch das Personal geschlampt, oder? Vielleicht haben sie denselben Keim.«

»Frau Berger, wir gehen in der Versorgung immer sehr behutsam um, desinfizieren uns, tragen bei Patientenkontakt einen Schutzkittel. Deshalb ist es eher unwahrscheinlich, dass der Keim durch uns übertragen wurde.« Dr. Schröder hatte mit ruhiger Stimmlage gesprochen.

»Gestern war hier eine Ausnahmesituation, vielleicht haben Ihre Kollegen nicht richtig aufgepasst.« Kim traten erneut Tränen in die Augen.

»Ein Keim verbreitet sich nicht so schnell und verschlechtert den Zustand nicht derart rapide, deshalb vermute ich keinen neuen Erreger. Wahrscheinlich hat das Antibiotikum, das ich ihr verschrieben habe, nicht für diese schädlichen Bakterien in ihrem Körper gereicht, sodass die sich weiter entfalten konnten.«

Kim schaute Schwester Tessa mit gerunzelter Stirn an. »Aber Sie haben doch gerade erzählt, dass es ein neuer Keim sein kann. Was stimmt denn nun?«

Der Arzt warf der Krankenschwester einen kurzen Blick zu, schaute dann wieder zu Kim. »Es spielt gerade keine Rolle, ob es der alte oder ein neuer Keim ist. Wichtig ist, dass wir Marlene stabil bekommen und den Keim richtig behandeln, wenn wir herausgefunden haben, welcher es ist.«

Marcel überfiel mit einem Mal das Gefühl, dass diese akute Verschlechterung im Zusammenhang mit den

Ereignissen des vorherigen Tages stand. Es krallte sich in ihm fest und er wollte gar nicht aussprechen, was in seinem Kopf vorging. Doch er musste Gewissheit haben.

»Dr. Schröder, gibt es noch weitere Fälle hier auf der Station, bei denen sich der Zustand von Kindern trotz Antibiotikum verschlechtert hat?«

»Ja, ein Neugeborenes mit einer Infektion.« Der Arzt riss die Augen auf. »Denken Sie etwa, das hat was mit den Vorfällen gestern zu tun?« Seine Kinnlade hing hinunter.

Schwester Tessa legte eine Hand über ihren Mund. »Gott, nein. Meinen Sie, dass jemand das Medikament absichtlich verunreinigt hat? Das macht doch keiner, weil das unzählige Menschen in Gefahr bringen könnte.«

Dr. Schröder schüttelte den Kopf. »Das kann ich mir nicht vorstellen, so einfach geht das nicht. Ich weiß, dass gestern Dinge passiert sind, die Ihr Misstrauen geweckt haben. Aber es ist nicht unüblich, dass sich Patienten während einer Antibiotikumgabe verschlechtern, weil es nicht das richtige war. Wir kennen das.«

Marcel fand die Worte des Arztes zwar einleuchtend, doch er wollte trotzdem nicht gänzlich ausschließen, dass es sich um einen weiteren Vorfall handelte. »Könnten die Laborwerte manipuliert worden sein, wodurch die Ergebnisse nicht stimmen? So wie mit den Monitoren?«, hakte er nach.

»Wir haben ja noch gar keine Ergebnisse von den Kulturen«, antwortete Dr. Schröder. »Die werden nicht hier im Haus, sondern in einem externen Labor in Koblenz gemacht, deshalb dauert es länger, bis wir die Ergebnisse haben. Dort gehen von mehreren Häusern die Proben hin, um Bakterien bestimmen zu lassen. Das ist der Grund, weshalb wir erst ein kalkuliertes Antibiotikum geben. Wir wissen anfangs noch nicht, um welchen Keim es sich handelt. Das bedeutet, dass wir da aus Erfahrung entscheiden und eins verabreichen, das für die gängigsten Keime bei Kindern wirkt. Zeigen diese klare Symptome einer Verschlechterung, bedeutet das meist, dass das verabreichte Antibiotikum nicht das richtige ist. Das könnte bei Marlene zum Beispiel eine Erklärung dafür sein, dass sich ihr Zustand verschlimmert. Mit verfälschten Ergebnissen hat das also nichts zu tun.«

»Und werden diese Entzündungswerte, die angestiegen sind, hier im Haus kontrolliert?«

»Ja, aber ich denke nicht, dass sich die Ergebnisse verändern lassen. Die werden automatisch in den Computer übertragen. Ich bin natürlich nicht sicher, ob es generell möglich wäre. Aber Marlene zeigt ja deutliche Symptome, die Werte stimmen mit großer Wahrscheinlichkeit.«

Marcel beruhigte die Erklärung nicht, weil ausgerechnet drei schwerkranke Patienten plötzlich eine akute Verschlechterung durchmachten. Das war ihm zu viel Zufall. Er dachte an die Worte der Krankenschwester.

War das Medikament mit Keimen versetzt worden?

Dieser Gedanke erschütterte ihn bis ins Mark. »Wer hat in den letzten Tagen die Antibiotika vorbereitet?«

»Die werden für die Intensivstationen und den OP in der Apotheke fertiggestellt, bevor sie auf die Stationen geschickt werden. Das hat Frau Werner vor ein paar Jahren veranlasst, weil sie das Personal entlasten wollte.« Der Arzt wurde bleich. »Wenn wirklich jemand an den Medikamenten herumgepfuscht hat, dann in der Apotheke oder auf dem Weg zur Station. Aber ich kann das beim besten Willen nicht glauben.«

»Sie sollten die Medikamente zur Sicherheit testen lassen«, sagte Marcel.

Dr. Schröder stand der Schock in den Augen. »Wenn die Antibiotika verunreinigt wurden, bedeutet das, dass zig Patienten in diesem Haus in Gefahr sind. Es sei denn, jemand hätte es gezielt auf uns hier abgesehen.«

»Ich rufe auf den anderen Stationen an und frage, ob sie ebenfalls Verschlechterungen bei Patienten beobachten«, sagte Tessa.

Plötzlich liefen mehrere Feuerwehrleute über die Station. Es entstand ein lautes Gemurmel vor der Zimmertür.

Schwester Tessa und Dr. Schröder rannten hinaus auf den Flur.

»Was ist los?«, rief Dr. Schröder.

Marcel folgte ihnen.

Krankenhauspersonal eilte durch die Zimmer.

»Wir haben einen Feueralarm«, rief eine Krankenschwester Dr. Schröder zu. »Die Feuerwehr stand auf einmal hier. Wir suchen jetzt nach der Ursache.«

Schwester Tessa schaute Marcel an, ihre Augen flatterten unruhig hin und her. Sie schluckte hart.

Er wusste genau, was sie dachte, denn er ahnte das Gleiche.

War das auch wieder das Werk des Täters? Hatte er ein Feuer gelegt, um die Patienten in Gefahr zu bringen?

Es fiel ihm schwer, nicht als Angehöriger einer Patientin durchzudrehen, sondern den kühlen Kopf des Ermittlers zu bewahren. Würde er zu emotional werden, würde man ihn sofort von dem Fall abziehen, deshalb musste er sich zusammenreißen. »Ich suche mit«, sagte er zu Schwester Tessa und schaute in die Zimmer, in denen keine Patienten lagen. Er holte tief Luft und betete, dass der Albtraum eines Feuers nicht real wurde.

Marlene und die anderen kranken Kinder in dem schlechten Zustand ad hoc zu verlegen, war gefährlich.

Während er die Zimmer auf Rauchentwicklung sichtete, rief er Konrad an und berichtete von den neuen Kenntnissen.

»Wir sind unterwegs«, sagte dieser.

14

Tessa war speiübel.

Es konnte doch nicht wahr sein, dass seit zwei Tagen jemand absichtlich Patienten in Gefahr brachte, doch mittlerweile fand sie keine harmlosen Erklärungen mehr für diese lebensbedrohlichen Ereignisse.

Sie eilte durch die Zimmer und schaute nach den Geräten, die in Benutzung waren, konnte aber nirgendwo eine Rauchentwicklung ausfindig machen.

Larissa kam in gebeugter Haltung auf sie zu. Sie war kreidebleich im Gesicht und hatte dicke Schweißperlen auf der Stirn. »Hast du was gefunden?«, fragte sie und hielt sich den Bauch mit einer schmerzerfüllten Grimasse.

»Nein, nix. Ist alles in Ordnung? Du siehst übel aus.«

»So geht es mir auch. Ich muss ständig aufs Klo. Mir ist so schlecht. Ich glaube, ich habe mir etwas eingefangen.«

»Geh nach Hause. Eva soll Ersatz rufen«, sagte Tessa.

»Die wird mir eins husten. Sie wird niemanden heimschicken. Wenn es hier irgendwo brennt, evakuieren wir gleich.« Larissa krümmte sich.

»So kannst du eh nichts bewirken. Geh auf die Toilette und bleib einfach da. Ich glaube nicht, dass es brennt, ansonsten hätten wir längst was gerochen.«

Zwei Feuerwehrmänner kamen auf sie zu.

Diese wurden durch die Brandmeldeanlage immer sofort gerufen, wenn es auf einer Station zu einem Feueralarm kam, und standen dann auf Station, ohne dass das Personal etwas wusste.

»Hat jemand in der Küche etwas gekocht?«, fragte einer der Männer.

Die Frage war berechtigt, es war ab und zu vorgekommen, dass jemand Brot getoastet hatte, es verbrannt war und eine Rauchentwicklung ausgelöst hatte. Aber das war an diesem Morgen ausgeschlossen.

»Nein, wir haben den Dienst gerade erst begonnen und noch nichts in der Küche gemacht.«

Einer der Feuerwehrmänner nahm sein Funkgerät. »Auf der Kinderintensivstation ist kein Brand zu sehen. Wir haben die Räumlichkeiten abgesucht.«

»Dito, hier ist auch alles in Ordnung. Wir gehen jetzt zur Brandmeldeanlage«, funkte jemand zurück.

Der Feuerwehrmann sah Tessa an. »Scheint ein Fehlalarm zu sein.«

In diesem Moment kam der Kommissar aus Zimmer drei zu ihr.

»Kommissar Schweißer«, sagte der Feuerwehrmann. »Was machen Sie denn hier?«

Die beiden Männer schüttelten sich die Hand.

»Meine Nichte liegt auf der Station. Wir haben auch

eine Ermittlung am Laufen, weil es seit gestern zu merk-würdigen Situationen kam.«

Der Feuerwehrmann nickte. »Ich habe davon gelesen, es geht ja in der Presse rauf und runter. Die Journalisten stehen auch jetzt vor der Klinik.«

»Gibt es einen Grund für den Feueralarm? Besteht Gefahr?«, fragte der Kriminalbeamte.

»Nein, wir haben nichts gefunden. Es gab im Haus drei Alarme, alle auf Intensivstationen. Meine Kollegen überprüfen jetzt noch die Brandmeldeanlage.« Er schaute Tessa an. »Sie können Ihren Dienst beruhigt weiterführen.«

Tessa bedankte sich, trug aber trotzdem ein mulmiges Gefühl in sich. Irgendetwas musste den Alarm ausgelöst haben und sie würde sich erst beruhigen, wenn sie wusste, was es gewesen war.

»Ist es möglich, dass die Brandmeldeanlage manipuliert wurde und es deshalb zu diesen Fehlalarmen kam?«, hakte Kommissar Schweißer nach.

»Sie meinen, dass jemand an der Anlage auf den Stationen einen Alarm ausgelöst hat?«

»Genau.«

»Nein, das funktioniert nicht. Manipuliert werden kann es nur, wenn zum Beispiel an der Anlage etwas abgeklemmt wird und es im Falle eines Brandes dann keinen Alarm auslöst.«

»Das heißt, die Rauchmelder schlagen eigentlich nur an, wenn es wirklich zu einer Rauchentwicklung kommt?«, fragte Tessa.

»Es gibt auch mal durch viel Staub einen Fehlalarm, das können wir so pauschal nicht ausschließen. Ich würde nur gern wissen, warum es ohne einen sichtbaren Grund auf mehreren Stationen passiert ist.«

»Wurden die Alarme gleichzeitig ausgelöst?«, hakte der Kommissar nach.

»Mit Verzögerung. Es sind mehrere Löschfahrzeuge für drei Meldungen ausgerückt, die alle aus diesem Gebäude kamen. Wir hatten schon Sorge. Ein Krankenhausbrand ist echt nichts, was man sich wünscht.«

»Das glaube ich sofort. Danke für die Aufklärung«, sagte der Kommissar.

»Entschuldigung?«, fragte eine Frau. Es war die Mutter eines Kleinkindes, das nach einer Blinddarmoperation intensivmedizinisch überwacht werden sollte. »Gibt es denn nun einen Brand?«

Der Feuerwehrmann versicherte ihr, dass alles in Ordnung war.

»Ich habe mir schon fast gedacht, dass es nur eine Prüfung war, als der Arzt vorhin den Alarm ausgelöst hat. Aber man ist ja trotzdem etwas nervös.«

»Wovon reden Sie?«, fragte der Feuerwehrmann mit gerunzelter Stirn.

»Vorhin hat ein Arzt dahinten an dem Rauchmelder was gemacht, danach kam die Feuerwehr.«

»Was genau hat er getan?«, hakte der Mann nach.

»Er hatte einen langen Stab, da war so etwas wie eine kleine Flasche oder eine Dose dran. Er hat das an den Rauchmelder gehalten.«

»Das klingt nach Prüfgas«, erwiderte der Feuerwehrmann. Er schaute Tessa an. »Hatten Sie vielleicht heute eine Wartung und jemand hat vergessen, den Hauptmelder abzuschalten?«

Tessa zuckte mit den Schultern. »Keine Ahnung. Ich kann bei der Technik anrufen und fragen.«

»Haken Sie kurz nach. Mich irritiert, dass die Frau sagt, es sei ein Arzt gewesen. Die sind nicht für die Wartung zuständig.« Der Feuerwehrmann wandte sich noch einmal an die Mutter. »Sind Sie sicher, dass es ein Arzt war?«

Die Frau sah den Feuerwehrmann mit großen Augen an. »Ich bin davon ausgegangen, weil er einen weißen Kittel getragen hat. Allerdings habe ich mich gewundert, dass er eine Kappe aufhatte. Vielleicht war es doch kein Arzt.«

»Okay, vielen Dank, wir werden das prüfen. Sie müssen sich auf jeden Fall keine Sorgen machen, es besteht keine Gefahr.«

Die Mutter ging zurück in das Zimmer ihres Kindes.

Tessa setzte sich an den Schreibtisch, weil der Stress an diesem Morgen seine Folgen zeigte und sie bereits fertig war. Sie rief in der Technik an, um herauszufinden, ob an diesem Tag eine Wartung der Rauchmelder geplant war.

»Brieger«, meldete sich jemand.

»Hier ist Schwester Tessa von der Kinderintensiv. Gab es heute eine Wartung der Rauchmelder, von der wir nicht Bescheid wussten?«

»Meinst du wegen der Alarme? Nein. Wir suchen auch schon fieberhaft nach der Ursache.«

Tessa erzählte von der Beobachtung der Mutter.

»Ein Arzt? Warum sollte ein Mediziner die Melder prüfen? Die haben doch gar keine Ahnung davon.«

»Ehrlich gesagt, habe ich langsam das Gefühl, dass jemand die Leben der Patienten gefährden möchte und diese Feueralarmaktion ein weiterer Akt neben dem Abdrehen vom Sauerstoff, den kaputten Monitoren und den versteckten Geräten ist. Vielleicht hat sich dieser jemand als Arzt verkleidet, damit man ihn nicht erkennt. Mir machen die Vorfälle langsam Angst.«

»Mir auch. Wir sind heute sogar zu fünft da, weil wir gestern kaum klarkamen. Da muss doch was unternommen werden.«

»Ich gebe das an den Feuerwehrmann und den Kommissar auf unserer Station weiter, danach rufe ich die Werner an. Danke.« Tessa legte auf und ging zu dem Feuerwehrmann. »Es war keine offizielle Wartung geplant. So viele merkwürdige Vorkommnisse, bei denen Leben auf dem Spiel stehen, können keine Zufälle mehr sein. Ich vermute, dass es Sabotage ist.«

»Harter Tobak. Ich hoffe, es klärt sich schnell. Von unserer Seite ist alles getan. Wir sind wieder weg.«

»Danke. Tut mir leid, dass Sie umsonst anrücken mussten.«

Die beiden Feuerwehrmänner verließen die Station.

Tessa spürte ein leichtes Stechen in der Stirn, das sie immer kriegte, wenn sie Stress hatte. Als sie dann auch noch Larissa auf sich zukommen sah, deren Gesicht grünlich schimmerte, war klar, dass der Tag noch anstrengender werden würde.

Ihre Kollegin konnte so auf keinen Fall weiterarbeiten, in diesem Chaos jedoch eine Pflegekraft weniger zur Verfügung zu haben, bedeutete mehr Stress.

»Wurde der Grund für die Alarme gefunden?«, fragte Larissa und stieß dabei wiederholt auf. Sie hielt sich die Hand vor den Mund, mit der anderen den Bauch.

»Es gibt keinen Brand. Gott, Larissa, du bist richtig krank. Geh nach Hause.«

»Tu ich, mir ist wirklich übel. Eva fühlt sich nicht anders. Sie sitzt auch auf dem Klo.«

Tessa verspürte eine leichte Nervosität. »Oh nein, uns fehlte bei dem ganzen Stress noch, dass wir jetzt einen Keim unter uns austauschen. Eva soll auch heimfahren. Ich rufe einen Springer, der uns hier hilft.«

»Danke, ich sag es ihr. Vielleicht bin ich morgen wieder fit.« Larissa lief gekrümmt den Flur nach hinten Richtung Umkleide.

Tessa schaute als Erstes zu ihren beiden Patienten, um die Werte zu überprüfen, ehe sie sich um Ersatz für die beiden Kolleginnen kümmern würde.

Michelle und Marlene fieberten weiterhin hoch, obwohl sie bereits vor einer Stunde das fiebersenkende Medikament verabreicht bekommen hatten.

Am meisten bereitete ihr Michelle Sorgen, deren Zustand immer kritischer wurde. Tessa fürchtete sich schon vor dem Moment, wenn die Mutter gleich kommen und hören würde, dass es ihrer Tochter erneut so schlecht ging.

Sie ging zu Marlene an das Bett und kontrollierte mit einem Ohrthermometer die Temperatur, um sie mit der, die am Monitor über den Blasenkatheter gemessen wurde, zu vergleichen. Die Werte stimmten überein.

»Das Fieber geht gar nicht runter«, sagte Frau Berger. »Warum hilft denn nichts?«

»Ich weiß es nicht«, antwortete Tessa ehrlich. Ihre Schultern fühlten sich schwer an, so als würde eine große Last sie nach unten ziehen. Ihr Nacken brannte vor Anspannung. »Wenn das Antibiotikum wirklich verunreinigt gewesen sein sollte, haben sich die Erreger weiter im Blut vermehrt. Sie war durch eine Blutvergiftung eh schon sehr krank.«

»Haben Sie etwas wegen des Medikaments herausgefunden?«, fragte der Kommissar.

»Dr. Schröder kümmert sich gerade darum. Er wird Sie dann aufklären.«

»Meine Kollegen sind unterwegs hierher. Bitte sagen Sie der Klinikleitung Bescheid, dass sie zeitnah eine weitere Konferenz einberufen soll. Wichtig ist, dass Vertreter aller Intensivstationen dabei sind, damit wir durch die erfahren, ob es heute noch andere seltsame Vorkommnisse gab. Am besten auch die Techniker, die uns bei Fragen zu Geräten unterstützen können.«

»Das mache ich.« Tessa notierte noch schnell die Werte in die Patientenakte und ging nach draußen. Damit sie nichts überhörte und vom Tresen aus alles beobachten konnte, ließ sie die Tür weit aufstehen. Sie rief die Nummer des Springers an, ehe sie Frau Werner unterrichten würde, denn sie benötigte dringend Hilfe bei der Versorgung der Patienten.

»Kiran hier. Wo werde ich gebraucht?« Seine gute Laune war zur Abwechslung bei so viel Stress eine Wohltat in ihren Ohren.

»Hier ist Tessa, Kinderintensiv. Ich habe zwei kranke Kolleginnen und könnte etwas Hilfe benötigen. Hast du Zeit?«

»Bin gleich da. Ich muss nur noch schnell auf der Chirurgischen den Patienten zum Röntgen bringen.« Kiran legte auf.

Tessa rief bei Frau Werner an, die von den Fehlalarmen und dem Verdacht der Antioseverunreinigung schon erfahren hatte. Sie erzählte Tessa, dass es auf mehreren Stationen Verschlechterungen dadurch gegeben hatte und dass bereits Untersuchungen in der Apotheke stattfanden.

»Vielleicht wäre es gut, wenn jemand von der Apotheke bei der Konferenz dabei ist, für den Fall, dass Kommissar Schweißer Fragen hat.«

»Ich kümmere mich. Sagen Sie ihm, dass wir in einer halben Stunde starten.«

Tessa verabschiedete sich und gab die Informationen an Herrn Schweißer weiter. Sie ging in Zimmer 1, um zu fragen, ob dort Hilfe gebraucht wurde.

Die Kollegin, die dort ein Frühgeborenes versorgte, wusste noch nicht, dass sie nur noch zu dritt auf der Station waren.

Das Kind war in der vierundzwanzigsten Schwangerschaftswoche geboren worden und bereits vier Wochen alt. Leider gab es noch immer viele Komplikationen, weshalb der pflegerische Aufwand enorm groß war.

Ihre Kollegin hatte ein rotes Gesicht. »Wo ist Larissa?«, fragte sie. »Ich glaube, ihr Patient ist sehr unruhig, ich kann mich aber gerade nicht darum kümmern, weil das Frühgeborene schlecht sättigt.«

»Ich habe sie nach Hause geschickt, weil es ihr nicht gut ging. Eva auch. Wir sind jetzt nur zu dritt, aber der Springer kommt gleich zur Hilfe. Ich gebe ihm hinten die Neugeborenen, wo die Eltern zur Versorgung da sind, und die postoperativen Überwachungen. Die können wir sicher gegen Mittag verlegen. Dann hilft dir Moni hier vorne. Ich springe für euch, wenn ihr etwas benötigt. Allerdings muss ich bei meinen beiden Patientinnen aufpassen, weil die echt instabil sind. Michelle lässt sich kaum mehr stabilisieren. Sie ist viel zu schwach und stirbt, wenn nicht bald ein Wunder passiert.«

»So sind wir nicht in der Lage zu arbeiten. Kannst du nicht jemanden aus dem Frei rufen?«

»Das werde ich versuchen. Wir kriegen das schon hin.« Tessa ging nach draußen, um ihre andere Kollegin zu unterrichten.

Auf dem Weg nach hinten kam Kiran auf Station. Lächelnd wie immer. »Da bin ich. Was kann ich tun?«

»Begleite mich direkt nach hinten, dann macht Moni mit dir die Übergabe der Kinder, die du für uns übernehmen könntest. Wir schaffen die Versorgung nicht zu dritt.«

»Ist echt schon krank, was hier abgeht, oder? Ich springe seit gestern von einer Intensivstation zur nächsten, zwischendurch noch auf andere Stationen, wenn dort

Geräte fehlen.« Sein Lächeln zeigte, dass er nicht wirklich schockiert war, es eher als großes Abenteuer empfand.

»Du scheinst trotzdem noch guter Laune zu sein, du musst dich aber auch nicht um feste Patienten sorgen und kannst wieder verschwinden, wenn es zu einem Notfall kommt. Immerhin reanimiert ihr Springer selten mit.«

»Die Werner hat heute sogar zwei zusätzliche kommen lassen, weil so viel los ist«, sagte er. »Wenn Sie vorher eine ordentliche Krankenhauspolitik geführt hätte, was ich schon seit Jahren kritisiere, wäre das alles vielleicht nicht passiert.«

Es war für Tessa etwas befremdlich, dass Kiran die Vorfälle auf Frau Werner abwälzen wollte. »Hoffentlich kehrt bald wieder Alltag ein, egal, was die Ursache ist.«

»Für euch ist es natürlich anstrengend, ihr schiebt bestimmt Panik. Ich halte echt wenig von dem Krankenhaus. Es zeigt sich nun, was hier für arrogante Ärzte arbeiten, die nichts auf die Kette bekommen. Laut tönen, weil sie ein Studium haben, uns Pflegepersonal wie Dreck unter ihren Schuhen behandeln, aber in solchen Situationen nicht klarkommen. Der Ruf, den das Krankenhaus draußen gerade genießt, ist völlig gerechtfertigt.«

Tessa wunderte sich nur, dass Kiran so redete, denn schließlich war damit auch sein Arbeitsplatz in Gefahr. Doch es brachte wahrscheinlich nichts, wenn sie ihn auf seine persönlichen Ansichten ansprach, denn hier ging es um etwas viel Größeres. »Ich glaube, dass jemand dem Ansehen des Krankenhauses schaden will.« Sie erzählte Kiran von dem Verdacht zu der Verunreinigung der

Antibiose und davon, dass ihre Patientinnen dadurch schwer krank waren. »Mir geht der Arsch auf Grundeis, ich möchte keine von beiden verlieren, weil irgendein Monster das so entscheidet.«

Kiran jedoch zuckte mit den Schultern. »Ich kann mir gut vorstellen, dass das Rache ist. Wahrscheinlich hat ein Kollege jemand anderes ziemlich verärgert. Soll es ja geben.«

»Deine Aussagen klingen echt suspekt, fast als würdest du diese Taten begrüßen.«

Kiran grinste. »Mach dir keine Sorgen, nicht ich bin derjenige, der Menschenleben in Gefahr bringt. Dafür sorgen genügend Ärzte. Und jetzt mach ich die Übergabe mit deiner Kollegin, ehe ich zur nächsten Katastrophe gerufen werde.« Kiran ging zu Moni in das Patientenzimmer.

Tessa setzte sich einen Moment lang an den Tresen, um ihren kalten Kaffee zu trinken. Der Dienst hatte erst vor zweieinhalb Stunden begonnen, aber sie wollte nicht mehr dortbleiben, obwohl sie ihren Job liebte.

15

2002

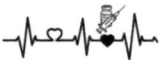

Kiran holte sich einen Kaffee aus der Cafeteria und nahm eine kalte Cola mit. Dann lief er auf Station 6, um Phil zu besuchen. Er war heilfroh, dass dieser in seiner Genesung Fortschritte machte. Mit dem schlechten Gewissen hätte er nicht leben können, wenn Phil schwer beeinträchtigt geblieben wäre.

Weshalb behielt Dr. Hart ihn so lange auf der Station? Phil war fit und könnte längst zu Hause genesen. Das Training könnte er ambulant machen. Mit Sicherheit verfolgte Dr. Hart einen Plan.

Kiran würde nichts lieber tun, als diesen Pfuscher auffliegen zu lassen. Doch seine Freundin hatte ihn weiter angefleht, nichts zu sagen, damit er seine Stelle als OP-Pfleger nicht verlor. Er hatte große Angst, seinen Job nicht mehr ausüben zu können, den er über alles liebte. Derzeit fiel es ihm auch leichter, zu schweigen, da Phil auf einem guten Weg war.

Aber dessen depressive Phasen, die sich mit Wutausbrüchen abwechselten, waren geblieben. Das medizinische

Personal im OP hatte schließlich seinen großen Traum zerstört.

Kiran spürte diese Wut so sehr, als müsste er selbst einen Traum aufgeben. Er wollte wenigstens für den Jungen da sein, deshalb besuchte er ihn oft.

Als er auf Station angekommen war, klopfte er an die Tür.

»Sie können draußen bleiben«, ertönte die miesgelaunte Stimme des Jugendlichen.

Kiran trat trotzdem ein. »Ich denke, du willst diese eiskalte Cola gern haben, also schick mich lieber nicht weg.«

Phil saß auf einem Stuhl und kreiste gerade den Arm, an dessen Schulter er operiert worden war. Vor ihm auf dem Tisch lag ein Zettel, auf dem Übungen abgebildet waren.

»Hey, das ist ja super, du trainierst.« Kiran stellte die Cola vor dem Jungen ab.

»Was willst du schon wieder? Kannst du nicht einfach aufhören, mich zu nerven? Du und dieser Dr. Hart seid ständig in meinem Zimmer.«

»Aber Dr. Hart ist nicht so cool wie ich.« *Er ist wahrscheinlich nur ständig da, um die Kontrolle zu behalten.*

»Da gebe ich dir ausnahmsweise recht. Trotzdem nervst auch du.«

»Das akzeptiere ich. Doch irgendjemand muss dich ja stressen.« Kiran zwinkerte und grinste breit. »So wie es aussieht, funktionieren meine nervigen Bitten. Du bist endlich bereit, zu trainieren.«

»Nur weil ich hier raus will und Dr. Hart mich nicht gehen lässt, wenn er keine deutlichen Fortschritte sieht. Von mir aus kann mir der Arm abfallen, ich kann ihn eh nicht mehr nutzen. Ohne funktionstüchtiges Bein spiele ich nie wieder Volleyball.«

»Ich finde, du solltest deinen Traum noch nicht begraben. Das Bein ist nicht vollständig gelähmt, du kannst es trainieren. Du humpelst nicht mal.«

Phil sah Kiran an, ohne etwas zu erwidern.

»Ich will dir damit nicht nur ein gutes Gefühl geben, ich glaube wirklich daran, dass du das schaffst, Phil.«

»Du hast auch gesagt, dass es eine leichte OP ist, aber dabei wäre ich fast gestorben.«

»Bist du aber nicht, weil du ein Kämpfer bist. Vielleicht dauert es jetzt länger, bis du wieder fit bist. Trotzdem kannst du an deinem Traum festhalten.«

Phil nahm sich die Cola. »Danke.«

»Gern geschehen.« Kiran grinste.

»Warum besuchst du mich immer wieder? Ich bin ein Arsch zu dir.«

»Ach, ich komme mit Ärschen gut zurecht. Manchmal bin ich auch einer.« Er spürte, dass der Junge ihn mochte und seine schlechte Laune ihm gegenüber nur vorspielte.

Im Geheimen freute sich Phil über Kirans Besuche, das hatte seine Mutter erzählt. Sie war ebenso froh, dass Kiran immer mal vorbeischaute.

»Mit Dr. Hart kommst du aber nicht klar.« Phil schaute ihn gespielt hochnäsig an.

Kiran hob fragend die Augenbrauen.

»Wenn du mit Arschlöchern zurechtkommst, warum nicht mit ihm? Du magst ihn nicht, das sehe ich. Warum ist das so?«

Wie gern würde Kiran sein Gewissen erleichtern, doch er hatte seiner Freundin versprochen, zu schweigen. »Seine Art ist mir einfach nur etwas unangenehm. Aber bitte verrate mich nicht, sonst schmeißt er mich aus dem OP.«

Phil lächelte leicht. »Ich find ihn auch komisch. Seine Freundlichkeit kommt total gespielt rüber. Ich habe ihn mal dabei erwischt, wie er die Krankenschwester angeschrien hat. Das war heftig. Ich könnte nicht mit dem arbeiten. Warum ist er zu mir so übertrieben nett? Das wirkt, als hätte er etwas zu verbergen. Wie lange will der mich noch hier einsperren?«

Kiran biss sich auf die Zunge. Er wusste nicht, was er darauf antworten sollte. Er zwang sich zu einem Lächeln und war heilfroh, dass es an der Tür klopfte. Einen Augenblick später aber stöhnte er innerlich auf, weil der Teufel höchstpersönlich ins Zimmer trat.

»Pfleger Kiran, Ihre Besuche scheinen zur Gewohnheit zu werden. Ich denke, Sie werden im OP gebraucht, wo Sie hingehören.«

»Wenn ich für einen Eingriff eingeteilt wäre, säße ich nicht hier.« Kiran erhob sich. »Aber erst einmal guten Tag, Dr. Hart«, sagte er provokant. »So viel Freundlichkeit muss sein.«

»Gehen Sie raus, der Junge ist nicht mehr in ihrem Verantwortungsbereich. Das Pfleger-Patient-Verhältnis ist beendet, sobald der Patient aus dem OP geschoben wird. Hier ist das Personal der Station 6 zuständig.«

»Was spricht dagegen, dass ich ihn besuche? Stört es Sie aus einem bestimmten Grund?« Kiran schaute den Arzt herausfordernd an.

»Ich drücke es noch einmal deutlicher aus«, sagte Dr. Hart pikiert. »Sie verlassen jetzt das Zimmer.«

Kiran ballt die Hände.

Phil schaute den Mediziner stirnrunzelnd an.

Auch wenn Kiran Dr. Hart am liebsten eine reinhauen würde, entschied er, vor dem Jungen nicht ausfallend zu werden. »Ich komme an einem anderen Tag wieder.« Dann verließ er das Zimmer. Er stellte sich an das Stationszimmer, verschränkte die Arme und wartete.

»Brauchst du was, Kiran?«, fragte eine Krankenschwester.

»Nein, danke. Ich muss dringend mit Dr. Hart sprechen, wenn er aus dem Zimmer kommt.«

Die Pflegerin verdrehte die Augen. »Viel Spaß, seine Laune ist heute wieder hervorragend.«

»Meine Laune ist dank ihm auch auf dem Gefrierpunkt.«

Die Krankenschwester hob die Augenbrauen und ging, ohne noch etwas zu sagen.

Dr. Hart trat aus dem Zimmer.

»Na? Haben Sie Ihr schlechtes Gewissen erleichtert und dem Jungen die Wahrheit erzählt?«, polterte Kiran sofort los.

»Was soll der Aufstand?!«, raunzte der Arzt. »Ich brauch kein schlechtes Gewissen zu haben, meine Patienten sind bei mir immer sicher. Verschwinden Sie sofort von meiner Station.«

Kirans Wut war so groß, dass er sich nichts von diesem Menschen vorschreiben lassen würde. »Warum liegt der Patient hier? Altersbedingt gehört er nach den Standards in die Kinderklinik. Sie sind doch da immer sehr streng. Kann es sein, dass Sie alles unter Kontrolle behalten wollen? Haben Sie etwa Angst, die Wahrheit könnte rauskommen?«

»Ich habe ihn hier, weil ich sicherstellen will, dass Sie sich nicht ständig bei ihm herumtreiben. Hören Sie endlich auf, ihn zu besuchen. Das ist meine letzte Warnung.«

»Sie arbeiten nur noch in der Klinik, weil ich meinen Mund halte. Glauben Sie wirklich, niemand bekommt mit, dass Sie vor Ihren OPs saufen? Wie viel Bier waren es heute Morgen? Oder bevorzugen Sie doch eher Whisky?«

Dr. Hart funkelte Kiran an. »Drehen Sie komplett durch? Das ist eine bodenlose Falschbehauptung. Sie waren schuld an der Hirnblutung und dem Nierenschaden, sind also für den Zustand des Jungen verantwortlich. Das kann jeder, der im OP war, bezeugen und wird es auch tun, wenn ich es verlange. Legen Sie sich nicht mit mir an, Freundchen.«

Kiran kam Dr. Hart näher. »Sie drohen mir lieber nicht! Ich weiß nicht, ob ich weiterhin für Sie lügen will. Sie sind ein selbstgefälliges Arschloch und hätten es verdient, hier rauszufliegen. Weil Sie glauben, ein Gott in Weiß zu sein, der alles richtig macht, setzen Sie Menschenleben aufs Spiel, zerstören Träume, Berufe.« Kiran wandte sich ab und ging los, weil er bemerkte, dass er außer sich vor Wut war. Ehe er noch schlimme Beleidigungen auf dem Flur einer Krankenstation gegen einen Arzt schleuderte, entschied er, diese zu verlassen.

»Sie haben einen großen Fehler gemacht, Pfleger Kiran«, rief Dr. Hart ihm hinterher.

Kiran ließ sich davon nicht beeindrucken. Er würde Dr. Hart nicht verraten, weil er es seiner Freundin versprochen hatte. Doch die Angst, die er in den Augen des Arztes gesehen hatte, befriedigte ihn. Er hatte Hart in der Hand und könnte ihn in wenigen Augenblicken zerstören. Zum ersten Mal seit Phils Operation fühlte er sich besser. Zufrieden verließ er die Station.

Als er im OP ankam, hörte er schon von Weitem eine lautstarke Diskussion. Er ging in den Aufenthaltsraum und sah, wie ein Arzt seine neue Kollegin anschnauzte.

Der Mann bombardierte die Frau laut mit Vorwürfen.

»Hallo?«, mischte sich Kiran ein. »Wie reden Sie denn mit der Schwester?«

»Halten Sie sich da raus. Das geht Sie nichts an«, plärrte der Arzt ihn an.

»Oh doch. Ich bin es leid, dass ihr Möchtegerngötter immer meint, dass ihr im Recht seid und mit uns Pflegenden umspringen könnt, wie ihr wollt. Wir sind nicht eure Spielbälle und auch nicht eure Diener.« Kiran schaute seine Kollegin an, deren Augen feucht waren. »Was ist los?«, fragte er sanfter.

»Der Doktor ist erbost, dass wir nicht loslegen können, weil der Patient noch nicht vorbereitet ist.«

Kiran sah den Arzt an. »Wenn Sie meinen, unsere Arbeit besser zu können, tun Sie diese selbst. Sie denken immer, wir sitzen nur da und trinken Kaffee. Aber die Kollegin hatte heute noch keine Pause. Reden Sie gefälligst in einem anderen Ton mit uns.«

Der Arzt lief hochrot an. »Was denken Sie, mit wem Sie hier sprechen? Wollen Sie es ernsthaft darauf anlegen, dass wir beide vor dem Betriebsrat enden?«

Kiran wusste, dass dort Dr. Hart der Leiter war, es würde definitiv übel für ihn ausgehen. Doch er ließ sich nicht einschüchtern, weil er es satthatte, von Ärzten herumgeschubst zu werden. »Wenn ich nicht so respektlos mit Ihnen reden soll, lassen Sie das auch uns gegenüber. Punkt.« Kiran drehte sich um und verließ das Zimmer.

»Ihr Auftreten wird ein Nachspiel haben«, rief der Arzt ihm hinterher.

Kiran ignorierte die Warnung.

16

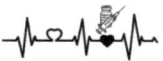

Marcel schaute auf die Uhr. In fünf Minuten musste er los, wollte sich jedoch nur ungern von Kim und Marlene trennen. Er fühlte sich nicht wohl zu ermitteln, weil die Sorge um Marlene ihn fast auffraß. Aber er wollte den Täter schnappen, damit dieser seine gerechte Strafe bekam und der Albtraum endete. Er nahm Kim in die Arme. »Ich werde jetzt die Klinikleitung bitten, eine Evakuierung des Krankenhauses in Betracht zu ziehen. Zumindest für die schwerkranken Patienten, die hier großer Gefahr ausgesetzt sind.«

»Mir wäre es wohler, wenn Marlene verlegt werden würde, doch sie ist so instabil. Als sie eben gelagert wurde, waren ihre Werte sofort schlecht. Ich habe Angst, dass sie einen Transport nicht schafft.«

»Das verstehe ich. Aber für solche Intensivtransporte haben die extra Profis. Wir wissen nicht, was der Täter als Nächstes tut.« Marcel nahm Kim in die Arme und verkniff sich die Tränen, um für sie stark zu sein. »Ich komme nach der Konferenz direkt wieder, wir stehen das gemeinsam durch.« Er küsste ihre und Marlenes Stirn. Dann eilte er aus dem Zimmer.

Schwester Tessa saß am Tresen und winkte Marcel zu sich. »Kommissar Schweißer, ich bin normalerweise wirklich keine ängstliche Person, doch das Ganze hier macht mir große Sorgen. Man weiß ja nicht, was noch alles passiert. Welche Maßnahmen werden jetzt ergriffen?«

»Ich spreche mit Frau Werner über eine Evakuierung der Intensivstationen und einem OP-Stopp, um die Patienten in Sicherheit zu bringen.«

Schwester Tessa nickte. »Wenn es bewilligt wird und eine Verlegung der Kinder hier auch medizinisch machbar ist, werde ich Marlene bestmöglich vorbereiten.«

»Dafür bin ich Ihnen dankbar.« Marcel schenkte ihr ein Lächeln und lief los.

Der Konferenzraum war bereits gefüllt. Es waren allerdings deutlich weniger als am Tag zuvor, was Marcel nicht wunderte, weil er primär das Personal der Intensivstationen und der Chirurgie einbestellt hatte.

Konrad unterhielt sich mit Frau Werner.

Marcel ging zu ihm. »Kann ich dich kurz sprechen?«

»Natürlich.«

Sie traten etwas zur Seite.

»Die Gefahr spitzt sich zu«, sagte Marcel, sobald sie ungestört waren. »Es gibt auf der Kinderstation mehrere Fälle, wo das Antibiotikum nicht gewirkt hat. Marlene geht es viel schlechter, ein Mädchen liegt im Sterben. Der Kinderarzt lässt gerade das Medikament prüfen, weil ich das Gefühl habe, es könnte beabsichtigt verunreinigt worden sein. Das wäre ein Beweis dafür, dass es sich tatsächlich um Sabotage handelt.«

Konrad nickte. »So haben wir das der Staatsanwaltschaft bereits übermittelt. Eventuell müssen wir von einem Terroranschlag ausgehen, dafür spricht die Häufung der Vorfälle, die gezielt die schwerstkranken Patienten betreffen. Ich habe Frau Werner gefragt, ein Erpresserschreiben gibt es weiterhin nicht. Wir haben nach Drohungen im Netz gegen das Krankenhaus gesucht, bisher aber nichts gefunden.«

Marcel strich sich über das Gesicht, sein Kopf dröhnte. »Es ist nervig, weil wir wirklich keinen einzigen Anhaltspunkt haben. Ich fühle mich unwohl, wenn Marlene noch länger hier liegt.«

Konrad betrachtete Marcel mit besorgter Miene. »Du siehst auch echt fertig aus.«

»Ich bin konzentriert, auch wenn meine Sorge um Marlene groß ist. Ich will das beenden.«

»Du kannst jederzeit gehen, wenn du es für nötig hältst.«

»Nein, schon gut. Ich bin fit. Konzentrieren wir uns auf die potenziellen Täter. Ich gehe weniger von einem Terroranschlag aus, sondern glaube eher, dass jemand ziemlich sauer ist und dem Krankenhaus mit diesen Aktionen schaden will. Deshalb sollten wir noch aktive Mitarbeiter des Hauses genauer unter die Lupe nehmen. Nur die haben wirklich die Möglichkeiten, im Haus etwas auszurichten, ohne aufzufallen. Hart und Pfleger Kiran könnten ein Motiv haben. Rader knöpfen wir uns vor, um herauszufinden, ob er auch eins hat.«

»Gut, stellen wir dem Personal ein paar Fragen und nehmen uns dann die drei Herren vor«, erwiderte Konrad.

Frau Werner bat das Personal um Ruhe. »Es steht im Raum, dass unser Haus offensichtlich Opfer eines Kriminellen geworden ist. Wir hatten heute auf den Intensivstationen und im OP einen vermutlich absichtlich ausgelösten Fehlalarm, der zu Verzögerungen in der Pflege und im OP geführt hat.«

Marcel dachte bei dem Wort OP an Karl, der an diesem Tag operiert werden sollte. Er hoffte, dass das nicht stattfand, denn die Säle waren offenbar auch Ziel der Anschläge.

»Zudem häufen sich gerade Fälle von Patientenverschlechterungen, die auf den Intensivstationen liegen. Alle werden mit einem Antibiotikum versorgt. Auch hier müssen wir davon ausgehen, dass es sich um Sabotage handelt. Dazu redet die Kriminalpolizei gleich mit Ihnen. Für unsere Patienten ist es wichtig, dass wir sie gut versorgen, wir müssen noch besser auf sie achten. Die Stationen sind alle angehalten, dass Patienten, die weitestgehend gesund sind, entlassen werden. Die auf der Intensiv sollten möglichst zügig auf die peripheren Stationen verteilt werden, sobald der Zustand es zulässt.«

Ein Pfleger meldete sich. »Wir haben auf der Internistischen eben einen Weiteren verloren. Drei sind in einem sehr kritischen Zustand. Sie waren schon deutlich stabiler unter Antibiotikagabe und plötzlich hat sich der Zustand wieder verschlechtert. Wir werden das Arbeitsaufkommen nicht schaffen. Von Verlegungen kann gar nicht erst die Rede sein, dafür sind die Patienten alle viel zu instabil. Mir fehlt Personal, wir müssen eine Lösung finden.«

Getuschel.

Marcel konnte Bruchteile der Gespräche aufschnappen. Die Pflegenden äußerten in erster Linie ihre Bedenken und Sorgen zu den Vorfällen.

Die Tür ging auf und Dr. Schröder trat in den Raum. Er war kreidebleich im Gesicht und presste die Lippen zusammen.

Marcel räusperte sich. »Gibt es schon Erkenntnisse, warum sich der Zustand der Patienten trotz Antibiotika auf den Intensivstationen so verschlechtert hat?« Er schaute Dr. Schröder an, weil er sich erhoffte, dass er bei der Ursachenforschung zu einem Ergebnis gekommen war.

Dr. Schröder nickte, seine Schultern hingen herunter. »Ich komme gerade vom Labor.« Er hob einen Zettel hoch. »Wir haben mehrere Antibiosen von den Intensivstationen und aus dem OP getestet. Es ist nur Kochsalzlösung in den Spritzen gewesen.«

»Was?«, rief der Pfleger entsetzt, der eben gesprochen hatte.

»Es ist ganz offensichtlich ein weiterer Versuch, Patienten zu schaden«, sagte Dr. Schröder mit brüchiger Stimme.

»Es kann nicht sein, dass in den vorbereiteten Spritzen nur Kochsalz war«, brüskierte sich eine Frau aus einer hinteren Reihe. »Ich selbst habe die Antibiosen der letzten

Woche standardmäßig vorbereitet und jeden Schritt protokolliert.« Sie sah sich um und auf ihrem Hals bildeten sich hektische Flecken. »Ich arbeite immer ordentlich und würde nie einfach nur Kochsalz in Spritzen füllen, die Antibiosen enthalten müssen.«

»Sie arbeiten in der Apotheke?«, fragte Konrad.

»Ja, aber ich habe alles vorschriftsmäßig hergestellt, und der Hol- und Bringdienst hat es auf die Stationen gebracht. So wie es seit der Umstellung, dass wir die Antibiosen vorbereiten, üblich ist.«

»Schon gut, wir geben nicht Ihnen die Schuld«, versicherte Marcel. »Wir müssen nur herausfinden, was passiert sein könnte. Wer hat Zugang zu den Räumlichkeiten?«

»Das diensthabende Personal der Apotheke. Sonst hat dort niemand etwas verloren. Wenn Stationen in Zeiten, in der wir nicht besetzt sind, etwas benötigen, müssen sie sich das über die Notfallapotheke oder auf anderen Stationen besorgen. Zur Notfallapotheke gibt es einen Schlüssel bei der Information, aber dort werden keine Antibiosen hergestellt.«

Marcel wollte wissen, wann jemand anderes hätte eingreifen können, um die Medikamente auszutauschen. »Wie ist der gesamte Ablauf, damit die Antibiotika auf die Stationen kommen?«

»Das Personal fordert jeden Abend ihren Antibiotikabedarf für den folgenden Tag bei uns an. Wir bereiten sie morgens ab 4 Uhr zu, damit sie pünktlich ab 8 Uhr auf den Intensivstationen und im OP sind.«

»Die medizinischen Mitarbeiter holen sich die Antibiosen nicht selbst ab, sie werden gebracht?«, hakte Marcel noch einmal nach, damit er alles richtig verstand.

»Selten kommt Pflegepersonal selbst. Nur manchmal, wenn jemand die Medikamentengabe etwas früher startet. Aber die haben ja die Möglichkeit, auf Station unter einem Laminar Flow, das ist eine Sicherheitswerkbank, die Medikamente selbst steril aufzuziehen. Zum Beispiel wenn neue Patienten aufgenommen werden, die ein Antibiotikum brauchen. Sie haben in den Schränken immer Medikamente vorrätig.«

»So sollten wir das in Zukunft wieder einführen«, sagte Dr. Hart. »Das Personal auf Station sollte sich um seinen Kram kümmern, auch wenn es zeitaufwendig ist, dann gäbe es solche Vorfälle nicht. Reißen Sie sich alle zusammen, ich habe das Gefühl, keiner kann mehr richtig seinen Job ausführen.«

»Wir werden vorerst die Medikamente auf Station vorbereiten, bis das Problem gelöst ist«, erwiderte Frau Werner ruhig. »Kontrollieren Sie die Ampullen auf Blessuren, ehe Sie das Medikament zubereiten. Jede Pflegeperson zieht nur die Antibiosen für seine Patienten auf.«

Marcel hoffte, dass diese Kontrollen weitere Manipulationen verhinderten. Doch sie mussten immer noch herausfinden, wer dafür verantwortlich war. Deshalb wollte er wieder zum eigentlichen Thema lenken. »Noch mal zu dem Weg der Medikamente. Es gibt also extra Personal, das Bestellungen zu den Stationen bringt?«

»Korrekt«, antwortete Frau Werner. Sie zeigte nach hinten in den Raum auf einen Mann. »Herr Seifert ist zuständig für die Mitarbeiter.«

»Wir brauchen die Dienstpläne der Kollegen, die in der letzten Woche die Botengänge erledigt haben«, bat Marcel. »Mit denen müssen wir sprechen.«

»Die kann ich Ihnen geben, aber ich merke gleich dazu an, dass wir uns hier im Haus gegenseitig helfen. Es ist durchaus möglich, dass mal jemand von der Technik oder vom Reinigungspersonal etwas mitgenommen hat, wenn besonders viel auszuliefern war. Stationsbedarf, Materialien, Medikamente, Infusionen, Essenswägen, alles Mögliche muss auf den Stationen verteilt werden. Wer möglicherweise ausgeholfen hat, kann ich also nicht sagen.«

Die Richtung gefiel Marcel gar nicht, denn der Täter hatte so ein leichtes Spiel, die Medikamente gegen Kochsalzlösung auszutauschen. »Haben alle Angestellten die Befugnis, diese Botengänge zu erledigen?«

Frau Werner schluckte schwer. »Nun, eigentlich hat jeder seinen Bereich. Aber wie Herr Seifert erklärt hat, ist es viel Arbeit. Wenn ein Techniker gerade auf dem Weg zu einer Station ist, wo ein Wagen hinsoll, nimmt er den mit. Genauso wie das Personal vom Reinigungsdienst auch mal Materialien von der Sterilisation auf die Station bringt.«

»Sie wollen also sagen, dass wir nicht nachverfolgen können, wer am heutigen Tag die Medikamente auf den Stationen verteilt hat?«

Die Klinikleitung senkte den Blick. »Im Grunde haben wir keinen Überblick. Aber es ist nicht die Regel, dass andere die Arbeiten des Hol- und Bringdienst übernehmen.«

Marcel verspürte etwas Verzweiflung. Seine Hände verkrampften sich in seinen Hosentaschen. »Ist es möglich, dass es gar nicht beabsichtigt war, Kochsalzlösung statt Antibiotika zu liefern?«

»Moment mal«, protestierte die Dame von der Apotheke. »Ich persönlich habe die Antibiose heute Morgen aufgezogen und in die dafür vorgesehenen Transportboxen getan.«

»Dann muss jemand anderes die Medikamente ausgetauscht haben. Kann man einfach an die Antibiotika drankommen, wenn es in der Kiste liegt?«, fuhr Konrad fort.

»Nein, eigentlich nicht«, antwortete die Apothekerin. »Die Boxen werden mit einem Schloss gesichert. Die Schlüssel dafür haben nur die Stationen, jede hat eine eigene Kiste. Nachdem das Personal diese leer geräumt hat, lassen sie die Schlösser auf. Der Hol-und Bringdienst liefert die Kisten so zu uns für den nächsten Tag zurück.«

Marcels Kloß im Hals wurde immer größer, weil das Chaos, das in der Klinik herrschte, die Ermittlungen erschwerte. »Sie sollten darüber nachdenken, ob es dafür nicht ein besseres System gibt«, sagte Marcel zu Frau Werner. Dann wandte er sich an den Leiter des Hol- und Bringdienstes. »Ich möchte trotzdem mit den

Mitarbeitern sprechen, vielleicht können die sich ins Gedächtnis rufen, wer ihnen geholfen hat.«

»Natürlich.«

»Eventuell kann sich auch jemand vom Pflegepersonal oder von den Ärzten der Intensivstationen erinnern, wer Ihnen heute Morgen die Medikamente gebracht hat«, fügte Konrad hinzu. »Dann hätten wir einen Anhaltspunkt.«

Ein Pfleger prustete los. »Wissen Sie, was auf den Stationen jeden Tag los ist? Klar sieht man mal ein Gesicht immer wieder, aber keiner weiß, warum wer gerade auf Station ist. Gerade morgens ist so viel los, dass man kaum Zeit zum Atmen hat.«

Marcel wollte nicht darauf eingehen, damit keine Diskussion entstand. Er wollte in den Ermittlungen vorankommen. »Ich bitte die Stationen, zu prüfen, ob die Schlüssel zu den Apothekenboxen da sind, wo sie hingehören. Geben Sie uns Bescheid, wenn einer fehlt. Außerdem möchte ich, dass Sie die Schlösser auf unübliche Spuren kontrollieren.«

Mehrere Mitarbeiter nickten.

»Es gibt noch eine andere Sache, die uns Sorgen macht«, übernahm Frau Werner wieder das Wort. »Leider ist heute ein enorm großer Schwung an Personal erkrankt, alle mit Magen-Darm-Problemen. Es betrifft die Ärzteschaft, Pflegende und Hilfsmitarbeitende des gesamten Hauses.«

Marcel wurde hellhörig.

»Das erschwert uns natürlich zusätzlich, den Mehraufwand an Arbeit zu bewältigen. Ich bitte deshalb darum, dass sich die Stationen untereinander aushelfen. Ich habe zusätzliche Springer gerufen, die sich aufteilen sollen. Begrenzen Sie die Versorgungen aufs Nötigste und beziehen Sie Angehörige mit in die Pflege ein.«

Konnte eine Erkrankung wirklich an einem Tag plötzlich auf natürliche Weise bei so viel Personal auf einmal ausbrechen? Oder wollte der Täter einen Mangel hervorrufen, damit die schwerkranken Patienten nicht ausreichend versorgt werden konnten?

»Die Beschwerden kamen ganz akut?«, fragte ein älterer Herr in weißem Kittel, der neben Frau Werner stand.

»Ja, denen wurde von jetzt auf gleich schlecht und sie hatten Diarrhö. Es haben sich seit heute Morgen ständig Leute gemeldet, dass sie heimgehen. Das fiel auf.«

»Klingt für mich, als hatten die etwas verabreicht bekommen, was abführend wirkt«, sagte der Arzt.

Marcel drehte sich zu Frau Werner. »Wir müssen herausfinden, ob die Mitarbeitenden alle irgendwo gemeinsam waren.«

Die Klinikleitung riss die Augen auf. »Wie soll ich das denn nachprüfen? Es sind mehr als fünfzig Mitarbeitende betroffen.«

»Es reicht, wenn Sie einen Teil anrufen und fragen, wo sie heute etwas zu sich genommen haben. Gibt es mehrere Antworten mit demselben Ort, wissen wir, dass wir dort suchen müssen«, erwiderte Marcel.

»Ich bitte die Personalabteilung, sich darum zu kümmern, die kommen ja schnell an die Kontaktdaten.«

»Mit zu wenig Personal und nach den ungeklärten Vorfällen können Sie den normalen Krankenhausbetrieb nicht fortführen«, sagte Marcel. »Sie sollten eine Evakuierung in Betracht ziehen. Die Situation spitzt sich zu und wir wissen nicht, wie weit der Täter noch geht. Dass schwerkranke Patienten wahrscheinlich seit mindestens zwei Tagen keine Antibiose bekommen, ist ein Zeichen dafür, dass der Täter Tode billigend in Kauf nimmt.«

»Sind Sie sich bewusst, was Sie da verlangen?«, fragte die Leiterin mit hochgezogenen Augenbrauen. »Wir bräuchten etliche Intensivtransporte für die schwerkranken Patienten. Das wären immense Kosten für die Krankenkassen. Zusätzlich müssten wir erst einmal herausfinden, wohin wir verlegen können, die anderen Häuser sind überfüllt. Das ist ein Aufwand, der mit dem wenigen Personal kaum zu stemmen ist.«

»Es muss zu stemmen sein. Sie können nicht abwarten, was noch passiert. Wir können die Bundeswehr und das Technische Hilfswerk hinzurufen.«

»Er hat völlig recht«, sagte der Arzt. »Das Personal ist verängstigt, es geht an die Grenzen der Belastbarkeit, weil niemand weiß, was als Nächstes passiert.«

»Es dauert, bis solch eine große Verlegungsaktion organisiert ist. Das geht nicht ad hoc. Aber ich leite alles in die Wege.« Frau Werner wandte sich an die Mitarbeiter. »Wir evakuieren so viele Patienten wie nur möglich. In erster Linie die stabileren der Intensivstationen, sodass das Personal sich gut um die Schwerstkranken kümmern kann. Das sollte uns etwas Luft verschaffen. Ich klemme mich gleich hinter das Telefon und kommuniziere unser Problem mit den anderen Häusern, organisiere Betten und so weiter. Halten Sie sich bitte alle bereit, Sie wissen ja, wie wir im Falle einer Räumung handeln. Operationen, die nicht lebensnotwendig sind, werden verschoben.«

»Da spiele ich nicht mit«, plärrte Dr. Hart durch das Zimmer. »Ist Ihnen klar, was das für unseren Ruf bedeutet, wenn wir Patienten aus dem Haus schmeißen und Operationen absagen, nur weil die Kriminalpolizei nicht in der Lage ist, diesen Wahnsinn zu stoppen?«

Frau Werner wurde rot und senkte den Kopf.

Marcel hatte schon am Vortag den Eindruck gehabt, dass sie sich sehr von dem Arzt beeinflussen ließ.

Gab es eine stille Vereinbarung zwischen beiden? War etwas vorgefallen, das die Leiterin eventuell erpressbar machte?

»Dr. Hart, bei allem Respekt vor Ihrem Ehrgeiz. Die Situation in der Klinik ist äußerst prekär«, sagte Konrad. »Ich bin sicher, dass die Patienten Verständnis haben werden. Die Räumung des Krankenhauses ist schließlich zu ihrem Schutz.«

»Ich werde mich nicht von jemandem erpressen lassen, der etwas Macht ausüben möchte. Ich bin ein verdammt guter Arzt und ich operiere die Patienten nach dem OP-Plan. Allein hier zu stehen, ist reine Zeitverschwendung. Ich kann auch in Not mein Bestes abrufen. Das werde ich heute zeigen. Von mir aus können die Operierten anschließend in eine andere Klinik gehen.«

Konrad verschränkte die Arme. »Warum sollten Sie den Patienten solch einen Stress antun? Sie benötigen nach einem Eingriff Ruhe. Wäre es nicht besser, sie heimzuschicken und einen Termin zu machen, wenn alles wieder in Ordnung ist?«

»Drei Operationen sind notwendig. Die Patienten erleiden Schmerzen. Ich lass mich nicht abschrecken. Die Evakuierung kann nicht von einer zur anderen Minute passieren. In der Zeit der Vorbereitung kann ich die Eingriffe durchführen.«

»Gut, klären Sie Ihre drei auf dem Plan stehenden Patienten über die Fakten auf und fragen Sie sie, ob sie im Haus operiert werden wollen. Sagen Sie ihnen, dass sie nach der OP möglicherweise verlegt werden müssen«, forderte Frau Werner.

Der Arzt schüttelte erst den Kopf, nickte dann aber mürrisch.

Ein Telefon klingelte.

Dr. Schröder nahm den Anruf auf seinem Funk an. »Ja?« Einen Augenblick später eilte er aus dem Zimmer.

Sofort packte ein mulmiges Gefühl Marcel. Er schaute zu Konrad.

»Geh schon, ich regle den Rest allein«, sagte dieser. »Im Anschluss überrede ich Karl, sich nicht operieren zu lassen.«

Marcel rannte los.

Noch auf dem Weg zur Station rief Kim an.

Er nahm ab.

Zunächst kam nichts außer einem herzzerreißenden Schluchzen.

»Kim, was ist?« Marcels Herz raste.

»Schatz, Mar… Marlene … stirbt, du mu… musst dich beeilen.«

Marcels Brust brannte, er konnte keine Luft mehr holen. Er beschleunigte seine Schritte. »Was?«

Kim schrie weinend. »Sie hat einen Herzstillstand. Ich will sie nicht verlieren.«

»Ich bin gleich da.« Er hastete um die Ecke, rutschte aus und fiel der Länge nach hin.

»Rennen Sie nicht auf dem Flur, guter Mann«, rief ihm eine Person zu. »Der Boden ist viel zu rutschig.«

Er ignorierte die Warnung, stand auf und eilte weiter. Mit zitternder Hand klingelte er Sturm.

Es wurde ihm geöffnet, ohne dass jemand zuvor nach seinem Namen fragte.

Auf dem Flur flitzte eine Krankenschwester mit etwas in der Hand in Marlenes Zimmer.

Aus diesem drangen laute Anweisungen.

Marcel sah durch die offene Tür, dass Dr. Schröder und Schwester Tessa um Marlenes Bett standen. Gerade als er zu ihr gehen wollte, wurde er aufgehalten.

»Herr Schweißer, Sie können jetzt nicht hier rein«, sagte Pfleger Kiran.

»Lassen Sie mich zu meiner Frau und Nichte.« Marcel drückte den Pfleger zur Seite und rannte in das Zimmer.

Kim verharrte in einer Ecke an der Wand und weinte bitterlich. Sie hielt sich den Oberkörper und beugte sich nach vorn.

Er ging zu ihr und starrte auf das Bett.

Dr. Schröder drückte auf Marlenes Brust, schrie Anweisungen an das Personal.

Marcel stand wie betäubt neben Kim, seine Finger krampften sich fest um ihre und wurden taub. Alles lief in Zeitlupe ab, als wäre er nicht wirklich dort, sondern in einem Raum, aus dem er das Geschehen durch ein winziges beschlagenes Loch beobachtete. Sein Kopf fühlte sich wie mit Watte ausgestopft an. Geräusche drangen kaum zu ihm durch, er hörte die Stimmen der Mediziner nur als dumpfes Rauschen.

Seine Beine gaben plötzlich nach. Er schwankte, klammerte sich noch fester an Kim. In ihm tobte ein Sturm. Sein Herz hämmerte gegen seine Rippen. Gleichzeitig fühlte es sich an, als ob er ersticken würde. In einem verzweifelten Reflex schlug er sich gegen die Brust, doch es half nichts – er bekam kaum Luft. Alles um ihn herum verschwamm, wurde zu einem flimmernden Chaos aus weißen Kitteln und hektischen Bewegungen, untermalt von dem schrillen Piepen der Apparate. Tränen brannten ihm so heiß in den Augen, dass sie ihm den Blick nahmen. Er blinzelte sie weg, aber das Zimmer blieb unscharf und verzerrt.

»Bitte nicht«, flehte Kim schluchzend und sank nach unten.

Dr. Schröder stoppte die Reanimation. Er tastete nach einem Puls.

Marcel starrte auf den Monitor.

Die Zacken des EKGs wurden zu einer geraden Linie.

Er wollte schreien, sich bewegen, Marlene schütteln, die Zeit zurückdrehen, aber sein Körper versagte ihm den Dienst.

Kims scharfer Schrei schnitt durch die Luft, durchbohrte die erstickende Stille. Es war ein Schrei, der durch Mark und Bein fuhr, ein Schrei der absoluten Verzweiflung, des reinen Schmerzes.

Marcels Lunge brannte, und in seinem Kopf drehte sich alles schneller. Noch nie hatte er solche Angst empfunden.

17

Tessa war speiübel. Während sie zu zweit versuchten, das Leben der Kleinen zu retten, musste sie immer auch Michelles Monitor beobachten.

Deren Werte sackten ebenfalls stetig ab.

»Kiran!«, schrie sie nach draußen. »Ich brauche Hilfe.«

Er kam ins Zimmer geeilt.

»Bitte schau nach Michelle.«

Kiran überprüfte die Vitalparameter, während Tessa eine weitere Dosis Adrenalin in die Venen ihrer Patientin spritzte. »Wir benötigen dringend mehr Personal. Das stemmen wir nicht allein.« Sie hätte am liebsten losgeheult. Nicht, dass sie noch nie Kinder beim Sterben begleitet hatte, aber diese beiden würden ihr Leben nur verlieren, weil es ein wildfremder Mensch so wollte.

»Da komm ich ja mal wieder zur rechten Zeit«, ertönte plötzlich Dr. Harts Stimme.

»Natürlich, wer auch sonst ist bei Notfällen immer zur Stelle«, erwiderte Kiran missbilligend. »Wollten Sie nicht im OP stehen?«

»Dazu fehlt das Personal, ich muss warten, bis die OP-Pflegerin wieder frei ist. Gehen Sie zur Seite«, befahl Dr. Hart. Er hörte Michelles Lunge ab, tastete den Puls und begann die Reanimation. »Ich sehe, dass ihr alle nicht fähig seid, eure Patienten zu versorgen. Gerade habe ich schon auf der internistischen ausgeholfen, weil die lieben Kollegen nicht parat kamen.«

»Wenn wir Sie nicht hätten«, sagte Kiran scharf.

»Hören Sie mit Ihrem Getue auf und machen Sie sich nützlich. Drehen Sie den Spitzendruck des Beatmungsgeräts um zwei Punkte hoch.«

Tessa versuchte, Dr. Harts Spitzen zu ignorieren. Sie konzentrierte sich auf Marlene und Dr. Schröder.

Dieser beendete erneut den Reanimationszyklus und tastete den Puls der Kleinen.

Erleichtert atmete Tessa auf, als auf dem Monitor endlich ein normaler Rhythmus zu sehen war.

»Wir haben sie wieder«, sagte Dr. Schröder und schaute zu den Angehörigen.

Frau Berger hatte sich auf den Boden gehockt und das Gesicht zwischen die Knie geklemmt.

Herr Schweißer starrte auf den Monitor. Er war so kreidebleich, dass es aussah, als wäre er nur ein Geist.

Tessa würde sich später um die Angehörigen kümmern, erst einmal wurde sie bei Michelle gebraucht.

Am Nachbarbett alarmierte der Monitor.

»Bradykardie!«, rief Kiran.

»Die Reanimation hätte viel früher starten müssen«, schimpfte Dr. Hart.

Dr. Schröder wechselte das Bett. »Ich übernehme. Danke für Ihre Hilfe.«

»Lassen Sie mich das zu Ende machen. Ich habe es im Griff.«

»Es ist meine Patientin. Ich dachte, Sie haben Operationen und keine Zeit, auf den Stationen herumzulungern, Dr. Hart.« Dr. Schröder hatte mit fester Stimme gesprochen, die klar signalisiert hatte, dass er keine Widerworte duldete.

Dr. Hart hob die Hände, schüttelte pikiert den Kopf. »Sie sind ein Stümper, Herr Kollege. Arrogant und selbstüberschätzend. Ich hoffe, die Kleine überlebt das. Aber Sie haben recht, ich habe genug andere Patienten. Deshalb gehe ich jetzt lieber die retten, bis ich endlich in den OP kann.« Der Arzt humpelte aus dem Zimmer.

Dr. Schröder, der die Reanimation bereits aufgenommen hatte, schüttelte den Kopf. »Schwester Tessa, bitte spritzen Sie das Adrenalin.«

Tessa tat es und bat Kiran, bei Marlene zu bleiben. »Zwei Reanimationen in so kurzem Abstand, das ist nicht wahr, oder?« Sie konnte ihre Tränen nicht mehr aufhalten. Doch sie riss sich zusammen, um routiniert alles abzuarbeiten, was Dr. Schröder verlangte, anstatt in Panik zu verfallen.

Michelle sah schrecklich aus, sie hatte trotz einhundert Prozent Sauerstoffzufuhr ganz blaue Lippen. Ihr Gesicht war aschfahl. Überall hatte sie kleine Einblutungen.

Dr. Schröder drückte und zählte den Rhythmus laut. »Tessa, saugen Sie einmal ab und nehmen Sie das

Mädchen an den Beatmungsbeutel«, befahl er. Er spritzte eine weitere Dosis Adrenalin.

»Marlenes Blutdruck sinkt«, meldete Kiran vom Nachbarbett.

»Geben Sie ihr in einer halben Stunde sechzig Milliliter Kochsalzlösung«, wies Dr. Schröder an, der seinen Blick nicht von der Patientin nahm.

Tessa bebeutelte das Kind mit der Hand, doch die Sättigung stieg nicht.

»Verdammt, wir verlieren sie«, fluchte Dr. Schröder mit wackeliger Stimme. »Wir benötigen hier drin bitte noch eine zusätzliche Hand«, rief er nach draußen.

Von draußen kam keine Reaktion, vermutlich waren Tessas Kolleginnen in Zimmern beschäftigt.

Es war nicht die Norm, dass nur zwei Leute vom Personal eine Reanimation durchführten. Es brauchte mehrere Kollegen, um den Patienten akkurat zu behandeln. Doch der Umstand, dass in einem Zimmer zur gleichen Zeit zwei lebensrettende Maßnahmen mit nur drei Kolleginnen auf Station liefen, ließ derzeit nichts anderes zu.

Tessa stand kurz davor, in Tränen auszubrechen.

»Geben Sie noch einen Adrenalinbolus«, sagte Dr. Schröder.

Tessa befolgte die Anweisung. »Was macht Marlene?«, fragte sie Kiran, ohne sich umzudrehen.

»Der Blutdruck steigt wieder.«

Das war gut für Tessa zu wissen. Zwar hätte sie sich liebend gern um die Familie gekümmert, die nach solch einer Beobachtung mit Sicherheit unter Schock stand, doch in dem Moment war es nicht möglich.

Dr. Schröder unterbrach die Herz-Druck-Massage und schaute auf den Monitor, während er den Puls tastete. »Nichts«, sagte er und drückte weiter.

Tessa schaute sich das Mädchen für eine Gesamt-beurteilung an. Schließlich reanimierten sie schon eine ganze Weile. Hinzu kam, dass es innerhalb zweier Tage nicht die erste Wiederbelebung war. Als sie in das Gesicht der Kleinen sah, kniff sie kurz die Augen zusammen, weil sie nicht aussprechen mochte, dass eine Rettung kaum mehr möglich war.

Dass das Mädchen blutete, war ein Zeichen für eine nicht funktionierende Gerinnung. Das Kind hatte gerade ein Totalversagen des gesamten Herz-Kreislauf-Systems und der Organe.

Tessa gab die Information an Dr. Schröder.

Dr. Schröder massierte das Herz weitere zehn Minu-ten, bis er schließlich den Tod des Mädchens erklärte. »Ich rufe ihre Mutter an.« Er verließ mit einem verbitter-ten Gesichtsausdruck das Zimmer.

Tessa wischte sich die Tränen ab und legte ein Tuch über das Kind. »Fährst du sie bitte in Zimmer 6? Das ist frei«, sagte sie zu Kiran. »Dort werde ich sie in Ruhe fertig machen und die Mutter kann sich verabschieden.«

»Ich kümmere mich darum. Bleib bei deiner Patientin, die ist auch nicht gerade stabil.«

»Danke, das ist eine große Hilfe. Ich werde das hier niemals verdauen. Michelle hätte überlebt, wenn das

Antibiotikum nicht ausgetauscht worden wäre. Das ist das zweite Kind, das der Typ auf dem Gewissen hat.«

Kiran nickte. »Die Werner plant die Evakuierung des Hauses. Sie sollte sich beeilen, ehe sich diese Fälle häufen.« Er presste die Lippen aufeinander, befreite Michelle von den Geräten und schob sie aus dem Zimmer.

Tessa schloss kurz die Augen und holte tief Luft. Auch wenn sie eigentlich lieber eine Pause machen wollte, musste sie sich um ihre andere Patientin und vor allem um die Angehörigen kümmern, die die Tragödie mitbekommen hatten.

Frau Berger und Kommissar Schweißer standen noch immer in der Ecke und rührten sich kaum. Immerhin hatten sie aufgehört zu weinen.

»Es tut mir sehr leid, was sie gerade mit ansehen mussten. Zwei Reanimationen zur gleichen Zeit mit Personalmangel sind nicht die Regel.«

Frau Berger schluckte und schüttelte den Kopf. »Sie müssen sich nicht entschuldigen. Es tut mir so leid für das Mädchen.« Sie rannte auf Tessa zu und fiel ihr um den Hals. »Danke, dass sie meine Schwester gerettet haben.« Sie löste die Umarmung und ging zurück zu ihrem Partner, der ihre Hand ergriff.

Tessa schluckte den brennenden Kloß in ihrer Kehle hinunter. Ihr Kinn zitterte. Sie wollte nicht mehr die starke Krankenschwester spielen. Deshalb hielt sie ihre Tränen nicht zurück. »Ich kann nicht mehr«, sagte sie seufzend.

Ihre Kollegin kam in diesem Moment ins Zimmer. Sie nahm Tessa in den Arm. »Geh kurz raus und mach eine Pause, ich passe so lange hier auf.«

Tessa hielt sich den Brustkorb. »Ich … brauche … wirklich … zehn Minuten zum Durchatmen.« Sie schaute zu Kommissar Schweißer. »Ich bin gleich zurück und beantworte alle Fragen.«

»Gehen Sie, wir verstehen, dass Sie eine Pause benötigen.« Er war weiterhin kreidebleich. Wie schaffte er es nur, trotz der Sorge um seine Nichte, seinen Job so professionell auszuüben?

Sie selbst wusste nicht, ob sie nach diesem Albtraum jemals wieder einen Fuß in eine Klinik setzen wollte. Doch als Allererstes brauchte sie eine Minute für sich. »Danke.« Sie verließ das Zimmer.

Kiran kam ihr auf dem Flur entgegen. »Ich kümmere mich gleich weiter um Michelle, ich wurde aber auf eine Station gerufen und muss einen Patienten zur Liegeauffahrt bringen.«

»Ah, Mist, ich wollte gerade fünf Minuten frische Luft schnappen.«

»Ich beeile mich, dann kannst du gehen.« Kiran hastete aus der Station.

»Sie müssen durchatmen, ich brauche Sie fit hier. Nehmen Sie sich einen Moment, um sich zu beruhigen, Tessa«, sagte Dr. Schröder. »Ich rufe jemanden von der peripheren Station, der kurz die Stellung halten kann.«

»Danke.« Tessa war erleichtert, dass sie eine Pause nehmen konnte, denn sie wollte einfach nur weinen und das musste sie außerhalb der Station tun. »Ich bin vorn an der Liegeauffahrt und nehme das Transporthandy mit. Darauf können Sie anrufen, wenn ich doch zurückkommen soll.«

Dr. Schröder lächelte gequält. »Ich tue alles, damit Sie Ihre zehn Minuten bekommen.« Auch er bräuchte dringend eine Pause, seine Augenränder waren bereits dunkel. Doch er war allein für die Kinderintensiv zuständig und bei dem, was los war, würde er so schnell keinen ruhigen Moment bekommen.

Tessa lief den Flur hinunter zu der Auffahrt, zu der die Patienten mit den Rettungswagen gebracht wurden.

Dort traf sich oft das Personal, um eine zu rauchen.

Sie hoffte, dass gerade niemand dort stand, denn sie wollte fünf Minuten Ruhe.

Gott sei Dank war niemand zu sehen.

Tessa stellte sich an die Mauer und weinte einfach drauflos. Sie ließ die Anspannung der letzten zwei Dienste raus.

Ein Pfleger von der Intensivstation für Erwachsene kam heraus.

Schnell wischte sie sich die Tränen weg.

»Schon okay, wein ruhig. Habe ich heute auch schon getan. Gerade haben wir einen Patienten durch eine Wundinfektion verloren, weil wer das Antibiotikum mit Kochsalzlösung ausgetauscht hat.«

Tessa schnäuzte sich. »Ich hatte gerade eine Doppelreanimation mit nur zwei Kollegen im Hintergrund und einem Springer, der sich nicht auf unserer Station auskennt. Eine Patientin hat es nicht geschafft. Sie war gerade mal acht und wäre gestern schon fast gestorben, als der Sauerstoff aus war. Ich fasse nicht, was hier passiert.«

Der Pfleger zog hastig an der Zigarette. Nach der Hälfte drückte er sie aus und nahm Tessa in den Arm. Er presste sie fest an sich, schaute sie noch mal an. »Wir brauchen jetzt alle unser gegenseitiges Mitgefühl. Bleib stark.« Dann eilte er wieder zurück.

Von Weitem sah sie, wie Kiran einen älteren Herrn in einem Rollstuhl über den Flur schob. Er kam auf sie zu.

Sein freundliches Gesicht brachte ihr trotz der Hektik im Haus ein wenig Frieden. Sie lächelte.

»Hey, was machst du denn hier?«, fragte er.

»Nur mal zehn Minuten Luft schnappen. Dr. Schröder hat es mir erlaubt.«

»Schön, dann muss ich nicht allein warten.« Kiran zeigte auf den Mann. »Herr Maier möchte in ein anderes Krankenhaus. Also seine Angehörigen wollen das. Ihm scheint das egal zu sein.«

Tessa begrüßte den Herrn, der ihr aber nicht antwortete. Überhaupt schien er nicht richtig anwesend zu sein.

»Sieht nicht sehr bequem aus, wie er da in dem Rollstuhl hängt«, sagte sie. »Ist er überhaupt in der Lage zu sitzen?«

»Ich habe mich auch gefragt, warum die den in den Rollstuhl gesetzt haben. Aber ich führe nur das aus, was mir aufgetragen wird.«

»Und wo sind seine Sachen? Soll ich noch was holen?«

»Nein, es hieß, dass die Angehörigen sich später darum kümmern. Wir müssen den Mann nur in einem Stück zum RTW begleiten.« Wieder grinste Kiran. Offenbar hielt er sich mit überspitzten Bemerkungen bei Laune. Er stellte den Rollstuhl nah an die Mauer der Auffahrt, damit er nicht im Weg stand, wenn Transporte kamen, machte die Bremsen fest und zündete sich eine Zigarette an. »Eigentlich eine gute Aufgabe, um eine durchzuziehen. Die habe ich nötig.« Er hielt Tessa die Schachtel hin. »Auch eine?«

»Nein, danke. Ich rauche nicht.«

Kiran nahm einen langen Zug. »Ich hatte in der Zeit, in der ich im OP gearbeitet hab, auch mal aufgehört. Aber nach meiner Degradierung habe ich wieder angefangen.«

Plötzlich rollte der Rollstuhl los.

»Scheiße.« Kiran schmiss die Zigarette weg und rannte hinterher.

Tessa folgte ihm. Das Adrenalin schoss ihr in den Hals.

Kiran ruderte auf einmal mit den Armen und fiel hin.

In letzter Sekunde konnte Tessa mit einem Sprung verhindern, dass sie über ihn stolperte. Sie lief weiter.

Der Rollstuhl war fast an der Straße.

Gott, bitte lass kein Auto kommen. Sie rannte, so schnell sie konnte.

Doch der Rollstuhl hatte viel zu viel Fahrt aufgenommen, um ihn einzuholen, weil es steil bergab ging. Die parkenden Autos auf der anderen Seite würden ihn stoppen, wenn sie ihn nicht rechtzeitig erreichte.

In diesem Moment ertönte das Martinshorn eines Krankenwagens.

Ihr stockte der Atem. Sie versuchte, noch weiter zu beschleunigen.

Kiran schloss zu ihr auf.

Dann schoss ein Krankenwagen auf der Straße vorbei, auf die der Patient gerade zusteuerte.

»Nein!«, schrie Tessa und hielt sich den Mund zu. Mit Entsetzen sah sie, wie der Rollstuhl gegen den Wagen bretterte und meterweit flog. Nach Luft ringend blieb sie stehen und starrte fassungslos auf die Straße.

Die Autoreifen quietschten.

Regungslos saßen die Sanitäter im Rettungswagen, der eine Vollbremsung hingelegt hatte.

Kiran hastete zu dem Mann.

Mehrere Menschen kamen vom Haupthaus angerannt.

Jemand schrie laut um Hilfe.

Vorsichtig lief Tessa weiter, weil sie Angst davor hatte, was sie gleich zu sehen bekommen würde. Sie betete, dass alles noch einmal glimpflich ausgegangen war. Aber als sie den demolierten Rollstuhl erblickte, war ihr klar, dass dieser Mann nicht unverletzt sein konnte.

Kiran hockte zitternd über dem Greis.

Eine große Lache breitete sich auf der Straße aus. Das Blut glänzte dunkelrot in der Sonne.

Tessas Herz zog sich zusammen. Sie kniete sich neben Kiran und betrachtete den verletzten Mann.

Sein Gesicht war bleich, fast wächsern, und seine Augen starrten leer in den Himmel. Eine tiefe Wunde klaffte an seinem Kopf, aus der unaufhörlich Blut strömte und sich mit dem Schmutz der Straße vermischte. Die Kleidung war zerfetzt. Seine Arme und Beine lagen in einem unnatürlichen Winkel. Der Mund klaffte viel zu weit auf, es sah aus, als wäre ihm das halbe Gesicht weggerissen worden.

Tessa hatte Mühe, sich nicht zu übergeben. Sie legte eine Hand auf Kirans Schulter, der wie in Trance auf dem Brustkorb des Mannes herumdrückte. »Lass es gut sein, er ist tot.«

»Das ist meine Schuld.«

Von der chirurgischen Ambulanz rannten Mitarbeiter mit einer Trage aus dem Haupthaus.

Von der Liegenauffahrt eilten zwei der Techniker hinunter.

»Können wir helfen?«, fragte Herr Brieger und starrte bleich auf den Rollstuhl. »Du meine Güte, was ist passiert?«

Tessa setzte sich auf den Bordstein, weil sie kaum noch atmen konnte. »Der Rollstuhl ist einfach losgerollt. Wir konnten ihn nicht mehr packen.« Tessa wischte sich den Schweiß von der Stirn. Dann lachte sie hysterisch auf. »Diese ganzen Vorfälle sind nur Fake. Ihr verarscht mich alle. Wo ist die Kamera? Werde ich getestet, ob ich abgebrüht genug für dieses Horrorhaus hier bin? Ihr habt gewonnen, ich bin es nicht.«

Ein Pfleger hockte sich neben sie. »Beruhig dich, du stehst unter Schock. Atme ganz tief durch.«

»Ich muss zurück auf die Station, dort wartet eine Leiche auf mich. Außerdem schwebt die Nichte eines Kriminalbeamten in Lebensgefahr, der uns wahrscheinlich verklagen wird, wenn das Mädchen auch stirbt.« Sie erhob sich.

»Warte bitte noch ganz kurz«, sagte der Pfleger. »So kannst du nicht an die Arbeit gehen. Ich rufe an und gebe Bescheid, was passiert ist.«

Tessa nickte und schaute auf die Szenerie vor sich, die ihr so unwirklich erschien, dass sie nicht real sein konnte.

Die Sanitäter wurden vorsichtig aus dem Auto gezogen.

Jemand deckte den Mann ab, der aus dem Krankenhaus hatte verlegt werden sollen, damit ihm nichts passierte, und nun von einem Krankenwagen überrollt worden war.

»Das gibt es doch nicht«, drang die Stimme eines Technikers zu Tessa hindurch. »Das ist der dritte Rollstuhl.«

»Was meinst du damit?«, hakte sie nach.

Herr Brieger schaute sie mit weiten Augen an. »Es gab schon zwei Anrufe, weil Personal gemerkt hat, dass sich Rollstühle trotz angezogener Bremse bewegen lassen. Habt ihr sie ordnungsgemäß genutzt?«

Tessa musste darüber kurz nachdenken, sah es dann jedoch genau vor sich. »Ja, Kiran hat sie festgestellt und kurze Zeit später ist er losgerollt.«

»Ihr hattet Pech, weil er hier am Berg stand«, sagte der jüngere Techniker und schaute zu Herrn Brieger. »Wir sollten uns alle Rollstühle im Haus anschauen. Die Bremsen wurden absichtlich manipuliert.«

Tessa schüttelte hysterisch lachend den Kopf.

18

Stumm lachte er in sich hinein.

Die kleinen Manipulationen an den Rollstühlen hatten wunderbar funktioniert.

Wenn er an die Gesichter dachte, die geschockt auf den alten Mann gesehen hatten, weil dieser von einem Krankenwagen überfahren worden war, überkam ihn Zufriedenheit. So viele Tode in nur zwei Tagen. So viel Angst und Schrecken. So gut hatte er es sich gar nicht vorgestellt. Er hätte gern lauthals losgelacht, aber es wäre auffällig, in dieser tragischen Situation solch ein Benehmen zu zeigen.

Es war gar nicht einfach gewesen, dafür zu sorgen, dass es aufgrund der manipulierten Rollstuhlbremsen zu einem Unfall kam. Auf den Stationen war nichts passiert, weil das zuständige Personal immer bemerkt hatte, dass die Bremsen nicht funktionierten. Zum Glück hatte ein Patient zu der Liegenauffahrt gebracht werden sollen. Dadurch hatte sich die Arbeit endlich ausgezahlt.

Er hätte nicht ahnen können, dass ein Rettungswagen kommen würde, also fühlte er sich nicht für den qualvollen Tod des armen alten Mannes verantwortlich.

Aber es war so ein gutes Gefühl, dass erneut ein Patient gestorben war. Das zeigte, wie unprofessionell das Personal arbeitete. Ihm schwoll die Brust vor Stolz, denn es passte so perfekt in seinen Plan, den Ruf des Krankenhauses zu zerstören.

Die Folgen des fatalen Unfalls würden große Ausmaße annehmen. Dieses Ereignis würde gleich in allen Zeitungen stehen und in den Nachrichten kommen. Die Angehörigen würden in den sozialen Medien und auf Bewertungsplattformen ihren Unmut äußern. Das bedeutete bestimmt das Aus des Krankenhauses.

Die Kommissare waren mittlerweile dahinter gestiegen, dass etwas nicht mit rechten Dingen zuging. Sie wollten die Patienten evakuieren.

Generell hatte er nichts dagegen. Jedes Menschenleben, das gerettet werden konnte, war großartig. Der Ruf des Krankenhauses war bereits ordentlich angeknackst. Doch es war ihm nicht genug, er wollte ihn komplett zerstören. Es gab noch ein paar Dinge, die er auf dem Plan hatte, um zu beweisen, dass in diesem Haus nur Dilettanten arbeiteten. Noch war er nicht ganz fertig. Am meisten freute er sich auf das Finale. Es durften keine Operationen verschoben werden, denn nun fing der Spaß doch erst richtig an. Wie süß konnte Rache sein.

Bevor er weitermachte, wäre es gut, wenn er diesen Kriminalbeamten und seine Kollegen loswerden würde. Sie durften ihn nicht enttarnen, ehe er fertig war.

So früh hatte er nicht damit gerechnet, dass die Polizei aufgrund der Vorfälle ermittelte. Es war nur Pech, weil dieser Kriminalbeamte Angehörige in dem Haus liegen hatte. Das Personal selbst hätte nie und nimmer so schnell auf Sabotage getippt, also auch nicht sofort die Kripo eingeschaltet.

Irgendetwas würde ihm schon einfallen, um seinen Plan zu beenden. Vielleicht spielt wieder der Zufall so wie bei dem alten Mann eben rein.

19

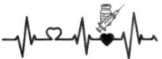

Kiran lief in das alte Gebäude Richtung des Büros der Klinikleitung. Er war aufgeregt, weil er zu Frau Werner zitiert worden war und nicht wusste, weshalb. Mit schwitzigen Händen klopfte er an ihre Tür.

»Herein.«

Kiran trat in das Zimmer. Ihm stockte der Atem, als er Dr. Hart grinsend dort sitzen sah.

»Herr Köthe, danke, dass Sie so schnell gekommen sind. Es stehen schwerwiegende Vorwürfe im Raum, die ich sehr gefährlich finde. Darüber müssen wir schleunigst sprechen.« Frau Werner zeigte auf einen Stuhl. »Setzen Sie sich bitte.«

Kiran schüttelte den Kopf. »Alles, was Dr. Hart Ihnen gesagt hat, stimmt nicht. Ich kann Ihnen erzählen, was wirklich bei der Operation vorgefallen ist. Dafür gibt es noch weitere Zeugen, die sich aber aufgrund des miserablen Verhaltens seitens Dr. Harts nicht trauen, den Mund aufzumachen.«

»Die habe ich schon befragt, sie haben mir die Version von Dr. Hart bestätigt.«

»Weil er uns alle erpresst. Er ist ein Arschloch«, brüllte Kiran.

»Beruhigen Sie sich, sonst lasse ich Sie des Hauses verweisen.« Frau Werner sah Kiran einige Sekunden streng an.

Er blieb stumm, damit er nicht rausgeschmissen wurde, denn er wollte seinen Standpunkt klarstellen.

»Sie haben Dr. Hart eine viel zu hohe Menge Adrenalin in einer Spritze gegeben und nicht gesagt, dass sie pur fünf Milligramm des Medikaments aufgezogen haben«, fuhr die Klinikleiterin fort. »Dr. Hart hat gedacht, es sei nach Standard vorbereitet, und hat es verabreicht. So kam es später zu der Hirnblutung und dem Nierenversagen bei dem Patienten.«

»Das stimmt so nicht«, erwiderte Kiran aufgebracht. Er ballte seine Hände zu Fäusten. Wie gern würde er diesem Mistkerl ins Gesicht schlagen, doch er beherrschte sich, um seine Situation nicht noch zu verschlimmern. »Ich habe es sagen wollen, aber Hart hat mir nicht zugehört und mich danach angeranzt. Er war besoffen im OP und hat auf dem Beatmungsschlauch gestanden, sodass es zu einer Notsituation gekommen ist. Ohne diesen Fehler wäre das Adrenalin gar nicht nötig gewesen.« Kiran sah Frau Werner eindringlich in die Augen. »Beweisen Sie mir bitte, dass die Hirnblutung nicht ausgelöst wurde, weil der Junge minutenlang unzureichend mit Sauerstoff versorgt war.«

Frau Werner schluckte.

Kiran war klar, dass sie ihre Aussagen nicht belegen konnte. Er fragte sich, was zwischen ihr und Dr. Hart war, wodurch sie ihm so bedingungslos glaubte. Immerhin stand Kirans Wort gegen das des Arztes. »Ich bleibe dabei, Dr. Hart war während der Operation angetrunken und hat die Komplikationen ins Rollen gebracht.«

Dr. Hart sah Frau Werner in die Augen. »Ich sagte ja, dass er lügen wird. Meines Erachtens sollte er schleunigst entlassen werden. Am besten warnt man jedes Krankenhaus vor ihm.« Dr. Harts Stimmlage hatte sich gehoben, er wandte sich an Kiran. »Ich könnte Sie wegen Verleumdung anklagen.«

»Es ist wahr, dass Sie ein alter Suffkopp sind. Sie kippen sich regelmäßig Alkohol in Ihren mickrigen Schädel und setzen Menschen einer Gefahr aus, wenn Sie diese operieren. Und jetzt wollen Sie auch mein Leben zerstören«

»Junge, Sie sind völlig durch den Wind. Haben Sie vielleicht eine psychische Erkrankung?«

»Sie sind der Teufel«, sagte Kiran fassungslos. »Damit werde ich Sie nicht durchkommen lassen. Ich werde mich gegen Ihre Lügen wehren, darauf können Sie sich beide verlassen.« Er schaute Frau Werner an. »Also, was wollen Sie tun? Mich rausschmeißen?«

»Das wäre der einzig richtige Weg. Sie sind zu weit gegangen, haben den Vorfall nicht gemeldet und versuchen, einen geschätzten Kollegen schlechtzumachen. Ich weiß nicht, wie wir Ihnen noch vertrauen können.«

Eigentlich wollte Kiran nicht weiter in diesem Haus arbeiten, nicht unter diesen Bedingungen. Doch er dachte an seine Freundin, die sein Kind in sich trug, und an die Kredite, die er abbezahlen musste. So wie der Hart drauf war, würde er wahrscheinlich alles dafür tun, dass Kiran keinen Fuß mehr in der Pflege fasste. Ihm musste also dringend etwas einfallen, wie er beweisen konnte, dass er nicht der alleinige Schuldige ist. Er wusste nicht, wie er das anstellen sollte. Trotzdem konnte er es nicht einfach so stehen lassen. »Wie wollen Sie denn belegen, dass ich der Lügner bin und nicht Dr. Hart?«

»Es wäre Ihre Aufgabe gewesen, dazu zu stehen, dass Ihnen ein Fehler unterlaufen ist, und es mir sofort zu melden. Ihr Schweigen ist schon eine Art Geständnis, finden Sie nicht? Sie können von Glück sprechen, dass Dr. Hart den Jungen wieder fit bekommen hat, sonst hätten Sie jetzt eine Klage am Hals.«

Kiran holte tief Luft. »Und wie würden Sie den Rechtsanwälten erklären, dass Dr. Hart, Dr. Richter und alle anderen Beteiligten erst vier Wochen später bei Ihnen auftauchen? Ich kann Ihnen sagen, warum er heute plötzlich kommt, obwohl ich angeblich vor vier Wochen den Mist verzapft haben soll. Weil ich ihm vorhin gedroht habe, alles auszupacken und ihm nun der Arsch auf Grundeis geht. Wenn Vertrauen so wichtig ist, ist er ja wohl auch nicht sehr vertrauenswürdig. Und das als Mitglied des Betriebsrats.«

Frau Werner wechselte einen kurzen Blick mit Dr. Hart und ihre Wangen erröteten leicht.

»Ah, ich habe einen wunden Punkt getroffen, denn das können Sie nicht erklären, stimmt's? Gut, wir gehen mit diesem großen Fehler, den ich angeblich gemacht habe, an die Öffentlichkeit. Ich habe einen guten Draht zu der Familie, ich erzähle ihnen, was vorgefallen ist, und empfehle ihnen, dass sie Anzeige erstatten. Die Wundinfektion in der Schulter können Sie mir ja wohl nicht in die Schuhe schieben, denn da war nur Ihr Gott im weißen Kittel dran.« Er hielt seinen Finger an das Kinn und tat, als würde er nachdenken. »Gab es nicht erst eine Anzeige gegen Dr. Hart? Das macht bestimmt einen guten Eindruck, wenn gleich schon wieder jemand klagt.« Kiran lächelte.

»Sie kleines Licht haben gegen unsere Anwälte keine Chance«, drohte Dr. Hart, bei dem nur noch fehlte, dass sein Mund vor Wut schäumte.

»Ich bitte Sie«, sagte Frau Werner. Dann sah sie Kiran an. »Überlegen Sie sich gut, ob Sie die Familie darüber unterrichten möchten. Sie haben einen Fehler gemacht, es kostet Sie Ihren Beruf, sollte der öffentlich werden. Dann bekommen Sie keinen anderen Job mehr in der Pflege. Wenn der Vorfall geheim bleibt, haben Sie noch Chancen woanders.«

Kiran verschränkte die Arme. »Sie sagten ja gerade, dass Sie mich rausschmeißen, und Dr. Hart hat gedroht, dass ich in anderen Häusern keine Chance bekomme. Was habe ich also zu verlieren?«

Frau Werner schluckte kräftig. Immer wieder huschte ein kurzer Blick zu Dr. Hart rüber.

Kiran wollte ihre Nervosität noch erhöhen. »Ich werde mich an die Menschen wenden, die sich möglicherweise hier behandeln lassen würden. Sie werden jedes Detail dieser Operation von mir erfahren. Selbst wenn mir nicht alle glauben, werden es genug tun. Dr. Hart hat sich einige Feinde bei Patienten gemacht, die seinen ekelhaften Charakter bestätigen können. Es wird in jedem Fall Ihren Ruf schaden. Ich gehe außerdem vor das Arbeitsgericht. Sie können also mit zwei Klagen rechnen. Irgendwann knicken die drei anderen, die im OP anwesend waren, ein, denn ich werde ihnen sagen, dass ich auch ihre Namen vor Gericht erwähnen werde.«

Frau Werner starrte Kiran an, sagte jedoch nichts.

»Das sind doch nur leere Drohungen. Wer würde Ihnen schon glauben? Ich bin ein angesehener Arzt. Kein Patient findet mich ekelhaft, wie Sie behaupten.«

Kiran schaute Dr. Hart an und konnte nicht fassen, wie überheblich er noch immer reagierte. »Phil Grüner vertraut Ihnen nicht, mir aber schon. Er würde es glauben, wenn ich ihm von der Wahrheit berichte. Laut ihm nerven Sie ihn permanent und sind übertrieben nett. Und kaum sind Sie aus dem Zimmer, schreien Sie herum. Er ist clever und spürt Ihr falsches Getue.« Kiran ging zur Tür. »Aber gut, lassen wir es darauf ankommen. Ich rufe jetzt die Polizei an und schildere den Vorfall. Dann gehen wir alle gemeinsam zu Phils Familie und die können gleich Anzeige erstatten.«

»Beruhigen wir uns erst einmal wieder«, sagte die Klinikleiterin, die blass geworden war. »Wir sind hier, um wie Erwachsene zu sprechen. Gott sei Dank geht es dem Patienten gut und er wird sich vollständig erholen.«

In Kiran brodelte Wut, weil Frau Werner Phils Tortur so herunterspielte. »Er hat seinen Traum aufgeben müssen. Für einen Fünfzehnjährigen keine leichte Kost.«

Dr. Hart mahlte mit den Kiefern.

»Es ist schade, dass es passiert ist. Ich weiß, dass Ihre Freundin schwanger ist, deshalb möchte ich Sie nicht ohne Weiteres vor die Tür setzen. Aber ich kann Sie fürs Erste nicht an Patienten lassen. Ich schlage vor, dass Sie im Hol- und Bringdienst sowie im Technikservice aushelfen. Dann verdienen Sie trotz der Disziplinarmaßnahme weiterhin Geld. Später schauen wir, ob es eine andere Lösung gibt.«

Kiran hob die Augenbrauen. »Sie wollen mich vom OP-Pfleger zum Boten der Stationen degradieren? Ihr Ernst? Dafür soll ich noch dankbar sein?« Kiran öffnete die Tür. »Das ist echt nicht zu glauben.« Er wollte nur noch aus dem Büro raus, um seine Fassung nicht zu verlieren.

»Was haben Sie jetzt vor?«, fragte Frau Werner und räusperte sich.

Er wollte erst einmal mit seiner Freundin sprechen, ehe er eine Entscheidung traf. Doch noch würde er Frau Werner im Glauben lassen, dass er sich wehren würde, denn er merkte genau, dass sie davor Angst hatte. »Ich nehme mir einen Moment Zeit zum Nachdenken, ob es nicht wirklich an der Zeit ist, die Wahrheit ans Licht zu bringen. Vielleicht ist es mir wert, meinen Job als Pfleger zu riskieren, um den Ruf dieses Krankenhauses zu zerstören.« Mit Wut im Bauch verließ er das Büro.

»Überlegen Sie es sich in Ruhe«, rief Frau Werner ihm hinterher. »Es ist nur eine zeitliche Auszeit, danach kann man Sie vielleicht wieder als Pfleger einsetzen. Sie sollten sich nur wegen dieser Konsequenz nicht gleich Ihren Job gänzlich zerstören.«

Kiran lief weiter und unterdrückte die Tränen der Wut. Er verließ das alte Gebäude, das er liebend gern in Brand setzen wollte. So zornig war er. Er betrat die Raucherlounge für die Patienten und steckte sich eine Zigarette an. Dann rief er seine Freundin an. Er musste dringend mit jemandem darüber sprechen, was gerade passiert war.

»Hey Schatz, es ist alles okay. Das Baby tritt mich und ich habe Dauerhunger, es hat sich also nichts getan.« Sie gab ihm immer bereits eine Antwort, sobald sie abgenommen hatte, weil er sie gefühlt dreimal am Tag anrief, um zu fragen, ob es ihr gut ging.

»Ich melde mich nicht deshalb. Gerade wurde ich zur Klinikleitung zitiert. Hart hat dort gesagt, dass ich schuld an dem Fehler während der OP bin. Dieser Drecksack hat mich verarscht und heute alles der Werner berichtet, um mich loszuwerden. Ich hätte nicht auf dich hören sollen, sondern es direkt der Klinikleitung übermitteln sollen. Wäre ich ihm zuvorgekommen, hätte er nicht so viel Lügen erzählen können. Jetzt muss ich die Konsequenzen ganz allein tragen.«

»Oh Gott, wurdest du gefeuert?«

»Nicht ganz, weil die nichts in der Hand haben. Das habe ich ihnen auch klargemacht. Ich habe gedroht, die Angelegenheit an die Öffentlichkeit zu bringen. Frau Werner weiß genau, dass ich mich wehren kann. Deshalb hat sie mir einen Job als Boten angeboten, bis Gras über die Sache gewachsen ist.«

Am anderen Ende der Leitung blieb es still.

»Schatz?«

»Du bist sauer auf mich und die Situation, das verstehe ich. Aber …«

»Nein, bitte sag nicht, dass ich dieses Angebot annehmen soll. Ich muss mich doch gegen dieses Arschloch wehren. Eine solche Ungerechtigkeit will ich nicht auf mir sitzen lassen. Dieser Mann gehört hinter Gitter.«

Sie seufzte. »Du hast ja recht. Doch was ist mit uns? Wie sollen wir das finanziell packen?«

»Ich suche mir was anderes. Irgendwo komme ich schon unter. Ich bräuchte ein Arbeitszeugnis, das hier nicht gut ausfallen würde. Das macht es zwar schwer, aber das schaffe ich.«

»Glaubst du, wenn das alles öffentlich wird, nimmt dich noch ein anderes Haus? Keiner will so einen Krieg.«

Kiran kochte vor Wut, weil seine Freundin damit recht hatte. Er schlug auf die Sitzbank. »Ich werde ihm sein Gehirn herausprügeln.«

»Beruhige dich. Bis wann musst du dich entscheiden?«

»Weiß ich nicht.«

»Wir können uns keinen Anwalt leisten. Bitte sei vernünftig. Ich liebe dich und ich will, dass wir glücklich sind. Nimm erst einmal an und dann schaust du nach etwas anderem, sobald etwas Zeit vergangen ist. Ich flehe dich an.«

Kiran schloss die Augen. Als er sie wieder öffnete, humpelte Hart an ihm vorbei und warf ihm einen Blick zu, der ihn auf der Stelle vernichtet hätte, wenn er es könnte. Dass er humpelte, gefiel Kiran.

Kollegen hatten ihm erzählt, dass der Arzt bei einem Ausflug mit dem Motorrad gestürzt war und sich das Bein ordentlich verletzt hatte, es aber nicht richtig ausgeheilt hatte, weil er meinte, er bräuchte keine Ruhe nach einer Operation. Welch Ironie des Schicksals.

»Kiran, bitte antworte mir. Ich weiß, dass es für dich schwer ist, aber du musst den Botenjob nicht für immer machen.«

»Ich denke drüber nach«, sagte er seiner Freundin, während er Hart weiter beobachtete. Ihm wurde schlagartig klar, dass er mehr gegen Hart ausrichten konnte, wenn er im Haus blieb. »Ich habe eine Idee. Wenn die reif ist, erzähle ich dir davon. Ich mache jetzt Schluss, wir sehen uns später zu Hause.« Er legte auf und grinste.

Kiran rechnete sich gute Chancen aus, Frau Werner und Dr. Hart das Leben zur Hölle zu machen. Seine Freundin hatte recht, sie konnten sich keinen Anwalt leisten, aber er könnte die beiden anders bestrafen. Von einer solchen Strafe könnten nicht nur die beiden leiden, sondern alle arroganten Ärzte, die glaubten, sie seien die Helden der Nation.

Vielleicht sollte er den Job tatsächlich annehmen, um seine Idee, die beiden zu zerstören, zu konkretisieren. Dafür hatte er mehr Möglichkeiten, wenn er weiter in diesem Krankenhaus angestellt war.

Mit neuem Mut erhob sich Kiran.

Dr. Hart würde eines Tages bereuen, was er getan hatte.

20

Marcel streichelte Kim über den Rücken, die die ganze Zeit auf den Monitor starrte. »Wollen wir mal an die frische Luft gehen?«

»Nein, ich lasse sie nicht allein.«

Marcel konnte es verstehen, auch ihm saß nach Marlenes Reanimation der Schock in den Knochen.

Seine Nichte war weiterhin nicht stabil.

Dr. Schröder hatte ihr ein anderes Antibiotikum gegeben, zunächst eine hohe Dosis, damit die Bakterien, die ihr Blut vergifteten, endlich angegriffen wurden. Das Medikament hatte das Personal selbst aufgezogen.

Die Schwester, die als Ersatz für Schwester Tessa geblieben war, betrat das Zimmer. »Kommissar Schweißer, draußen wartet Frau Werner. Sie bittet, dass Sie zu ihr kommen.«

Marcel schaute Kim an. Er würde das Zimmer nicht verlassen, wenn sie ihn dort brauchte.

»Geh schon. Setz dem endlich ein Ende. Und dann schau nach Karl. Ich habe etwas Sorge, dass ihm auch etwas passiert ist.«

Marcel war zuversichtlich, dass Konrad ihn von der Operation abhalten konnte. »Okay, ich bin bald wieder da.« Er lief hinaus.

Am Tresen im Flur standen eine blasse Frau Werner und eine noch viel bleichere Tessa, die aussah, als hätte sie einen Geist gesehen.

Auch Konrad war da und blickte besorgt.

Marcel wusste sofort, dass etwas passiert sein musste. »Was ist los?«

Schwester Tessa traten sofort Tränen in die Augen.

»Gehen wir ins Ärztezimmer«, sagte Frau Werner. Sie stöckelte mit ihren hohen Pumps über den Flur und lief in einen Raum, in dem Akten lagen und Computer standen. »Der Täter hat erneut zugeschlagen«, polterte die Klinikleitung los, kaum dass die Tür geschlossen war. »Wir sind ruiniert.« Sie fuhr sich über das Gesicht, das nicht so stark geschminkt war wie am Tag zuvor. »Die Presse hat diesen schrecklichen Vorfall in wenigen Minuten hochgeladen. Das Telefon steht nicht mehr still. Alle wollen ihre Angehörigen aus dem Haus haben.«

Marcel sah Konrad fragend an, weil er überhaupt nicht verstand, wovon die Klinikleiterin sprach. Ihre Verzweiflung machte ihm große Sorgen.

Konrad erzählte ihm, dass soeben ein Krankenwagen einen Patienten des Hauses überrollt hatte.

»Die Bremsen des Rollstuhls, in dem der Mann saß, waren manipuliert«, sagte Schwester Tessa mit weinerlicher Stimme. »Die Techniker haben gesagt, dass schon zwei Rollstühle vorher aufgefallen sind, bei denen die

Bremsen locker waren. Pfleger Kiran und ich haben zu spät erkannt, dass die auch an dem Rollstuhl des Mannes nicht funktionierten. Kiran hat ihn abgestellt und dann ist er losgerollt.« Sie schlug sich die Hände vor die Augen. »Ich werde diese Bilder nie mehr vergessen, wie der Patient durch die Luft geflogen ist und wie sich das viele Blut ausgebreitet hat. Der Kiefer war herausgerissen, es war quasi nur noch die Hälfte seines Gesichtes da.« Schwester Tessa verfiel in einen heftigen Weinkrampf. »Ich kann nicht mehr.«

Die Krankenschwester tat Marcel leid.

Seit zwei Tagen forderten die Vorfälle ihre Nerven und sie kämpfte sich durch. Erst wenige Minuten vor diesem Rollstuhlereignis hatte sie ein kleines Mädchen verloren.

Er brauchte sie nichts mehr zu fragen, sie war fertig mit den Nerven und würde keine klaren Antworten mehr geben können.

»Gehen Sie ruhig raus, Tessa«, sagte Frau Werner.

Die Krankenschwester hastete zur Tür hinaus.

»Wir werden eine Pressekonferenz einberufen. Geben Sie keinerlei Antworten an die Reporter. Halten Sie auch Dr. Hart zurück, seine Art macht alles viel schlimmer«, sagte Marcel. »Wir müssen jetzt noch einmal gut überlegen, wer hinter diesen Sabotagen stecken könnte, Frau Werner. Von einer Erpressung gehen wir derzeit nicht mehr aus, es wäre bereits eine Forderung gekommen. Bleiben noch die Optionen, dass es ein Terroranschlag ist oder dass jemand Vergeltung üben und dem Haus damit schaden will.« Er sah Frau Werner eindringlich an. »Haben Sie wirklich keine Idee, wer sich rächen könnte? Gibt es Vertuschungen Ihrerseits, die jemanden so verärgert haben könnten, dass er den Ruf Ihres Hauses zerstören möchte?«

Frau Werner hatte weite Augen und schluckte. »Natürlich nicht. So etwas würde ich niemals tun. Es kann nur ein verärgerter Mitarbeiter sein, der vielleicht seine Kündigung nicht verdaut hat.«

Marcel glaubte ihr kein Wort, dafür kam ihr Entsetzen zu gespielt herüber.

»Solche Sabotagen brauchen eine lange Vorbereitungszeit und die Kenntnisse über alle Räumlichkeiten sowie aktuelle Abläufe. Wir gehen deshalb davon aus, dass es sich um jemanden handelt, der noch hier in der Klinik tätig ist«, fuhr Konrad fort.

»Wie gesagt, zuletzt hat Alessio Scholz mit Rache gedroht. Und die Informationen zu unserem letzten Gerichtsverfahren habe ich Ihnen ebenfalls schon gegeben. Aber ich habe da nichts vertuscht. Mehr Ideen habe ich nicht.«

»Alessio Scholz hat ein Alibi, das sicher ist, und die Familie, die die Klinik verklagt hat, ist in die Schweiz ausgewandert«, sagte Konrad und sah dabei Marcel an.

»Dann fällt mir höchstens noch Kiran Köthe ein, der vor zwanzig Jahren gedroht hat, sich für seine Degradierung zu rächen. Es gibt jedoch keinen offensichtlichen Grund, warum er so lange gewartet haben sollte.«

»Der Pfleger hält in der Tat keine großen Stücke auf Sie und Dr. Hart. Er scheint sogar richtig sauer zu sein.

Dass er nach zwanzig Jahren immer noch nur Springer ist, gefällt ihm offenbar nicht«, sagte Marcel.

Kiran Köthe hätte tatsächlich die Möglichkeiten, solche Sabotagen durchzuführen. Er war in seiner Rolle auf jeder Station unterwegs. Auch sein Verhalten gegenüber Dr. Hart gab Marcel zu denken. Doch zwanzig Jahre lang solch eine Wut in sich zu tragen, weil er degradiert wurde, kam ihm zu schwach für eine Motivation vor. Er glaubte, dass mehr dahintersteckte, was auch das verschwörerische Verhalten zwischen der Leiterin und dem Chirurgen erklärte. »Sind Sie sicher, dass Sie uns alles gesagt haben, was damals zwischen Dr. Hart und dem Pfleger vorgefallen ist? Oder vertuschen Sie etwas zusammen mit dem Arzt?«

Die Frau riss erneut die Augen auf. »Was wollen Sie mir damit unterstellen?«

»Sie wissen mehr, als Sie sagen, da bin ich mir sicher. Ich habe Ihre Blicke gesehen, die Sie bei den Konferenzen mit Dr. Hart ausgetauscht haben. Sie haben ihm nicht widersprochen, als er auf seine Operationen beharrt hat. Sie sind die Chefin und haben die Entscheidungen zu treffen, an die hat sich auch Dr. Hart zu halten. Den Streit zwischen ihm und Pfleger Kiran haben Sie ebenfalls heruntergespielt. Ich frage mich, ob Sie damals auf der Seite des Arztes gestanden haben. Sicher, dass der Fehler nur bei dem Pfleger lag?« Er schaute sie herausfordernd an.

Ihr Blick bewegte sich schnell durch den Raum. »Es gab Probleme zwischen ihnen, Kiran hat sich ihm gegenüber respektlos verhalten. Ich habe ihn zeitweise degradiert, weil ich ihn nicht feuern wollte. Das habe ich gut gemeint.«

»Warum feuern Sie andere direkt, ihn aber nicht?«, fragte Konrad.

»Herr Köthe brauchte das Geld, seine Freundin war schwanger. Er hätte von sich aus gehen können, wollte er jedoch nicht. Ich habe keine Ahnung, warum er nicht in eine andere medizinische Einrichtung gewechselt ist. Das Problem ist mittlerweile sowieso gelöst. Heute operieren die beiden zusammen. Seit zwanzig Jahren das erste Mal.«

Das machte Marcel stutzig.

Warum ausgerechnet an diesem Tag?

»Wie kam es dazu, dass sie gemeinsam im OP stehen?«, fragte Marcel.

»Wir haben nur noch wenig Personal. Dr. Hart brauchte einen OP-Pfleger und hat Kiran Köthe gebeten, ihm zu assistieren.«

Marcel wurde nervös. Er wandte sich an Konrad. »Was ist mit Karl? Konntest du ihn überreden?«

Konrad blickte nach unten. »Leider nicht, Karl möchte sich nicht länger mit den Schmerzen quälen. Er ist jetzt im OP.«

Um Gottes willen. Er hatte große Angst um seinen Freund. Doch er musste sich auf die Ermittlungen konzentrieren. Er wandte sich wieder an Frau Werner. »Bleiben wir bei Pfleger Kiran und Dr. Hart. Derzeit könnte einer der beiden der potenzielle Täter sein. Ich möchte sie direkt nach der OP sprechen, ehe sie zur nächsten gehen.«

Frau Werner schaute auf die Uhr. »Wenn Sie wollen, frage ich nach, wie lange sie noch benötigen.«

»Ja bitte«, sagte Marcel.

Die Leiterin wählte eine Nummer. »Hier ist Werner. Ich will wissen, wie lange die OP von Dr. Hart noch läuft.«

Stille.

»Danke. Sagen Sie Pfleger Kiran und Dr. Hart, dass die Kriminalpolizei auf sie wartet, um mit beiden zu sprechen.« Sie legte auf. »Die OP ist in zehn Minuten rum. Sie hängen nur noch die Infusion mit dem Schmerzmittel an, dann sind sie fertig. Wenn Sie möchten, bringe ich Sie vor den OP.«

Marcel schüttelte den Kopf. »Ich weiß, wo der ist.« Er drehte sich zu Konrad. »Du auch? Ich würde nämlich erst kurz zu Kim gehen und nachkommen.«

»Ich kenn mich auch aus. Ist mit Marlene alles in Ordnung?« Konrad schaute besorgt.

»Sie wurde reanimiert und ist nicht sehr stabil.«

Sein Partner riss die Augen auf und starrte Marcel an. »Du meine Güte.«

Dr. Schröder, der die ganze Zeit schweigend im Zimmer gestanden hatte, räusperte sich. »Ich werde sie als Erstes für eine Verlegung vorbereiten.«

Frau Werner schaute den Kinderarzt an. »Ich möchte, dass wir die Schwerstkranken aus diesem Haus schaffen, noch mehr Tote dürfen wir uns nicht erlauben. Bitte lassen Sie sich für alle Kinder eine gute Begründung einfallen.«

»Ich könnte unser krankes Frühchen nach Bonn bringen lassen, um das Herz genauer überprüfen zu lassen. Bei Marlene Berger könnte ich anmerken, dass sie an eine ECMO muss, und sie nach Köln verlegen.« Er senkte den Blick. »Wenn sie sich nicht bald stabilisiert, wird das recht schnell nötig sein.«

Gänsehaut überfiel Marcel. »Was bedeutet ECMO?«

»Das ist eine Methode, mit der Blut künstlich oxygeniert, also mit Sauerstoff versorgt wird, wenn der Körper durch ein Lungenversagen und ein gestörtes Herz-Kreislauf-System es nicht alleine schafft.«

Marcel schluckte. *Reiß dich zusammen. Hier bist du Kommissar.* Er schaute zu Frau Werner. »Sicher wäre es auf den anderen Intensivstationen auch möglich, eine Verlegung zu begründen.«

»Das wird vielleicht den ein oder anderen retten, aber nicht alle«, erwiderte Frau Werner. »Wir haben kaum Zeit und wissen nicht, wann dieses Monster wieder zuschlägt. Eine Verlegung dauert, bis der Papierkram erledigt ist, Transporte organisiert sind und die anderen Häuser freie Betten geschaffen haben. Auch die Versicherungen werden erst genau prüfen, ob sie solch eine Verlegung zahlen.«

»Mit den Krankenkassen reden wir dann. Sprechen Sie mit den anderen Stationsleitungen darüber, dass die sich vorbereiten«, sagte Konrad.

»In Ordnung.«

»Kümmern Sie sich bitte auch weiter um die Sache mit dem erkrankten Personal«, forderte Marcel die Leiterin noch auf. Doch ihm war klar, dass sie nicht auf reibungslose Verlegungen und eine schnelle Genesung des Personals hoffen durften. Deshalb mussten sie ihre Suche nach dem Täter schneller vorantreiben. »Gibt es in den unteren Bereichen der Klinik vor den Lagern, der Apotheke und dem Labor Kameras, sodass wir schauen können, wer die Sabotagen dort durchgeführt haben könnte?«

Frau Werner schüttelte den Kopf. »Wir überwachen nicht. Das geht gegen die Persönlichkeitsrechte des Personals, weil dort durch den Hausmeisterservice, die Techniker und Reinigungsfirmen viel Betrieb ist. Die einzige Kamera, die existiert, ist die an der Sprechanlage vom Labor. Das ist nachts verschlossen. Wer da rein will, muss klingeln und wird wie auf den Intensivstationen durch die Kamera gesehen. Sie nimmt durchgehend auf, aber nur einen ganz kleinen Abschnitt des Flures.«

»Und das Labor liegt an dem Gang, der zu den Lagern führt?«

»Ja, da laufen viele vorbei.«

»Auch wenn es vielleicht nicht viel nützt, wollen wir die Aufnahmen der letzten zwei Tage sehen.«

»Ich kümmere mich darum«, sagte Frau Werner und verließ das Ärztezimmer.

»Ich rede kurz mit Kim«, sagte Marcel zu Konrad.

»Natürlich, ich warte vor den OP-Sälen auf dich.«

Marcel ging noch einmal zu Marlene, um nach ihr zu schauen und Kim von der Verlegung zu berichten. »Alles okay?«

Kim nickte. »Sie ist stabil unter der laufenden Therapie. Aber sie braucht Adrenalin, damit ihr Herzschlag und Blutdruck nicht abfallen. Ohne diese Medikamente ist sie tot. Das macht mir zu schaffen.« Sie legte ihren Kopf auf Marcels Schulter.

»Ich verstehe dich gut, wir müssen stark bleiben. Dr. Schröder verlegt sie nach Köln, da ist sie sicherer. Es muss nur noch alles geklärt werden.« Dass Marlene eventuell eine spezielle Behandlung benötigte, verheimlichte er Kim, um sie nicht noch mehr in Panik zu versetzen. Es reicht, wenn sie davon erfuhr, sobald es spruchreif werden würde.

»Dauert die Organisation der Verlegung noch lang?«

»Ich weiß es nicht, aber Dr. Schröder arbeitet mit Hochdruck daran.« Er gab ihr einen Kuss. »Ich muss zu einer Befragung. Kann ich dich allein lassen?«

»Natürlich. Wie geht es Karl?«

»Er ist gleich mit seiner OP fertig. Ich hoffe, dass er schnell entlassen wird.« Er nahm Kim noch einmal fest in die Arme. »Marlene hat Glück, bei dir aufwachsen zu dürfen. Du bist zwar nicht ihre leibliche Mutter, aber dafür die wertvollste Person in ihrem Leben. Mit uns gemeinsam wird sie das hier durchstehen. Ich habe die beste Frau an meiner Seite und bin dir unendlich dankbar.«

Kim lächelte. »Ich liebe dich. Und jetzt verschwinde, sonst weine ich.«

Marcel lief aus dem Zimmer. Bei jedem Schritt spürte er, wie die Last auf seinen Schultern schwerer wurde. Seine Kehle zog sich eng zusammen. Es war mit Abstand der schwierigste Fall seiner ganzen Laufbahn.

Schwester Tessa saß am Tresen und starrte geistesabwesend auf die Monitore.

»Geht es etwas besser?«, fragte Marcel sie.

»Ja, danke. Es tut mir leid, dass ich eben so einen Ausbruch hatte. Ich bin froh, wenn die Schicht bald rum ist. Sie müssen sich aber keine Sorgen machen. Ich verspreche, dass ich völlig konzentriert bin und auf Marlene aufpasse.«

»Das weiß ich. Ich bin gleich wieder da.« Er lief zu den OP-Sälen.

Konrad saß auf der Stuhlgruppe davor und drehte seine Daumen übereinander. »Es ist ein wenig beängstigend, hier zu warten. Das letzte Mal war ich in so einer Situation, als meine Teenagertochter eine Blinddarmoperation hatte. Da war sie gerade fünf.«

Marcel setzte sich neben ihn, sagte aber nichts. Er war hundemüde und kräftemäßig völlig am Ende.

»Alles gut?«, fragte Konrad.

Marcel nickte. »Wenn Marlene später verlegt wird, muss ich mir freinehmen, Konrad. Ich werde Kim nicht allein nach Köln fahren lassen.«

»Das ist selbstverständlich. Wir schaffen das allein. Mathias Kron hat schon seine Hilfe angeboten.«

»Prima, der ist mindestens genauso gut wie ich.« Marcel rang sich ein Lächeln ab, auch wenn es ihm schwerfiel. Seine Sorge galt ebenso Karl. Vor dem Operationssaal darauf zu warten, ob er heil wieder herauskam, war eine weitere nervenaufreibende Situation.

War wirklich Pfleger Kiran oder Dr. Hart für die Sabotagen verantwortlich? Brachten die Karl vielleicht gerade in Lebensgefahr?

Marcel rieb sich über die müden Augen. »Hätte ich nur dafür gesorgt, dass Karl nicht hier operiert wird.«

»Du kennst ihn doch. Er geht immer analytisch an eine Sache und wird alle Eventualitäten zerlegt haben, ehe er sich entschieden hat, diese OP durchzuführen. Seine Schmerzen waren zu stark, länger hätte er einfach nicht mehr ausgehalten. Und ich weiß, wovon ich spreche.«

»Kaum zu glauben, dass ausgerechnet wir beide hier sitzen und auf ihn warten. Wenn ich daran denke, wie sehr wir ihn verabscheut haben, weil er so klugscheißerisch zu uns kam, um die Täter zu analysieren.« Marcel lachte. »Er hat mich damit zur Weißglut gebracht. Suse hat mich zum Glück zurückgehalten, sonst hätte ich ihn erwürgt.«

Konrad nickte. »Ging mir genauso. Aber Suse hat euch zusammengebracht.«

Marcel spürte eine Träne an seiner Wange kitzeln.

Seine beste Freundin und Partnerin Susanne war vor einigen Jahren bei einem Einsatz gestorben und ziemlich zeitnah auch Karl Hohlbeins Frau. Karl war einsam gewesen, und hatte sein Verhalten um 180 Grad gewendet.

Inzwischen wollte Marcel die Freundschaft nicht mehr missen.

Ganz sicher hätte Karl den Täter, der die Klinik terrorisierte, schon analysiert, wenn er nicht selbst Patient gewesen wäre.

Konrad schaute auf die Uhr. »Dauert ganz schön lange, oder?«

Mit einem Mal sprang die Tür zu den OP-Sälen auf.

»So eine verfluchte Scheiße«, brüllte Dr. Hart. »Sie in den OP zu holen, war ein Fehler.«

»Es ist nicht meine Schuld«, erwiderte Pfleger Kiran, der mindestens genauso wütend klang wie der Arzt.

Marcel sprang auf. »Was ist los?«

Dr. Harts Gesicht verlor jegliche Farbe und seine Augen weiteten sich.

Pfleger Kiran schaute auf den Boden.

»Es tut mir aufrichtig leid«, sagte der Arzt. »Herr Hohlbein ist leider gerade verstorben.«

In Marcels Kopf dröhnte alles. Wie ein rhythmischer Bass donnerten die Worte in seinem Gehirn. *Verstorben. Verstorben. Verstorben. Verstorben.* Seine Beine sackten weg. Er sah die Null-Linie auf dem Überwachungsmonitor seiner Nichte. Sah, wie Dr. Schröder auf dem kleinen Brustkorb herumdrückte. *Verstorben. Verstorben. Verstorben. Verstorben.* Er sah seine Kollegin Susanne blutüberströmt auf dem Waldboden liegen, die sich nicht mehr regte. *Verstorben. Verstorben. Verstorben. Verstorben.*

Der Flur schien sich um ihn herum zusammenzuziehen, als wollte er Marcel zerquetschen. Seine Knie zitterten, als würden sie unter dem Gewicht der Nachricht nachgeben. Er griff reflexartig nach der Wand, um nicht zu stürzen. Ein taubes Gefühl breitete sich in seinem Brustkorb aus.

Er blinzelte die Tränen weg, versuchte, die Worte des Arztes zu ordnen, ihren Sinn zu verstehen. Doch es war, als wären sie in einer anderen Sprache gesprochen worden. Sein Verstand verweigerte den Zugang zur

Realität. Gerade eben hatte er noch mit Karl geredet. Marcel schnappte nach Luft. »Sie verwechseln ihn.« Marcels Blick suchte die Augen des Arztes, als könnte er darin lesen, dass sich der Doktor geirrt hatte.

»Es tut mir leid, eine Verwechslung ist ausgeschlossen.«

Marcel wollte fragen, wie es hatte passieren können, wollte schreien, doch seine Stimme versagte ihm. Es drang nur ein leises, ersticktes Röcheln aus seiner Kehle.

»Was ist passiert?«, krächzte Konrad.

»Es verlief alles gut, aber zum Schluss kam es zu Komplikationen. Ich kann mir die nicht erklären. Es tut mir leid, wir haben alles getan.«

Marcels Schock verwandelte sich in Wut. Er erhob sich und baute sich vor dem Arzt auf. »Wir haben Ihnen empfohlen, die Operationen abzusagen. Aber Sie haben Ihren eigenen Kopf durchgesetzt. Nun ist unser Kollege und Freund tot. Ist es das, was Sie wollten?«

»Marcel, beruhige dich.« Konrad schob ihn weg. »Wir möchten mit Ihnen beiden reden«, sagte er.

»Ich rede jetzt mit niemandem«, sagte Dr. Hart patzig und ging. »Dieser unnütze Pfleger kann mit Ihnen sprechen«, schrie er über den Flur.

»Das werde ich, ich werde ihnen sagen, dass ich nichts mit dem Tod des Mannes zu tun habe, aber vielleicht ja Sie«, rief dieser zurück. Er schaute Marcel an. »Bitte entschuldigen Sie, dieser Mann bringt mich um den Verstand. Es tut mir so leid, was mit Ihrem Freund passiert ist. Als ich ihn für den Eingriff vorbereitet habe, hat er mir aufgetragen, dass ich Ihnen etwas ausrichten soll, für den Fall, dass er es nicht überlebt. Herr Hohlbein verbittet sich Tränen. Er freut sich, bei seiner Frau zu sein, und wird Suse einen Gruß ausrichten. Er will ihr erzählen, dass Sie nun zu einem lammfrommen Mann geworden sind, der ein Mädchen liebt, das er nie mehr loslässt.« Der Pfleger lächelte. »Und ich soll Ihnen ausrichten, dass Sie ein mieser Skatspieler sind.«

Marcel konnte sich nicht mehr halten. Weinend brach er auf den Stühlen zusammen. »Oh Karl, du riesengroßer Dickkopf. Warum konntest du nicht einmal hören und diese OP nicht machen lassen?«

Auch Konrad schluchzte.

»Soll ich Sie erst einmal allein lassen?«, fragte der Pfleger.

Marcel holte tief Luft und erhob sich. »Ja, bitte. Wir müssen das verdauen. Aber wir haben Fragen an Sie. Kommen Sie bitte in circa vierzig Minuten zu Frau Werner ins Büro.« Wenn für diesen Tod der Täter verantwortlich war, wollte Marcel eigenhändig dafür sorgen, dass der bestraft wurde.

21

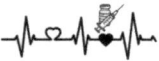

Nach der Pause, die Marcel dringend gebraucht hatte, um Karls Tod sacken zu lassen, saß er nun im Büro der Klinikleiterin und musste sich auf die Befragung des Pflegers konzentrieren. Es fiel ihm nicht leicht, wieder zur Tagesordnung zurückzukehren, am liebsten würde er sich weinend in eine Ecke verkriechen. Doch Marlene und viele andere Patienten waren in Gefahr, weshalb er diesen Albtraum endlich beenden wollte. Dafür musste er seine Trauer und Wut hintenanstellen, sonst würde Konrad ihn von dem Fall abziehen.

Pfleger Kiran schaute sich nervös um.

Marcel holte noch einmal tief Luft, damit er mit klarem Kopf bei der Befragung war. »Können Sie uns bitte kurz schildern, was im OP passiert ist?«

Kiran Köthe seufzte. »Alles ist gut verlaufen, was mich persönlich beruhigt hat, denn ich vertraue Dr. Hart nicht sonderlich. Eigentlich wollte ich nie wieder mit ihm arbeiten. Alte Geschichte. Aber es gab keinen weiteren Pfleger mehr für den Operationssaal, die einzige

OP-Schwester, die noch da ist, war bei einem Notkaiserschnitt. Ein Ersatz wurde gerufen, aber der kommt erst in einer Stunde. Ich bin ja nun mal Springer und werde genau für solche Personalengpässe eingesetzt. Hätte ich mich nur geweigert. Mich hat es eh gewundert, dass Dr. Hart mich geholt hat. Er hätte die Operation auch nach hinten verschieben können, bis meine Kollegin fertig gewesen oder die zusätzliche Pflegekraft da gewesen wäre.« Er strich sich durch die Haare.

»Wie viele OP-Pfleger oder -Pflegerinnen arbeiten pro Schicht?«

»Eigentlich genügend. Wir haben vier Operationssäle, also sind immer mindestens vier im Dienst. Dann der Chirurg, der Anästhesist und ein bis zwei Helfer, je nach Größe der Operation. Aber heute sind die meisten ausgefallen, weil es ihnen plötzlich schlecht ging.«

»Heißt das, Sie waren zu viert bei Karl im Saal?«, hakte Marcel nach.

»Richtig.«

Marcel machte sich eine Notiz, dass er die Namen später in Erfahrung bringen und die anderen beiden Personen befragen würde.

»Erzählen Sie weiter, was während Karl Hohlbeins OP vorgefallen ist«, forderte Konrad den Mann auf.

Dieser nestelte mit den Händen. »Wir waren fast fertig, da habe ich die Infusion angehängt. Die Narkose sollte ausgeleitet werden, doch plötzlich kam es zu einem Herzstillstand. Wir haben alles getan, aber wir konnten ihn nicht zurückholen. Das Schlimmste daran ist, dass im

Nachbar-OP exakt dasselbe passiert ist. Eine Mutter samt Ungeborenem ist gestorben.«

In Marcel zog sich alles zusammen. Eine Welle des Zorns überschwemmte ihn. Ein Bild der Mutter und ihrem Fötus brannte sich in seinem Kopf ein.

Diese Tode waren definitiv das Werk des Täters gewesen. In Marcel wuchs die Gewissheit, dass entweder der Pfleger selbst oder Dr. Hart dafür verantwortlich waren. Nur hatte es dieses Mal nichts gebracht, dass der Arzt den Helden gespielt hatte. Der Patient war tot.

Marcel warf Konrad einen schnellen Blick zu und nickte, um zu verdeutlichen, dass dieser weitersprechen sollte.

»Was war das für eine Infusion?«, fragte sein Partner.

»Eine Ringerlösung. Das ist Flüssigkeit mit Elektrolyten, die jeder Patient während einer Operation erhält, damit wir den Flüssigkeitshaushalt und den Blutdruck stabil halten. Am Ende bekommt jeder noch eine neue mit einem Schmerzmittel drin. Das ist der Standard, damit der Patient schmerzfrei aufwacht.«

»Wer bereitet die Infusionen vor?«, hakte Marcel nach.

»Die Flaschen sind fertig, die kommen aus dem Lager, so wie wir sie bestellen. Das Schmerzmittel spritzen die OP-Pfleger rein.«

»Wer hat das im Fall von Karl Hohlbein übernommen?«, fragte Marcel.

»Ich.« Kiran Köthe starrte Marcel an. »Sie denken jetzt nicht, dass ich das war, oder?«

»Wir stellen nur Fragen, um später alles richtig einordnen zu können«, antwortete Marcel. »Glaubt denn Dr. Hart, dass Sie etwas mit dem Tod zu tun haben?«

Der Pfleger runzelte die Stirn. »Weshalb fragen Sie das?«

»Weil Sie ihm vorhin hinterhergerufen haben, dass es nicht Ihre Schuld war.«

Kiran Köthe mahlte mit dem Kiefer. »Das war nur, weil der Hart immer so tut, als seien andere schuld, wenn eine Operation schief geht.«

Marcel hatte das Gefühl, dass da mehr dahintersteckte und würde das im Kopf behalten. Zunächst wollte er aber erst einmal erörtern, wer alles die Möglichkeit hatte, den Tod der beiden Patienten zu verantworten. »Haben Sie auch bei der anderen Patientin, die verstorben ist, das Medikament gespritzt?«

»Nein, dafür war meine Kollegin zuständig, die dort im OP war. Es kann ja immer sein, dass etwas anderes gebraucht wird. Nicht jeder Patient benötigt postoperativ das gleiche Schmerzmittel. Deshalb kümmert sich die Pflegekraft nur um ihre eigenen Patienten und bereitet nichts für andere OP-Säle vor.«

Marcel räusperte sich. »Wo ist diese Infusion jetzt?«

Kiran Köthe zuckte die Schultern. »Wahrscheinlich im Müll.«

»Bitte verhindern Sie, dass diese Infusionen entsorgt werden. Ich möchte, dass die aufgehoben werden. Ein Team der Spurensicherung wird sich die genauer ansehen.«

Kiran riss die Augen weit auf. »Denken Sie etwa, jemand hat die Infusionen auch manipuliert so wie die Antibiotika?«

»Das wollen wir herausfinden. Rufen Sie die Zuständigen im OP an, ehe der Müll aus den Sälen gebracht wird«, forderte Marcel ihn auf.

Der Pfleger holte ein Telefon aus seiner Brusttasche und tippte eine Nummer ein. »Hier ist Pfleger Kiran. Die Infusion, die wir gerade dem Patienten Hohlbein angehangen haben, muss bitte aufbewahrt werden.«

Die andere Person schien etwas zu sagen.

»Dann hol sie raus. Es ist wichtig. Auch die vom Nachbar-OP und die ganzen Vorräte. Es kommt jemand von der Kriminalpolizei und nimmt die mit.« Wieder war der Pfleger still. »Ist doch egal, mach es einfach. Ich sitze hier mit der Kripo. Soll ich sie dir geben?«

Marcel musste sich beherrschen, ihm nicht das Telefon aus den Händen zu reißen.

»Danke«, sagte dann der Pfleger und legte auf. »Die alten Lösungen können im OP-Bereich abgeholt werden. Ihre Kollegen sollen einfach vorn klingeln. Dort, wo Sie vorhin gewartet haben.«

Konrad informierte Mareike darüber und bat sie, mit Stefan und der Kriminaltechnik zu kommen.

Marcel widmete sich wieder dem Pfleger. »Wir gehen davon aus, dass der Täter ein Mitarbeiter im Haus ist. Herr Köthe, Sie haben ja bereits einige der Ereignisse in der Klinik mitbekommen. Beim Sauerstoffausfall waren Sie im ganzen Haus unterwegs. Bei den Reanimationen, die

Folgen einer Sabotage waren, sind Sie auf den Stationen aufgetaucht und haben ziemlich als Erster gewusst, dass etwas passiert war. Bei dem Unglück mit dem Patienten, der vor den Rettungswagen gefahren ist, waren Sie für den Mann zuständig. Es ist schon verdächtig, dass Sie immer an Ort und Stelle sind, wenn es zu Notsituationen kommt. Vor allem in den letzten zwei Tagen.«

»Moment, was wollen Sie damit sagen?« Die Miene des Pflegers schien regungslos. Kein Zucken durchlief sein Gesicht. Er verschränkte die Arme. »Ich bin Springer, deshalb bin ich da, wohin ich gerufen wurde.«

»Aufgrund Ihrer Tätigkeiten in diesem Krankenhaus haben Sie die besten Voraussetzungen, diese Sabotagen durchzuführen. Sie waren damals im Hol- und Bringdienst tätig, kennen also die Lager sowie die Abläufe der Transporte von Medikamenten. In Befragungen haben wir gesagt bekommen, dass Sie oft in der Technik ausgeholfen haben, Sie haben also Erfahrung mit den Geräten. Laut Ihrer eigenen Aussage wissen Sie sogar über die IT im Haus Bescheid.«

»Das heißt aber nicht, dass ich sabotiere.« Der Pfleger hob nur eine Augenbraue, während Marcel ihn herausfordernd anblickte. Kiran Köthes Stimme hatte nicht gezittert, er bewegte sich auch nicht hektisch.

»Gäbe es denn einen Grund, dass Sie dem Krankenhaus schaden wollen würden?«, fragte Marcel unverblümt, um ihn weiter aus der Reserve zu locken.

»Einen Anlass, Menschen zu töten? Welchen sollte ich haben?«

»Haben Sie vielleicht ein Problem mit Mitarbeitern der Klinik, das nie gelöst wurde? Wir wissen von den Diskrepanzen mit Dr. Hart, die unschwer zu erkennen sind. Wir haben auch erfahren, dass dieser Streit bereits vor zwanzig Jahren anfing und Sie seinetwegen degradiert wurden. Sind Sie vielleicht deshalb wütend?«

Kiran Köthe mahlte mit dem Kiefer. »Natürlich ärgert mich die Geschichte noch heute. Meinen Sie, deshalb bringe ich so lange Zeit später Menschen um?«

»Sagen Sie es mir«, erwiderte Marcel herausfordernd.

»Das ist Unsinn. Ja, ich bin sauer auf den Hart, weil er ein Arschloch ist und mit jeder Scheiße durchkommt. Fragen Sie doch mal Frau Werner, warum das so ist.«

Marcel machte sich dazu gedanklich Notizen, er würde zu der Verbindung zwischen der Klinikleiterin und dem Arzt weitere Nachforschungen anstellen. »Wir werden selbstverständlich in alle Richtungen ermitteln. Gerade interessiert uns Ihre Sichtweise. Frau Werner hat uns erzählt, dass Sie sehr respektloses Verhalten zeigten und deshalb die Strafe bekamen. Zudem soll Dr. Hart nicht der einzige Arzt gewesen sein, mit dem Sie in Streit geraten sind. Es scheint, als hätten Sie ein generelles Problem mit Ärzten. Dieser Aspekt könnte ein Motiv sein, sich zu rächen.«

»Das ist Bullshit. Ich verhalte mich Dr. Hart gegenüber so, weil das Gründe hat. Vor zwanzig Jahren hat Dr. Hart während einer OP einen schlimmen Fehler gemacht. Der damalige Patient hat dadurch Schäden erlitten. Es war nicht meine Schuld, aber dieses Arschloch von Arzt hat sie mir in die Schuhe geschoben. So wie er es vorhin auch wieder versucht hat.« Der Pfleger wurde hochrot und seine Halsschlagader trat hervor. Er erzählte von den Ereignissen im Detail. »Dr. Hart hat gelogen und die Werner deckt ihn. Ich war damals nicht schuld daran, dass es zu den Folgen bei dem jungen Patienten kam. Deshalb hat sie mich nicht rausgeschmissen, denn sie hatte keine Beweise und wusste, dass ich damit an die Öffentlichkeit gehe, falls sie mich feuert. Wenn Sie mich fragen, vögeln die beiden. Deshalb schützt sie dieses Arschloch.«

Marcel spürte die Wut, die in dem Mann kochte. »Das Thema bringt Sie noch immer auf die Palme. Haben Sie da nicht doch einmal daran gedacht, sich an den beiden zu rächen?«

»Natürlich habe ich das. Vor zwanzig Jahren. Aber ich habe es nie in die Tat umgesetzt und werde es auch nicht mehr tun. Warum hätte ich so lange warten sollen? Schauen Sie sich doch lieber mal den Hart selbst genauer an.«

»Wollen Sie damit behaupten, dass er für die Vorfälle verantwortlich ist?«

»Ich traue es ihm zu. Er wollte doch unbedingt die OP heute durchziehen, obwohl Sie empfohlen haben, Operationen abzusagen. Auch er war häufiger auf den Stationen, als es zu Notfällen kam, und hat sich in Behandlungen eingemischt, wahrscheinlich um den Helden zu spielen. Er hat sich aufgeregt, dass Sie im Krankenhaus herumschnüffeln. Ich wette, weil er Angst hat, dass seine ganzen Geheimnisse auffliegen könnten. Vielleicht wollte er Ihren Kollegen Hohlbein loswerden, damit Sie in Trauer verfallen und aufhören zu ermitteln.«

Marcel schluckte. Er konnte nicht verleugnen, dass an den Mutmaßungen etwas dran war.

Der Arzt war von Anfang an gegen die Ermittlungen gewesen und hatte alles heruntergespielt. Auch ein anderer Pfleger hatte am Tag zuvor bereits eine Andeutung gemacht, dass der Arzt selbst Notfälle initiieren könnte, um sich zu beweisen. Offenbar schienen mehrere Mitarbeiter dem Arzt solche Taten zuzutrauen. Marcel dachte an die Aussage der Mutter auf der Kinderstation, die behauptet hatte, dass ein Mann in einem weißen Kittel den Alarm der Rauchmelder ausgelöst hatte. War das der Doktor gewesen?

»Welchen Grund könnte Dr. Hart haben, dem Krankenhaus so zu schaden?«

»Er ist ein Typ, der gehasst wird. Bei ihm hat man das Gefühl, dass er die ganze Menschheit ausrotten will. Er geht besoffen in den OP und ihm sind die Leben anderer scheiß egal. Ständig kommt er mit dem Mist, den er baut, durch, weil es schwer für die Angehörigen ist, die Behauptungen vor Gericht zu beweisen. Das Krankenhaus ist rechtlich bestens abgesichert. Es wird gelogen, bis sich die Balken biegen. Oder was glauben Sie, weshalb er nach ein paar Klagen immer noch praktizieren darf?«

Es klopfte an die Tür.

»Herein«, bat Konrad.

Frau Werner trat mit einem Laptop in das Büro. »Ich habe das Überwachungsvideo. Störe ich?«

»Nein, kommen Sie«, sagte Marcel. »Wir sind hier fertig.«

Kiran Köthe erhob sich.

»Bitte seien Sie abrufbar für den Fall, dass wir noch Fragen haben«, forderte Marcel.

Kiran Köthe hastete aus dem Zimmer.

»Ich möchte Ihnen mein allerherzlichstes Beileid aussprechen«, bemerkte Frau Werner. »Es ist schrecklich, dass schon wieder zwei Personen gestorben sind.«

»Danke«, antwortete Marcel knapp und riss sich zusammen, um nicht erneut in Tränen auszubrechen. »Wir gehen davon aus, dass es ein weiterer Anschlag des Täters war.«

»Das habe ich befürchtet und alle OPs sofort gestrichen«, stieß die Klinikleiterin hervor. »Ich verliere die Nerven. Das Krankenhaus ist von der Presse umzingelt, die Patienten werden unruhig. Ich weiß nicht, was ich tun soll.«

»Zuerst zeigen Sie uns bitte die Aufnahmen der Kamera«, bat Konrad.

Frau Werner tippte einen Code in den Computer und spielte das erste Video ab.

Sie schauten sich die letzten achtundvierzig Stunden an. Es liefen mehrere Leute durch den Flur. Reinigungspersonal mit Putzausrüstung und Mitarbeiter, die geschlossene Wägen schoben. Im Labor gingen mehrere medizinische Fachkräfte ein und aus. Jeden sah man nur für den Bruchteil einer Sekunde, dann war die Person schon an der Kamera vorbei. Man konnte nicht ausreichend erkennen, wer was in den Lagern und in der Apotheke getan hatte. Das Videomaterial würde ihnen rein gar nichts bringen.

»Die Kamera ist wirklich nur für das Labor gedacht, um zu sehen, wenn jemand vor der Tür steht«, sagte Frau Werner, die anscheinend Marcels Enttäuschung in seinem Gesicht hatte ablesen können.

Er seufzte. »Okay, dann müssen wir über die Befragungen herausfinden, wer in den letzten beiden Tagen die Apothekenwagen zu den Intensivstationen und die Infusionsflaschen für den OP transportiert hat.« Er dachte nach, worüber sie den Täter noch identifizieren konnten, da fiel ihm das kranke Personal ein.

Vielleicht gab es zwischen den betroffenen Personen eine Gemeinsamkeit, die Hinweise liefern konnte.

»Haben Sie herausgefunden, weshalb so viele Mitarbeiter krank geworden sind?«

»Ja, ich denke schon. Sie alle waren circa zwei bis vier Stunden vorher in der Cafeteria und haben dort Kaffee geholt.«

Marcel hob die Augenbrauen. »Müssten dann die Patienten nicht auch betroffen sein, sollte etwas mit den Getränken aus der Cafeteria nicht gestimmt haben?«

»Nein, die bekommen den Kaffee nicht von dort. Wir haben immer morgens von 5 bis 6 Uhr den Kaffee fürs Personal fertig, dann können die sich den holen, wenn sie möchten. Erst ab acht beginnt der Betrieb für die Patienten.«

»Okay, also scheint der Kaffee verunreinigt gewesen zu sein.«

»Ja, mehrere Kollegen waren beim Arzt. Eine bestätigte mir schon, dass es Rizinus war, das die Symptome ausgelöst hat.«

»So hat der Täter möglichst viel Personal schachmatt gesetzt, damit seine Sabotage weitaus mehr Schaden anrichten kann.« Nun wusste Marcel zwar, dass der Ausfall des Personals ebenfalls ein Akt des Täters gewesen war, doch auch in diesem Fall könnte es jeder gewesen sein. »Wir müssen also die Küchenmitarbeiter fragen, wer alles an die Kannen kommen kann und ob sie jemanden beobachtet haben.«

»Zugang zum Ausschank hat jeder, um sich individuell Kaffee zu holen.«

So auch Dr. Hart oder Kiran Köthe. Sie mussten herausfinden, ob sich einer der beiden am Morgen dort aufgehalten hatte. Die zwei Männer waren vorerst die Hauptverdächtigen, deshalb wollte Marcel mehr über sie erfahren. »Wir hatten gerade ein Gespräch mit Kiran Köthe. Er hat uns die Ereignisse mit dem Streit vor zwanzig Jahren etwas anders erzählt als Sie.«

Frau Werner senkte den Blick. »Natürlich. Er sieht sich immer noch im Recht.«

»Wir würden gern mehr über die Arbeitsweisen von Dr. Hart erfahren. Es muss einen Grund haben, weshalb er sich so arrogant und stets übelgelaunt verhält. Warum ist er so unzufrieden?«

Die Klinikleiterin zuckte mit den Schultern. »Ich kenne ihn nicht anders. Es ist einfach sein Charakter.«

»Was ist mit seinem Bein?«, hakte Konrad nach. »Könnte es sein, dass er Wut in sich trägt, da er diese Behinderung hat?«

»Er hatte einen Motorradunfall und wurde hier im Haus operiert. Das Bein blieb leider steif. Dafür gibt er dem Kollegen die Schuld, der ihn operiert hatte. Das hat ihn schon etwas wütend gemacht und meiner Meinung nach wurde sein Verhalten und Misstrauen gegenüber den Mitarbeitern ab da auch etwas schlimmer.«

»Gab es denn wirklich einen Behandlungsfehler?«

»Nein, die OP hatte seine Richtigkeit. Dr. Hart hätte eine Reha gebraucht, hat die aber verweigert. Die Anschuldigungen von ihm waren bitter, der Kollege hat dann sogar gekündigt.«

»Und das haben Sie Dr. Hart durchgehen lassen, während ein Pfleger zum Beispiel aufgrund ähnlichen Verhaltens degradiert wurde?«, fragte Konrad.

Frau Werner ging nicht darauf ein. Ihre Wangen färbten sich rot.

Marcel wollte weiterbohren. »Er ist ja generell nicht sehr beliebt auf den Stationen, so wie wir das mitbekommen haben. Sieht er wirklich nur den damaligen Kollegen als Stümper an oder ist das generell seine Sicht?«

»Dr. Hart ist schwierig, er vertraut niemandem außer sich selbst. Alle sind nur Möchtegerngötter in Weiß für ihn. Niemand ist laut ihm fähig, richtig zu pflegen oder behandeln.«

»Klingt auch nach einem Motiv, dem Krankenhaus die Hölle heiß zu machen. Wenn er alle Kollegen nur als Nichtsnutze sieht, will er vielleicht beweisen, dass er allein in Notsituationen gut funktioniert. Mit diesen

Sabotagen könnte er sich beweisen.« Marcel war auf ihre Antwort gespannt.

»Das ist wirklich an den Haaren herbeigezogen. Er würde solche grausamen Dinge nicht tun. So viel Hass trägt er nun auch nicht in sich. Er ist einfach nur überheblich.« Frau Werner hatte sehr ruhig geantwortet und schien überhaupt nicht über die Verdächtigung geschockt zu sein. War das so, weil sie ihm das selbst sogar zutraute, ihn aber weiterhin schützen wollte?

»Schützen Sie ihn die ganze Zeit, weil Sie ein Verhältnis haben? Hatte deshalb auch Pfleger Kiran vor zwanzig Jahren keine Chance, sich gegen Dr. Hart zu behaupten, da der Sie auf seiner Seite hatte?«

»Also das geht zu weit, Kommissar Schweißer. Das ist falsch, ich habe kein Verhältnis.« Ihr hochrotes Gesicht und das nervöse Nesteln mit ihren Händen verrieten, dass sie log.

Und das reichte Marcel auch als Hinweis, dass er recht hatte. Somit war jedoch auch klar, dass er aus der Klinikleiterin nicht mehr viel herausbekamen. Er musste mit dem Arzt selbst sprechen. »Wo finden wir Dr. Hart jetzt? Wir müssen mit ihm reden.«

»Ich weiß es nicht, ich kann ihn anrufen.« Frau Werner tippte die Nummer ein und wartete. »Er nimmt nicht ab.«

»Wir gehen auf seine Station und gucken. Gleich bekommen wie Verstärkung, die uns helfen wird, den Täter endlich dingfest zu machen.«

Marcel und Konrad verließen den Raum.

»Ich bin mir ziemlich sicher, dass dieser Mann unser Täter ist. Sein Motiv ist, unter Beweis zu stellen, was für ein toller Arzt er ist, und vielleicht auch Rache wegen seines Beins«, sagte Marcel.

Konrad zuckte mit den Schultern. »Das ist eine Option. Aber auch Kiran Köthe hat einen guten Grund, diese Sabotagen durchzuführen. Also leg dich nicht bloß auf Dr. Hart fest. Wir haben noch nicht genug Beweise dafür, dass er schuldig ist.«

Als sie auf der Station ankamen, meldeten sie sich bei einer der Krankenschwestern, um nach Dr. Hart zu fragen. Es war die, die am Tag zuvor für Karl zuständig gewesen war.

»Das mit Ihrem Freund tut mir aufrichtig leid. Ich stehe völlig unter Schock. Er war stabil, eigentlich gesund. Ich verstehe gar nicht, wie er plötzlich sterben konnte. So ein liebenswürdiger Kauz.«

»Danke«, murmelte Marcel und schluckte den brennenden Kloß hinunter. Er wollte schnell von Karls Tod ablenken, um nicht erneut in Tränen auszubrechen. »Wir möchten mit Dr. Hart reden. Es geht um die Vorfälle, die sich seit gestern häufen.«

Die Krankenschwester schüttelte den Kopf. »Das ist furchtbar. So viele Menschen sind bereits tot, davon wird sich das Krankenhaus nie wieder erholen.« Sie hielt sich eine Hand auf die Brust und schien gedanklich woanders zu sein.

»Ist der Arzt auf Station?«, fragte Marcel.

»Dr. Hart ist nicht hier. Wir wundern uns auch schon.«

»Worüber genau?«, hakte Konrad nach.

»Er hat nach der OP angerufen und gesagt, dass sein Patient gestorben ist, er aber auf Station zurückkommt, um die nächste OP zu besprechen.«

»Wie bitte? Er möchte weiteroperieren? Was stimmt mit ihm nicht?« Marcel schluckte weitere Worte hinunter, als er Konrads strengen Blick erhaschte.

»Das ist leider so üblich, wir können uns nicht ausruhen, wenn ein Patient gestorben ist.«

»Offenbar wurden die Infusionen präpariert, es werden heute absolut keine OPs mehr stattfinden«, erwiderte Konrad.

»Vielleicht ist Dr. Hart deshalb nicht gekommen. Ich funke ihn an, weil wir dringend ein Konsil benötigen.« Die Schwester nahm das Telefon und wählte eine Nummer, legte aber schnell wieder auf. »Er geht nicht dran.«

Marcel wurde ungeduldig, wollte aber die Zeit nutzen, um von anderen noch mehr über Dr. Hart zu erfahren, um sich ein besseres Bild von ihm zu machen. »Wie ist das Verhältnis des Personals mit Dr. Hart hier auf der Station?«

Die Frau biss die Zähne zusammen und presste zischend Luft hindurch. »Schwierig. Wir sind froh, wenn er mal nicht da ist. Er ist kein einfacher Typ, aber es traut sich auch niemand, etwas zu sagen. Wir haben den Eindruck, dass er mit allem durchkommt. Andere dürften sich nicht so cholerisch benehmen, sonst gäbe es Abmahnungen.«

»Danke für die ehrliche Antwort.« Marcel reichte ihr seine Karte. »Würden Sie mich anrufen, sobald er auf Station kommt? Vielleicht erwähnen Sie nicht, dass wir ihn suchen, damit er nicht wieder flüchtet.«

»Mache ich.« Die Schwester steckte die Karte in die Tasche. »Nochmals mein herzliches Beileid.«

Konrads Handy piepste. Er schaute auf das Display. »Mareike und Stefan sind im Haus. Wolfgang und Team sind im Anmarsch. Was tun wir als Nächstes?«

»Nehmt euch die Mitarbeiter des Hausmeisterservice sowie des Hol- und Bringdienstes vor, bis wir Hart befragen können. Bringt in Erfahrung, ob dieser Arzt oder Kiran Köthe vielleicht bei der Apothekenlieferung geholfen haben und ob irgendwer weiß, wer was auf die Stationen gebracht hat.« In Marcel zogen sich die Eingeweide zusammen, wenn er an das dachte, was ihm als Nächstes bevorstand. »Ich muss Kim noch die schreckliche Nachricht von Karls Tod überbringen«, hauchte er, weil ihm die Worte kaum über die Lippen kamen. »Das wird sie noch viel mehr in Panik versetzen.« Marcel packte sich mit dem Daumen und dem Zeigefinger an die inneren Augenränder, um die Tränen aufzufangen. »Gott, ich vermisse ihn jetzt schon.«

Konrad legte seine Hand auf Marcels Schulter. »Lass dir Zeit. Sag Kim, dass wir alle für euch beten. Wir kümmern uns um die Ermittlungen.«

22

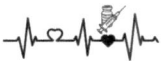

Kiran konnte nicht fassen, dass er sich tatsächlich darauf eingelassen hatte, zukünftig im Hausmeisterservice sowie im Hol- und Bringdienst zu arbeiten. Er schüttelte den Kopf. Das glich einem Schuldeingeständnis. Die Werner und der Hart hatten das erreicht, was sie wollten.

Doch Kiran hatte die Entscheidung nicht ohne Grund getroffen. In erster Linie wollte er, dass seine hochschwangere Freundin beruhigt war, sie sollte sich nicht aufregen. Aber Kiran würde weder die Degradierung noch die Schuldzuweisung auf sich sitzen lassen. Er würde dafür sorgen, dass Harts Fehler und die Vertuschung seitens der Klinikleitung irgendwann ans Licht kommen würden, indem er Personal dazu brachte, zu reden. Hart und Werner glaubten, sie hätten Kiran in der Hand. Er würde den Spieß umdrehen. Wenn er mit den beiden fertig war, würde niemand mehr in dieses Haus kommen wollen, um sich behandeln zu lassen.

Gedankenverloren lief er auf dem Rasen umher und zog an seiner Zigarette. Sein Körper zitterte vor Wut.

Seit dem Gespräch im Büro der Leiterin wollte er in die Visage des Arztes schlagen. Auch wenn er sich einen Plan gegen Dr. Hart und seinem Mäuschen Werner überlegte, mit dem er sich wohlfühlte, war sein Zorn über die Ungerechtigkeit noch präsent. Diese Emotion musste er in den Griff bekommen, denn die beiden sollten sich in Sicherheit wiegen. Er würde erst dann zuschlagen, wenn keiner mehr damit rechnete.

»Pfleger Kiran«, ertönte Dr. Harts Stimme hinter ihm. »Ach, Entschuldigung, Sie gehören ja nicht mehr dem Pflegeteam an.« Hart grinste abfällig.

Kiran ging auf ihn zu. »Wenn ich gewollt hätte, hätte ich Sie, Frau Werner und das Haus verklagt. Vor Gericht wären die Angsthasen von Kollegen eingeknickt. Die Werner weiß genau, dass ich recht habe. Deshalb versucht sie, mit ihrem gnädigen Jobangebot die Wogen zu glätten. Aber ich bin nicht auf den Kopf gefallen. Glauben Sie wirklich, ich habe diesen Job ohne Grund angenommen?«

Dr. Hart stierte ihn mit offen stehendem Mund an.

Kiran grinste. Er liebte die Angst im Blick des Arztes. »Ich werde dafür sorgen, dass Sie und die Werner dafür büßen, und Sie dort packen, wo es Ihnen am schlimmsten wehtut. Sie werden genauso eine Angst verspüren, wie es Phil tun musste. Irgendwann bezahlen Sie. Ich werde niemals aufgeben, dafür zu sorgen, dass Sie daran erinnert werden, was Sie getan haben. Und wenn Sie nicht mehr damit rechnen, werde ich zuschlagen. Es wird Ihrem und Frau Werners Ruf schaden. Das schwöre ich Ihnen.«

»Sie sind völlig übergeschnappt«, krächzte Dr. Hart, nicht mehr mit seiner arroganten Selbstsicherheit wie noch Minuten zuvor.

»Merken Sie sich meine Worte.« Kiran ging Richtung Haupteingang, weil er sonst seine Fassung verloren und dem Typen doch noch eine reingehauen hätte. Er hatte es nicht geschafft, seine Wut im Zaum zu halten.

Er holte tief Luft, als er die Flure zur Cafeteria entlanglief. Bei der Erinnerung daran, wie Hart gerade sprachlos vor ihm gestanden hatte, grinste er. Bisher war es nur eine Drohung, aber der Arzt und die Leiterin konnten sich warm anziehen.

Kiran setzte sich in der Cafeteria mit einem Kaffee an den Tisch und dachte noch einmal über seine Degradierung nach. Er fand es gar nicht so schlecht, wenn er auch mal in anderen Bereichen Erfahrungen sammeln konnte. Für die Informationstechnik und die Geräte der Stationen interessierte er sich sowieso. Im Technikservice konnte er damit arbeiten und es gab viele Chancen, sich auf diesem Gebiet weiterzubilden. Fast hätte er laut losgelacht, als er sich vorstellte, dass er Dr. Hart mitten im OP einen Streich spielen konnte, indem er Geräte manipulierte.

»Hi.« Phil Grüner stand plötzlich neben ihm.

Kiran hielt sich eine Hand an die Brust. Sofort meldete sich wieder sein schlechtes Gewissen. »Hey, Kumpel, du hast mich erschreckt. Wie geht es dir?«

»Sehr gut.« Phil bewegte sich grinsend ein Stück weg und kam zurück. »Hast du gesehen? Ich humpele kaum noch. Die Physiotherapeuten sagen, dass ich bald wieder fit bin.«

Kiran war ehrlich erleichtert. »Das klingt super.«

Phils Fröhlichkeit verlor sich mit einem Mal und der Jugendliche sah Kiran stirnrunzelnd an. »Alles in Ordnung bei dir?« Dann schaute Phil an ihm herunter. »Was hast du für komische Klamotten an?«

Kiran schloss die Augen. So gern würde er Phil erzählen, was passiert war und warum er nun diese scheußlichen grauen Kittel tragen musste. Aber der Junge würde gesund werden und hatte seine depressive Stimmung offenbar hinter sich gelassen, deshalb wollte Kiran die Folgen, die er durch die OP erlitten hatte, nicht wieder aufwühlen. »Es tut mir leid, ich hatte bisher keine Zeit, zu dir zu kommen, um dir das zu erzählen. Ich arbeite derzeit nicht mehr in der Pflege, deshalb trage ich das hässliche Grau.«

»Was? Warum nicht? Du bist doch der geilste Pfleger des ganzen Hauses.«

Kiran lächelte. »Schleim nicht so.« Dann wurde er ernst. »Ich war etwas frech zu ein paar Ärzten. Meine Versetzung ist die Konsequenz. Nur eine kleine Strafe. Nicht für ewig.«

»Oje, ich kenne das, manchmal sag ich auch das, was ich nicht laut aussprechen sollte. Aber die Klamotten stehen dir gut.«

»Witzbold.«

»Ich werde morgen entlassen, deshalb bin ich froh, dass ich dich noch mal sehe.« Er legte einen Zettel auf den Tisch. »Ich wollte dir meine Nummer geben. Du hast mir in der schweren Zeit sehr geholfen. Auch wenn du mir auf die Nerven gegangen bist, war es genau richtig, wie du mich behandelt hast. Danke, dass du da warst.«

Oh Gott, bitte sei mir nicht dankbar.

»Ich will dich zum Essen einladen, meine Mutter kocht hervorragend.«

»Das ist nicht nötig, ich habe nur meinen Job gemacht. Ich habe dir gern geholfen und bin froh, dass meine Nerverei gefruchtet hat.« Noch mehr als eben nagte das schlechte Gewissen an Kiran.

»Mir ist es wichtig. Also ruf mich bitte irgendwann mal an.«

Kiran lächelte und steckte die Karte ein. »Okay, weil du es bist.« Er würde sich nicht bei dem Jungen melden, da er froh war, wenn er diesem nie wieder in die Augen sehen musste, denn darin las er immer seine Schuld.

Phil, zu dem er eigentlich nicht so eine Bindung hätte aufbauen dürfen, erhob sich und drückte Kiran. »Kopf hoch. Die harten Zeiten gehen vorbei. Hat mir mal ein nerviger Pfleger gesagt.« Dann lief er aus der Cafeteria.

Kiran holte tief Luft und kämpfte mit den Tränen. Die OP dieses Patienten war der Anfang der Entwicklungen gewesen, die seinen Traumjob zerstört hatten. *Ich richte dieses Haus zugrunde. Sie werden alle untergehen.*

23

18. Juli 2022

Tessa schaute auf die Uhr.

Der Tag ging trotz der ganzen Ereignisse nicht um.

Nur noch eine Stunde, dann würde endlich der Spätdienst kommen, sie würde heimfahren und sich mit einer Flasche Sekt in die Wanne legen. Ganz sicher würde sie sich für die nächste Schicht krankmelden. In dieses Irrenhaus würde sie keinen Fuß mehr setzen. Der Gedanke war hart, schließlich konnte niemand etwas dafür, dass ein Monster schreckliche Dinge tat. Aber sie wollte nicht mehr hier arbeiten.

Die sozialen Medien waren voll mit den Ereignissen der letzten Tage, das Krankenhaus kassierte einen Shitstorm vom Feinsten. Die Presse stand überall, wollten vom Personal Stellungnahmen. Es war ein Albtraum.

Sie wollte auf keinen Fall mehr mit diesem Haus und den Ereignissen in Verbindung gebracht werden.

Das merkwürdige Bauchgefühl meldete sich erneut, das immer wieder aufkeimte, sobald sie daran dachte, dass Kiran im OP gestanden hatte. Sie hatte es gar nicht fassen können, als der Kommissar ihr das gesagt hatte.

Wie konnte Kiran dieses schreckliche Ereignis mit dem alten Mann einfach abhaken und wenige Augenblicke später schon eine Operation mit dem Mann durchführen, den er abgrundtief verabscheute? Sie könnte sich gar nicht mehr auf die Arbeit konzentrieren, ihr selbst fiel es seit dem Vorfall mit dem Rollstuhl schwer, überhaupt noch auf beiden Beinen zu stehen. Kiran war zudem verantwortlich für den älteren Mann gewesen, er musste sich doch schrecklich fühlen. Konnte er nach solch einem Erlebnis wirklich im OP funktionieren?

»So gut hat das wohl nicht geklappt, der Patient, der operiert wurde, ist immerhin auch tot«, flüsterte sie. Sie blickte sich schnell um, um zu prüfen, ob niemand gesehen hatte, dass sie Selbstgespräche führte. Über ihre Worte war sie erschrocken, ganz sicher konnte Kiran nichts dafür, dass der Mann gestorben war. *Ausgerechnet ein Freund des Kommissars.*

Sie erinnerte sich daran, wie Kommissar Schweißer eben mit tränennassen Augen auf Station gekommen war und seiner Freundin erzählt hatte, dass jemand gestorben war. Tessas Herz hatte sich zusammengezogen, als die beiden heftig geweint hatten. Der starke Polizist, der seit zwei Tagen versuchte, dieses Monster zu erwischen, und nebenbei um das Leben seiner Nichte bangte, war in sich zusammengefallen. Es war schlimm, was sie ertragen mussten. Er hatte Tessa erzählt, dass die Infusionen, die man im OP den Patienten verabreichte, vermutlich präpariert gewesen waren. Eindeutig das Werk des Täters.

Tessa fuhr zusammen, als plötzlich die Tür aufsprang. Zwar konnte es nur jemand vom Personal sein, denn sonst kannte niemand den Code, doch es war den Geschehnissen geschuldet, dass sie große Angst hatte und sich ständig erschreckte.

Eine Kollegin von der Neurochirurgie kam herein. »Hey, ich wollte fragen, ob ihr uns etwas Morphin leihen könnt. Die internistische und chirurgische Intensivstationen sind etwas knapp, von denen können wir uns leider nichts holen. Wir haben aber eine Post-OP von gestern, die noch welches braucht.«

»Natürlich.« Tessa ging in den Raum, in dem der Betäubungsmittelschrank stand. Sie tippte den Code ein, holte eine Ampulle Morphin heraus und trug das Datum sowie die Menge, die sie genommen hatte, in das Buch ein. Dann ließ sie sich von der Kollegin den Namen des Patienten und eine Unterschrift geben.

»Danke, das ist lieb. Schon krass, heute sind so viele Notfälle passiert, dass sogar die Medikamente auf den Intensivstationen ausgegangen sind.«

Tessa holte tief Luft. »Wem sagst du das? Ich bin nervlich am Ende.« Wieder traten ihr Tränen in die Augen.

Die Kollegin der Neurochirurgie schaute sie mit zusammengepressten Lippen an. »Ihr habt auch Patienten verloren, oder?«

Tessa nickte. »Zwei. Ein Mädchen ist noch im kritischen Zustand. Sie sollte heute eigentlich extubiert werden, stattdessen steht sie kurz vor einer Verlegung nach Köln, um an die ECMO zu kommen.«

»Die arme Maus, ich hoffe, sie schafft es. Bei uns lag ja der Mann, der vom Rettungswagen erwischt wurde.«

Tessa schluckte schwer, weil sich die Erinnerung an die schrecklichen Bilder wieder in den Vordergrund drängte. »Ich stand mit dabei.«

»Ach, du bist die, die mit Kiran draußen war?«

»Ja, ich habe gerade frische Luft geschnappt, weil meine Patientin gestorben war. Da kam Kiran mit dem Mann. Er hat ihn an der Seite abgestellt, dann ging alles ganz schnell. Der Patient ist losgerollt. Die Rollstuhlbremse war manipuliert, aber das haben wir nicht bemerkt.«

»Haben wir gehört. Besonders tragisch ist, dass der Mann gar nicht im Rollstuhl sitzen sollte.«

Tessa runzelte die Stirn. »Wie meinst du das? Ich hatte mich zwar auch gewundert, weil er wirklich krumm darin hing, doch ich dachte, das wird schon richtig sein.«

»Der Patient sollte eigentlich im Bett zum Rettungswagen gebracht werden, weil er durch seine Gehirnerschütterung schwach war. Wir vermuten, dass Kiran ihn einfach in den Rolli gesetzt hat. Die Kollegin, die für den Mann zuständig war, hatte alles vorbereitet. Sie hat den Herrn im Bett gelagert, seine Sachen und die Krankenakte für die andere Klinik draufgelegt. Als wir nachgeschaut haben, fanden wir nur das leere Bett mit den privaten Sachen des Patienten.«

»Kiran hat mir erzählt, die Sachen werden von den Angehörigen geholt.«

»Was?« Die Kollegin zog eine ungläubige Grimasse. »Nein, das stimmt nicht. Sehr komisch.« Sie winkte ab.

»Vielleicht ist in der ganzen Hektik etwas untergegangen. Die Angehörigen sind jedenfalls richtig sauer und werden alle verklagen, die ihnen in den Sinn kommen.«

»Verständlich. Es ist auch unglaublich.« Tessas ungutes Bauchgefühl meldete sich noch mehr, weil Kirans Verhalten für sie immer merkwürdiger wurde. Sie überlegte, ob es einen Grund hatte, dass er ihr etwas anderes erzählt hatte, oder ob er wirklich nicht gewusst hatte, dass er die Sachen hätte mitnehmen sollen. Aber warum hätte er lügen sollen?

»Na gut, vielen Dank für das Morphin«, sagte die Kollegin und unterbrach damit Tessas Grübelei. »Ich geh mal zurück. Wir haben den Dienst ja bald geschafft.«

Tessa hob nur kurz die Hand. Das alarmierende Bauchgefühl meldete sich immer lauter.

Hatte Kiran vielleicht etwas mit den Sabotagen zu tun?

Sie ging diese alle noch einmal im Kopf durch.

Seit zwei Tagen war er ständig da, vorher hatte sie ihn noch nie gesehen. Er hatte Sauerstoff gebracht, bei Reanimationen geholfen, war für den Mann im Rollstuhl verantwortlich gewesen und hatte im OP gearbeitet, als der Freund des Kommissars gestorben war. War das immer nur Zufall gewesen oder hatte Kiran diese Vorfälle verschuldet?

Sie schüttelte den Kopf. *Nein, denk so was Furchtbares nicht. Er wurde extra eingestellt, damit er überall hilft.*

»Tessa?« Ihre Kollegin Moni tippte sie an. »Bist du okay?«

»Ähm … ja … ähm … ich … Alles in Ordnung. Mir ist bloß etwas durch den Kopf gegangen.«

»Willst du reden? Du hast heute viel durchgemacht.«

»Ich bin nur erledigt. Brauchst du Hilfe bei etwas?«

»Würdest du schnell das Blut ins Labor bringen, wenn du grad keine Aufgabe hast? Ich muss dringend meinen Papierkram erledigen. Bei den vielen Patientenversorgungen kam ich nicht dazu, zu dokumentieren.«

»Tut mir leid, dass du so viel zu tun hast. Vielleicht kann ich dir gleich noch ein bisschen helfen oder wir können einen Springer rufen.«

»Schon gut, meine Patienten sind ja alle relativ pflegeleicht. Du hattest einen deutlich schlimmeren Tag.«

»Ich gehe schnell ins Labor. Hörst du bitte auf die Alarme in Zimmer 3?«

»Mache ich. Tausend Dank.«

Tessa nahm das Blut. Gedankenverloren steuerte sie das Labor in der unteren Etage an. Sie wollte gerade den Code eingeben, da hörte sie einen Schrei über den Flur hallen. Erschrocken hielt sie inne.

Es klang nach einem Streit, der jedoch alles andere als harmlos zu sein schien.

Die Ereignisse der vergangenen achtundvierzig Stunden sagten ihr, dass sie lieber schnell auf Station zurücklaufen sollte, doch sie wollte wenigstens das Blut abgeben. Sie atmete tief ein und gab die ersten Ziffern des Codes auf dem Zahlenfeld ein.

Mit einem Mal knallte hinten am Ende des Flures etwas gegen die Wand.

Tessa zuckte zusammen und starrte in die Richtung, aus der das Geräusch gekommen war.

Eine Person beugte sich krampfhaft nach vorn. »Hör auf!«, schrie dieser Mann wütend.

Tessa konnte nicht erkennen, um wen es sich handelte. Sie spürte eine tiefe Bedrohung.

Eine zweite, tiefere Stimme brüllte etwas Unverständliches.

Der Schock traf sie wie ein Schlag ins Gesicht. Sie hatte diese Stimme erkannt. Ihr Magen verkrampfte sich. *Kiran.* Der Name pochte durch ihren Kopf. Sie riss die Augen auf, ihre Kehle schnürte sich zu, und sie kämpfte darum, Luft zu holen. Mit zittrigen Fingern gab sie die nächsten Ziffern des Codes ein, vertippte sich jedoch. *Verflucht.* Sie versuchte es erneut, um sich ins Labor retten zu können.

»Tessa!«, brüllte Kiran plötzlich.

Ihre Haut prickelte vor Angst. Sie biss die Zähne fest zusammen und starrte mit pulsierender Halsschlagader zu ihm.

Die Person, die gegen die Wand geknallt war, lag am Boden und versuchte offenbar, sich aufzurichten.

Kiran bewegte sich wie ein Raubtier langsam auf Tessa zu, aus seiner Nase tropfte Blut.

Sie wich ein paar Schritte zurück, ihre Beine zitterten und kalter Schweiß stand ihr auf der Stirn. *Er ist das Monster*, flüsterte eine Stimme in ihrem Kopf.

Kiran sprintete auf sie zu.

»Nein!«, schrie der Mann am Boden, dessen Stimme sie immer noch nicht erkannte. Sie hatte voller Zorn geklungen.

Tessa drehte sich um und rannte los, rutschte aber auf dem frisch gewienerten Boden aus und fiel hin.

Die Blutröhrchen, die sie fest mit der Hand umklammert hatte, flogen in alle Richtungen und rollten klappernd über den Boden.

Schnell stützte sie sich auf ihre Hände und drückte sich mühsam nach oben. Ein Schmerz schoss ihr durchs Knie, trotzdem humpelte sie los.

Dumpfe Schritte hallten hinter ihr. »Bleib stehen!« Die Stimme dröhnte dumpf in ihrem Trommelfell und war so nah, dass Tessa in Panik verfiel.

Wer hatte das gerufen? Kiran oder der andere Mann?

Ihr Atem ging stoßweise. Sie konnte nichts mehr denken, hörte nur noch das Wummern ihres Herzens, das laut in ihrem Kopf widerhallte. Ihre Beine fühlten sich an, als wären sie aus Blei und dadurch zu schwer, um sie vorwärtszutragen. Diese Situation war ein Albtraum, dem sie nicht entkommen konnte, egal, wie sehr sie es versuchte. *Bitte lass es nur ein Traum sein.*

Ein gequältes »Nein« durchdrang die angespannte Stille, dann traf ein dumpfer Schlag ihren Hinterkopf.

Ein stechender Schmerz explodierte in ihrem Schädel, alles in ihr verkrampfte sich. Ihre Beine sackten weg und sie stolperte nach vorn. Der Flur um sie herum drehte sich, ihre Sicht verschwamm. In ihren Ohren fiepte es schrill. Mit letzter Kraft stützte sie sich ab, aber ihre Hände rutschten über den glatten Boden. *Konzentrier dich, steh auf!* Sie schaffte es, sich auf die wackeligen Beine zu stellen, taumelte jedoch so stark, dass sie wieder zu Boden sank.

Der Täter hatte sie. Kiran …

Vermutlich hatte sie beobachtet, wie er jemanden angegriffen und gegen die Wand gestoßen hatte. War das Dr. Hart gewesen? Der Mann, den Kiran verabscheute?

Und war nun sie an der Reihe, weil sie alles gesehen hatte? Würde sie deswegen sterben?

Übelkeit kroch ihren Hals hoch, sie war machtlos. Ihre Glieder fühlten sich schwer und fremd an, als wären sie nicht mehr Teil von ihr. Ihre Augenlider drückten nach unten. Die Umgebung verschwand langsam, als ob jemand einen Vorhang vor ihren Augen zuziehen würde. Dann wurde alles schwarz.

24

Marcel wippte mit den Beinen, in ihm tobte Unruhe. Es hatte ihm gutgetan, sich bei Kim auszuweinen.

Sie war mindestens genauso schockiert über Karls Tod.

Auch Marlene würde ihn sehr vermissen, die beiden hatten einen guten Draht zueinander gehabt.

Es würde eine verdammt harte Zeit auf sie alle zukommen.

Kim streichelte ihm über den Kopf. »Vielleicht ist es doch besser, wenn du Konrad und dein Team die Ermittlungen machen lässt. Es war ein Fehler, dich dazu zu drängen mitzuhelfen. Du stehst unter enormem Stress.«

»Es war richtig, ich hätte eh nur hier gesessen und ständig nachgefragt, wie weit sie sind. Ich bin froh, dass uns Dr. Schröder verlegt.«

»Ich hoffe, dass Marlene kein drittes Mal Opfer dieses Monsters wird. Sie kämpft so hart, eine weitere Katastrophe würde ihr Körper nicht überleben.«

Marcel wollte sich das gar nicht ausmalen.

Dr. Schröder kam ins Zimmer. »Entschuldigen Sie die Störung, ich würde gern noch einmal Blut bei Marlene abnehmen, damit ich aktuelle Werte habe, wenn ich in Köln anrufe, um sie für die ECMO anzumelden. Ob sie diese dann durchführen, entscheiden die Ärzte dort.«

»Natürlich«, sagte Marcel. »Würden Sie Frau Berger bitte über das Verfahren aufklären? Ich konnte es ihr nicht so gut rüberbringen, weil ich vorhin nicht alles verstanden habe.«

Der Arzt nickte. »Bei der ECMO wird Marlenes Blut durch eine Maschine laufen. Ihm wird so das Kohlenstoffdioxid entzogen, das aufgrund ihrer gestörten Lungenfunktion zu viel ist und auf natürlichem Wege nicht abgeatmet werden kann. Gleichzeitig wird dem Blut Sauerstoff zugeführt und zurück in den Körper gepumpt. Normalerweise kriegen das Patienten nur, wenn sie wirklich ein akutes Lungenversagen haben, deshalb bleibt die Entscheidung bei den Ärzten in Köln, ob sie Marlene daran anschließen. Zwar arbeitet ihre Lunge aufgrund der Superinfektion nicht gut, aber wir halten sie derzeit mit einer herkömmlichen Beatmung und Sauerstoffzufuhr stabil. Auch das Kohlenstoffdioxid ist noch nicht im kritischen Bereich erhöht. Ich bin sicher, dass es besser wird, wenn jetzt endlich die drei Gaben Antibiotika verabreicht sind. Es könnte also sein, dass eine ECMO gar nicht nötig wird, ich nehme es nur als Begründung für eine Verlegung, damit Sie hier aus der Klinik kommen.«

Der Arzt zog mit einer Spritze Blut aus dem zentralen Venenkatheter, den Marlene in der Halsvene liegen hatte.

»Ist sie stark genug, um transportiert zu werden?«, fragte Kim.

»Es ist riskant. Sie ist sehr instabil, jeder mögliche Stress könnte den Zustand verschlimmern. Wir brauchen dafür ein Intensivteam und ich fahre mit, weil ich sie gut kenne. Derzeit versuche ich, Kollegen zu erreichen, die in der Zeit hier den Dienst übernehmen. Es wird also noch etwas dauern, bis ich das alles organisiert habe. Und Köln muss natürlich einverstanden sein.«

»Vielen Danke für die Erklärung«, sagte Kim.

»Selbstverständlich. Ich bin guter Dinge, dass wir Marlene wieder gesund bekommen.« Der Arzt ging hinaus.

Marcels Handy piepte. Es war eine Nachricht von Konrad, der ihm einen Link geschickt hatte.

Marcel tippte darauf.

Es öffnete sich ein Zeitungsartikel, der vermutlich bisher nur online war, aber spätestens am nächsten Morgen in der Tageszeitung auf den Tischen vieler Menschen liegen würde.

Seit achtundvierzig Stunden wird das Stadtklinikum in Koblenz von einem unbekannten Täter in Angst und Schrecken versetzt. Laut einem anonymen Tippgeber wurden seit gestern in der Früh mehrere Sabotagen durchgeführt, die Menschenleben in Gefahr gebracht haben.

Von mehr als sieben Toten ist die Rede, darunter sogar zwei Kinder. Auch ein ehemaliger Fallanalytiker der Kriminalpolizei soll unter den Opfern sein.

Die Klinikleitung ist zu keiner Stellungnahme bereit, was die Bevölkerung zum Nachdenken anregt. Sind unsere Angehörigen oder gar wir selbst wirklich sicher in dieser Klinik?

Die Person, dessen Namen nicht gesagt werden soll, warnt eindringlich davor, in dieses Krankenhaus zu kommen. Es ist laut ihr nicht das erste Mal, dass das Klinikum einen wichtigen Vorfall verschweigt. Schon vor zwanzig Jahren hat wohl ein gewisser Dr. Hart durch unangemessenes Verhalten im OP ein Menschenleben in Gefahr gebracht, sodass der Jugendliche damals seinen Traum aufgeben musste. Um von sich selbst abzulenken, hat der Chirurg die Schuld einem OP-Pfleger in die Schuhe geschoben, der dadurch seinen Job als Pfleger verloren hat.

Zu den aktuellen Ereignissen hat sich die Kriminalpolizei bisher nicht geäußert, aber für morgen früh eine Pressekonferenz angekündigt.

Wir hoffen, dass die Patienten, die derzeit in der Klinik liegen, unverletzt aus diesem Haus entlassen werden, und halten Sie auf dem Laufenden.

Marcel schloss den Artikel. »So ein Mist, es sind Einzelheiten an die Öffentlichkeit gelangt. Das könnte die Ermittlungen gefährden.« Selbiges schickte er auch Konrad als Nachricht.

Dieser antwortete prompt: *Möglich, dass der Täter es selbst an die Presse gegeben hat. Ich vermute, dass nicht Hart der Verantwortliche für die Sabotageakte ist, aber jemand vielleicht möchte, dass es so aussieht. Und da habe ich den Verdacht, dass wir bei Kiran Köthe schon auf der richtigen Fährte waren. Der reagiert im Übrigen überhaupt nicht mehr auf seinen Funk.*

Marcel schrieb Konrad zurück: *Kiran Köthe könnte gut passen, es ist immerhin seine Geschichte, über die sie in der Zeitung berichten. Vielleicht wird er nervös, weil er merkt, dass wir ihm auf der Spur sind, und will noch, dass die Wahrheit ans Licht kommt. Findet ihn. Wie weit seid ihr mit den Befragungen?*

Kurz darauf antwortete Konrad: *Fast durch.*

Marcel legte das Handy weg und seufzte.

Waren die Sabotagen nur ein bitterböser Rachefeldzug?

Plötzlich stürmte Dr. Schröder in das Zimmer. »Kommissar Schweißer, bitte rufen Sie Ihre Kollegen. Wir glauben, dass Tessa etwas zugestoßen ist.«

Marcel sprang auf. »Wieso denken Sie das?«

»Sie ist schon vor einer halben Stunde zum Labor gegangen. Als Schwester Moni gerade Marlenes Blut wegbringen wollte, war Tessa nicht zu sehen, aber es lagen Röhrchen auf dem Boden, die von unserer Station waren. In der Nähe davon gibt es eine Blutlache. Die Labormitarbeiterin sagte, dass niemand bei ihr etwas abgeliefert hat.«

Zwar war normalerweise das Verschwinden einer Person nach einer halben Stunde kein Grund für Nachforschungen, doch unter den gegebenen Umständen machte sich Marcel Sorgen. Er rief Konrad an.

Der nahm ab.

»Komm zum Labor. Womöglich hat der Täter Schwester Tessa als Geisel in seiner Gewalt. Ich brauche dort auch dringend die Spusi, es eilt.«

»Bin unterwegs.« Konrad legte auf.

Marcel schaute den Arzt an. »Hat Ihre Kollegin vor dem Labor alles so gelassen?«

»Moni?«, rief der Arzt nach draußen.

Die Krankenschwester kam ins Zimmer. Ihr stand der Schreck ins Gesicht geschrieben.

»Haben Sie dort unten etwas angefasst?«, fragte Marcel.

»Ein Röhrchen, weil ich den Namen lesen wollte. Ich habe es wieder so hingelegt, wie ich es gefunden habe. Die Labormitarbeiterin passt auf, dass niemand etwas aufhebt. Ich habe ihr gesagt, dass ich die Polizei schicke.«

»Das haben Sie sehr gut gemacht.« Marcel drehte sich zu Kim. »Ruf mich an, wenn etwas ist.«

Kim nickte, auch sie sah verängstigt aus.

Marcel rannte los. Anhand der Schilder orientierte er sich und eilte nach unten. Er hastete durch den Flur, der zum Labor führte. Als er um die Ecke bog, machte Wolfgang bereits Fotos. »Hallo«, begrüßte Marcel ihn.

»Marcel, es tut mir so leid. Ich bin wirklich fassungslos. Er war …«

Marcel behielt mühsam die Fassung. »Schon gut. Wir werden gebührend an ihn denken, wenn das hier vorbei ist.«

Wolfgang nickte.

Niemand machte an diesem Tag Witze, so wie sie es sonst gern taten.

Marcel ging zu der Dame, die einen weißen Kittel und Mundschutz trug.

Sie stand, wo die Röhrchen auf dem Boden verteilt lagen.

»Sie sind die Mitarbeiterin des Labors?«, fragte er sie.

»Richtig.«

»Und Sie haben Schwester Tessa nicht gesehen? Groß, schlank, schulterlanges, braunes Haar, grau-blaue Augen. Ein Teil der Haare war oben zu einem Dutt gebunden.«

»Nein, es war in der letzten halben Stunde niemand drin. Ich habe gehört, dass jemand einen Code eingegeben hat, das piept so.« Die Laborantin tippte die Zahlen ein, um es zu demonstrieren. »Ich habe auch in der Kamera gesehen, dass wer dort stand. Aber ich habe weiter weg an einem Gerät gearbeitet und dadurch das Gesicht nicht erkannt. Meine Kollegin war in der Pause, deshalb war ich allein und konnte nicht unterbrechen, um nachzuschauen. Ich bin jedoch ganz sicher, dass niemand hineinkam.«

»Zeigen Sie uns bitte die Aufnahmen der Überwachung.«

Die Mitarbeiterin nickte. Sie führte Marcel und Konrad in einen Raum neben dem Labor. Dort tippte sie etwas in einen Laptop.

Kurz darauf sah Marcel, wie Schwester Tessa den Code draußen an der Tür eingab und dann durch etwas abgelenkt zu sein schien. Sie starrte den Flur rechts entlang. Kurz darauf tippte sie hastig etwas auf dem Zahlenfeld ein.

»Sie schaut verängstigt«, sagte Konrad. »Möglicherweise hat sie etwas beobachtet, das sie nicht hätte sehen sollen.«

Immer wieder drehte Schwester Tessa den Kopf nach rechts, dann rannte sie nach links. Schon Sekunden später liefen zwei Personen an der Kamera vorbei.

Marcel spulte zurück und versuchte, bei den Personen zu stoppen, doch das Fenster der Kameraüberwachung war so klein, dass es kaum funktionierte. »Man erkennt die beiden nicht, es geht zu schnell. Es scheint, als wären sie Schwester Tessa hinterhergerannt«, sagte er.

»Möglicherweise haben wir es mit zwei Tätern zu tun. Kiran Köthe und Dr. Hart arbeiten vielleicht zusammen.«

Marcel nickte. »Das würde erklären, warum beide häufiger vor Ort waren, wenn es zu einem Notfall kam. Zu zweit konnte man diese Sabotagen natürlich viel einfacher umsetzen. Der Pfleger hat durch seine damalige Degradierung Kenntnisse über die Lager und die ganzen Geräte. Er hat Informationen über das interne Netzwerk des Krankenhauses. Und Dr. Hart weiß als Arzt, wie man Geräte so sabotieren muss, damit es zu Notfällen kommt.«

Konrad hob die Augenbrauen. »Aber warum sollten die zusammenarbeiten? Sie sind Erzfeinde. Oder glaubst du, das war alles nur eine Show?«

Marcel zuckte die Schulter. »Damit befassen wir uns später. Jetzt hat erst einmal höchste Priorität, Schwester Tessa zu finden, denn ich vermute stark, dass sie in großer Gefahr ist.« Er rief die Leitstelle an.

Ein Kollege nahm ab.

»Kommissar Schweißer, Kripo. Ich brauche dringend Einsatzkräfte im Stadtklinikum. Es handelt sich um eine mögliche Geiselnahme. Der Täter ist skrupellos, eventuell sind es auch zwei. Ob sie bewaffnet sind, ist nicht bekannt. Es eilt.« Er legte auf und schaute zu Konrad. »Wir suchen hier unten die Räumlichkeiten ab. Vielleicht haben sie sich irgendwo in den Lagern versteckt.« Marcel wandte sich an Wolfgang. »Du meldest dich, wenn du was hast?«

»Natürlich. Ich habe schon einen Kollegen mit den Antibiose- und Infusionsproben zu uns ins Labor geschickt.«

»Perfekt. Bis später.« Marcel eilte hinter Konrad her, der losgegangen war, um die Räume abzusuchen.

25

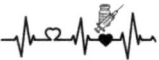

Wütend stampfte er in dem uralten Operationssaal hin und her, in dem das große Finale stattfinden sollte.

Sein Plan, mit Dr. Hart allein in diesem Raum zu sein, war gehörig schief gegangen. Erst war alles genau so gelaufen, wie er wollte, doch dann war er erwischt worden. Er hatte vor, Dr. Hart in der Öffentlichkeit zu einem Geständnis zu zwingen. Der Doktor sollte zugeben, dass er bereits einige Patientenleben zerstört hatte. Anschließend wollte er den Möchtegerngott töten. Der sollte die gleichen Qualen wie seine Opfer verspüren, deren OPs er verpfuscht hatte.

Aber nun steckte er in diesem Schlamassel, nachdem er aufgeflogen war. Er schlug sich gegen den Kopf, weil er nicht klar denken konnte.

Schwester Tessa, die zur falschen Zeit am falschen Ort gewesen war, wurde bestimmt bereits vermisst. Dieser Kommissar war wahrscheinlich schon auf der Suche nach ihr.

Ihm musste also schnell etwas einfallen. Sie alle einfach nur zu töten, wäre zu langweilig. Nein, er wollte seinen Plan nicht verändern. Es würde halt zusätzlich zwei Zufallsopfer geben.

Er ging zu Dr. Hart, um sich an dessen Panik zu ergötzen.

Dieser lag gefesselt auf einem Tisch, entblößt und bereit für seine Operation, die er nicht überleben würde.

Er grinste den Arzt an. »Sie haben Angst. Das gefällt mir. Wissen Sie, wie viele Menschen schon so vor Ihnen gelegen haben, wenn Sie besoffen in den OP gegangen sind und sie kranker gemacht haben, als sie eigentlich waren?«

Hart stöhnte, doch das dicke Klebeband über seinem Mund dämpfte die Lautstärke.

»Ich weiß, Sie wollen gern was sagen. Sie bekommen Ihre Chance.« Wieder grinste er. »Das wird die ganze Welt sehen. Jeder wird heute erfahren, was für ein Arzt Sie sind. Endlich. Zwanzig Jahre sind eine lange Zeit, aber dafür wird das Finale umso schöner. Sie werden nicht die Medien nutzen, um den Helden zu spielen, sondern ihnen die Wahrheit erzählen, was für ein Arzt Sie wirklich sind.«

Hart riss an den Fesseln, doch er hatte keine Chance.

»Heute ist der Tag der Abrechnung.« Er ging an seine Tasche und holte die Instrumente heraus, mit denen er Dr. Hart gleich operieren würde. Diese platzierte er nebeneinander auf dem uralten Operationstischchen. Die Show würde bald starten und er würde sie in vollen Zügen genießen.

26

In Tessas Kopf dröhnte es wie das ferne Echo eines Donners. Sie blinzelte, weil sich ihre Augen schwer anfühlten. *Was zum Teufel tut da so weh?*, dachte sie, als ein stechender Schmerz durch ihren Schädel pulsierte.

Von irgendwoher hörte sie jemanden winseln, ein schwaches Geräusch, das wie durch Watte in ihren Kopf drang.

Dann ertönte lautes Geschrei, durchdringend, als würde es direkt in ihre Ohren schneiden. Der Schmerz in ihrem Kopf war so allumfassend, dass es ihr schwerfiel, sich auf ihre Umgebung zu konzentrieren, doch sie musste wissen, wer da brüllte.

Vielleicht brauchte jemand Hilfe.

Sie versuchte, sich den Kopf zu reiben, doch ihre Gliedmaßen waren wie in Beton gegossen. Panik stieg in ihr auf, als sie erkannte, dass sie ihre Arme nicht bewegen konnte. Sie saß auf dem kalten Boden, ihre Arme waren mit einer Eisenkette an die dicken Rohre gefesselt, die an der Wand entlangliefen. Ein eisiger Schauer lief ihr über den Rücken. In Gedanken ging sie durch, was sie zuletzt getan hatte. Sie war ins Labor gegangen, um das Blut dorthin zu bringen. Plötzlich wurde sie hellwach, weil die Erinnerungen wie ein scharfer Blitz zurückkamen. Sie hatte vor dem Labor gestanden, dann hatte Kiran einen Mann gegen die Wand gestoßen und war auf sie zugerannt. Er hatte sie niedergeschlagen. Sie musste bis gerade bewusstlos gewesen sein.

Tessas Herz raste. Ihr Atem ging schnell und flach. Sie schaute sich um.

Große rauschende Rohre durchzogen die Wände, sie sah alte Geräte, die man inzwischen nicht mehr benutzte. In der Mitte standen OP-Tische. Alles wirkte alt und eisigkalt. Befand sie sich noch im Klinikum oder hatte Kiran sie woanders hingebracht?

Das Geschrei aus der Mitte des Raumes wurde lauter.

Sie schaute noch einmal in die Richtung und ihre Brust verengte sich.

Auf einer Pritsche lag gefesselt Dr. Hart und wand sich.

»Verdammt, das ist doch nicht dein Ernst«, schrie Kiran. Was hatte er vor? War sein Hass auf Dr. Hart so groß, dass er ihn töten wollte, nachdem der Arzt bereits mehrere Patienten auf dem Gewissen hatte? Und vor allem: Was hatte er mit ihr vor?

Tessa kniff die Augen zusammen und versuchte, ihn zu lokalisieren. Sie konnte ihn nicht sehen, denn es war recht dunkel in dem verwinkelten Raum.

Eine neue Schmerzwelle brach über sie herein. Sie schloss die Augen und versuchte krampfhaft, die Situation, in der sie sich befand, zu ordnen. Sie war nur hineingeraten, weil sie das Blut für eine Kollegin ins Labor gebracht hatte. Sollte sie Kiran anflehen oder war es besser, wenn sie schwieg?

Gerade als sie entschieden hatte, zu versuchen, mit dem Pfleger zu sprechen, gab Dr. Hart einen kurzen Schrei von sich.

»Bitte hör auf«, sagte Kiran. »Ich flehe dich an, es gab schon genug Opfer.«

Tessa runzelte die Stirn, weil sie nicht verstand, an wen er appellierte.

War etwa noch jemand in dem Keller oder führte Kiran Selbstgespräche?

Sie hielt die Ungewissheit nicht mehr aus und entschied, ein Gespräch mit ihm zu beginnen. »Kiran?«, rief sie leise und mit zittriger Stimme in den Raum. »Bist du das?« Unsinnige Frage, natürlich war er es.

Eine unheimliche Stille trat ein.

Dann krachte es plötzlich und Kiran flog vor ihr auf den Boden.

Entsetzt starrte sie auf ihn.

Kiran krümmte sich zusammen, aus seiner Nase schoss Blut. »Bitte lass uns reden!«, sagte er weinerlich.

Tessa zitterte am ganzen Leib.

Wer hatte sie niedergeschlagen, wenn Kiran nicht der Schuldige war?

Sie kniff erneut die Augen zusammen, in der Hoffnung, dass der Täter sie gehen lassen würde, wenn sie ihn nicht sah.

»Phil, du musst damit aufhören«, krächzte Kiran.

»Einen Scheiß muss ich, ich werde das tun, was richtig ist. Ich hatte einen Plan und den hast du mir versaut. Und dann noch diese Krankenschwester, jetzt muss ich auch euch töten.«

Phil? Die Stimme kenne ich doch. Tessa machte die Augen auf und sah in das wutverzerrte Gesicht des netten Technikers Herrn Brieger. Sie schüttelte fassungslos den Kopf.

Er war in den letzten Tagen stets da gewesen, wenn man ihn gebraucht hatte. Natürlich war er das gewesen, er hatte sicherlich sein Werk sehen wollen. Phil Brieger kam überall ohne Probleme ran, an die Sauerstoffanlage, an die Geräte, die er wartete, an die Rollstühle. Er hatte Ahnung von all dem.

»Du meine Güte, der Techniker hat das alles getan«, wiederholte sie mehr zu sich selbst, so als würde sie es laut ausgesprochen besser verstehen.

»Es tut mir leid, dass du mit hineingezogen wurdest«, erwiderte Kiran, der seinen Blick nicht von Herrn Brieger nahm.

Dieser lief um den OP-Tisch herum und betrachtete Dr. Hart.

»Bist du okay?«, fragte Kiran sie und sah sie an.

»Ja.« Tessa schüttelte den Kopf, weil sie immer noch nicht glauben konnte, wie sich die Situation plötzlich verändert hatte. »Ich habe gedacht, dass du der Täter bist. Es gab ein paar Dinge, die mich stutzig gemacht hatten. Zum Beispiel, dass der Mann gar nicht hätte im Rollstuhl sitzen dürfen. Deine Erklärung dafür war ganz anders als die der Krankenschwester von der Station, von der du den Patienten abgeholt hast. Ich habe wirklich an dir gezweifelt. Als du mir am Labor entgegengerannt bist, war ich sicher, dass du das Monster bist und den Patienten mit Absicht von der Rampe rollen lassen hast.« Sie hatte Tränen in den Augen.

»So was würde ich niemals tun. Ich bin Pfleger, weil ich den Beruf liebe, ich töte keine Menschen. Mir hat niemand gesagt, dass ich den Patienten im Bett transportieren soll. Ich habe ihn deshalb in den Stuhl gesetzt. Es war sehr chaotisch auf der Station.«

Tessa wollte ihm gern glauben, doch sie war sich sicher, dass Kiran im Flur jemanden angegriffen hatte. »Aber ich habe gesehen, wie du vorhin jemanden gegen die Wand geschubst hast. Warum bist du auf mich zugestürmt, als du mich am Labor entdeckt hast?«

»Ich wollte dich vor Phil retten. Mir war klar, dass er auch dich angreifen würde, wenn du ihn siehst. Ich habe ihn erwischt, wie er Dr. Hart hierhergebracht und auf den Tisch geschnallt hat. Es war Zufall, dass ich durch diesen Flur gelaufen bin. Ich wollte nur kurz durchatmen, weil mir innerhalb kürzester Zeit zwei Patienten gestorben sind. Das war mir zu viel. Da habe ich ein Geräusch gehört und nachgesehen. Ich wollte ihn aufhalten, habe ihn zu packen bekommen. Wir haben uns geprügelt und ich hatte die Oberhand. Was du gesehen hast, war der Moment, als ich ihn aus dem Saal hier schmeißen wollte, um Hart zu retten. Dann war ich jedoch durch dich abgelenkt und Phil konnte entkommen. Ich wollte verhindern, dass er dich erwischt, und bin an ihm vorbeigerannt. Mein Ziel war es, dich ins Labor zu schubsen, damit du sicher bist, aber du bist hingefallen. Als ich dir aufhelfen wollte, hat Phil mir eins übergebraten.«

Tessa zitterte »Und dann mir.« Sie schaute Phil Brieger an. »Warum tun Sie das?«, wisperte sie.

Der Techniker starrte sie an. »Frag den Samariter Kiran, er kann es dir erzählen. Schade, dass ich dich nun auch töten muss, ich fand dich sehr nett. Doch ich lasse mich von niemandem aufhalten.« Er packte Kiran und fesselte ihn neben Tessa an das Rohr. »Zuerst erledige ich aber Dr. Hart.« Er ging zu dem Arzt und boxte ihn in die Magengrube.

Dr. Hart stöhnte auf.

Phil Brieger riss ihm das Klebeband von dem Mund.

»Wer sind Sie Sadist?«, plärrte der Arzt direkt los und erhielt sofort den nächsten Schlag.

»An Ihrer Stelle wäre ich schön ruhig, Sie Gott in Weiß. Sie sind so mit sich selbst beschäftigt, dass Sie in zehn Jahren nicht einmal bemerkt haben, wer ich bin.« Phil Brieger schaute Kiran an. »Es enttäuscht mich sehr, dass auch du mich nicht erkannt hast, Kiran, obwohl wir so gute Freunde waren.« Phil Brieger ging aus Tessas Sichtfeld.

Sie verstand die Zusammenhänge nicht. »Wer ist das?«, fragte sie Kiran.

»Er war vor zwanzig Jahren hier Patient. Phil Grüner, ein fünfzehnjähriger Teenager. Im OP war Hart besoffen und hat viele Fehler gemacht, was den Traum des Jungen zerstört hat.«

Phil Brieger kam mit einem Stativ wieder. Er baute es auf, spannte das Handy hinein und bereitete irgendwas vor.

»Sie sind dieser Phil Grüner?«, fragte Dr. Hart mit leicht wackliger Stimme.

»Damit haben Sie nicht gerechnet, was? Kiran hat mir drei Jahre nach dem Vorfall gebeichtet, was damals im OP passiert ist. Dafür werden Sie heute geradestehen.«

»Alles, was dieser Pfleger erzählt hat, entspricht nicht der Wahrheit. Das hat er sich ausgedacht, weil er nicht zu seinem Fehler stehen wollte. Aber so schlimm hat es Sie nicht getroffen. Sehen Sie sich an, aus Ihnen ist ein starker Mann geworden.«

Phil Brieger arbeitete unbeirrt an seinem Vorhaben, was auch immer es war. »Wegen Ihnen musste ich meine Volleyballkarriere aufgeben. Für mich war das schlimm.«

Tessa bekam Gänsehaut bei der Geschichte, doch vielmehr noch von der gruseligen Entschlossenheit des Täters. Sie wollte mehr erfahren, um einen Weg zu finden, sich aus dieser Situation zu befreien. »Du hast ihn nicht erkannt?«, flüsterte sie Kiran zu.

»Nein, ich habe ihn das letzte Mal 2005 gesehen, als ich ihm von dem Pfusch im OP erzählt habe. Seitdem hat er sich stark verändert. Früher war er ein sehr schmaler Junge, hatte blondes Haar. Jetzt ist er ein muskulöser Mann mit dunkelbraunem, lockigem Haar. Die Brille hatte er damals auch nicht. Eventuell hätte ich ihn am

Namen erkannt, aber er hat geheiratet und den seiner Frau angenommen. Er hat sich nie mit Phil vorgestellt.«

»Die Brille habe ich dank eurer misslungenen OP gebraucht.«

Auch wenn Tessa wirklich Angst vor dem Mann hatte, konnte sie seinen Hass auf Dr. Hart und Kiran etwas verstehen.

»Leider hast du damals nach der Operation vergessen, mich sofort über die Wahrheit zu informieren, Kiran, obwohl ich dir vertraut habe.« In Phil Briegers Stimme schwang eine gefährliche Wut mit, die deutlich machte, dass Dr. Hart, Kiran und sie nicht lebend aus diesem Keller kamen.

»Du hast über diese Vorfälle geschwiegen?«, fragte Tessa fassungslos.

Kiran seufzte. »Ich hatte damals kaum Geld und eine schwangere Freundin, die mich angefleht hat, nichts zu erzählen, damit ich meinen Job nicht verliere. Dann kam die Degradierung, weil Hart Schiss hatte, dass ich auspacke, und der Werner Lügen über mich erzählt hat. Ich habe mir geschworen, es ihnen heimzuzahlen. Deshalb habe ich die Herabwürdigung in Kauf genommen. Ich hatte mir sogar schon einen Plan überlegt, wie ich ihren Ruf ruiniere. Danach wäre ich in eine andere Klinik gewechselt. Aber irgendwann wurde mir klar, dass es in den meisten Häusern nicht anders läuft. Überall gibt es solche Typen wie Hart. Frau Werner hat mir eine Stelle als Pfleger zurückgegeben, nachdem ich mich ruhiger verhalten habe. Da habe ich mit meinen Rachegedanken abgeschlossen. Ich bin Vater geworden, habe geheiratet und wollte mich nicht mehr quälen. Aber ich hatte mir vorgenommen, es Phils Familie zu sagen. Meine Chance dafür sah ich drei Jahre nach Phils Operation, als Hart von einem Patienten angezeigt wurde. Ich hoffte, dass Phils Familie ihn ebenso anzeigt, damit die Gerichte gleich mehrere Klagen hatten. Dann hätte Hart endlich seine Konsequenzen erhalten.«

»Einen Scheiß hat er. Wir hatten gar keine Chance, weil sich nichts mehr nachweisen ließ. Die Richterin hat gefragt, warum wir erst so spät Anklage erhoben haben, als hätten wir irgendetwas dafürgekonnt. Aus Mangel an Beweisen wurde nie ein Prozess angestoßen. Dieser Typ kam mit seinem Verhalten durch. Also muss ich die Gerechtigkeit in die Hand nehmen, dieses Mal kriegst du deine gerechte Strafe.« Die letzten Worte waren wie giftige Pfeile aus Phil Brieger geschossen. Wütend schaute er Kiran an. »Du trägst genauso Schuld. Drei Jahre hast du geschwiegen«, brüllte er und schlug ihm ins Gesicht. »Du hast mich und meine Mutter angelogen, einen auf Freund gemacht, mich ständig besucht. Nicht weil ich dich interessiert habe, sondern weil du ein schlechtes Gewissen hattest.«

»Das stimmt nicht. Wenn du mir egal gewesen wärst, hätte ich es vielleicht sogar eher gesagt. Aber ich war so glücklich, dass du dich damit abgefunden hattest, kein Volleyball mehr in der Profiliga zu spielen. Du hast nach wochenlangem Kampf wieder gelacht. Das wollte ich dir nicht nehmen.«

Tessa konnte dazu überhaupt nichts sagen, weil sie zu schockiert war. Sie wollte in diesem Moment sich selbst retten und das mit dem Aufbauen einer Nähe versuchen. »Bitte lassen Sie mich gehen, Herr Brieger, ich kann für Ihr schweres Schicksal doch nichts. Es tut mir leid, was Ihnen passiert ist, ich verstehe sogar Ihren Hass. Sie müssen trotzdem damit aufhören. Es sind schon zu viele Menschen gestorben.«

»Du gehörst zu diesen Möchtegern-Göttern. Ihr riskiert mit eurer Unvorsichtigkeit und eurem Nichtkönnen Menschenleben. Ist nicht wegen dir heute Michelle gestorben, weil du dich immer nur auf die Geräte verlässt?«

Sie versuchte erst gar nicht, sich zu erklären.

Dieser Mann war in seiner Wut und dem Wahn, sich zu rächen, gefangen. Ihn vom Gegenteil überzeugen zu wollen, würde überhaupt nichts bringen. Er drückte auf das Handy und stellte sich davor. »Ich bin Phil Brieger. Mein Leben wurde versaut, weil dieser Arzt gepfuscht hat.« Er zeigte auf Dr. Hart. »Heute wird er deshalb büßen. Ich zeige ihm, wie es ist, auf einem OP-Tisch Angst zu haben. Die hatte ich, als ich nicht wusste, ob ich je wieder laufen oder meinen Arm richtig nutzen würde.« Er ging in die Ecke und kam mit einem Defibrillator zurück. »Heute werde ich auch eine OP verpfuschen. Doch zuerst bringen wir sein Herz ein bisschen außer Takt.«

Tessa riss die Augen auf. »Tun Sie das nicht.«

Doch Phil Brieger klebte die Paddles auf Harts Brust, lud den Defibrillator und gab einen Schock ab.

Dr. Hart zuckte heftig und schrie.

»Oh, Mist, hat nicht geklappt. Probieren wir es mit einer stärkeren Einstellung.« Er drehte das Rädchen, mit dem man auswählte, wie viel Joule man lud, und löste einen weiteren Stromstoß aus. Das wiederholte er ein paarmal, bis Dr. Hart bewusstlos war.

»Phil, bitte hör auf!«, flehte Kiran.

»Halt deinen Mund, um dich kümmere ich mich nachher.« Er nahm einen Eimer Wasser und kippte ihn über Dr. Hart.

Dieser stöhnte auf. »Lassen Sie das. Ich gebe alles zu«, sagte er ziemlich leise.

»Zu spät, lieber Herr Doktor.« Phil Brieger steckte ihm etwas in den After.

Tessa kniff die Augen zusammen, als ein lauter schmerzerfüllter Schrei aus Dr. Harts Kehle entwich.

»Ups, Verzeihung, das war wohl ein bisschen zu tief. So ein Darmrohr ist verdammt unangenehm, oder? Ich kenne das Gefühl, so hilflos zu sein und nicht mal selbstständig kacken zu können.«

»Phil, bitte komm zur Vernunft.« Kirans Körper bebte. »Du machst dich damit unglücklich.«

Doch Phil Brieger holte ein Skalpell von dem Tischchen, das er vorbereitet hatte. Er stellte sich wieder vor den Arzt und zog die Klinge vom Brustkorb der Länge nach hinunter.

Der Arzt schrie erneut auf, sodass Tessa ein eiskalter Schauer über den Rücken lief. Er musste unvorstellbare Schmerzen haben.

»Sehen wir mal, ob Ihre Organe gesund sind.« Phil Brieger setzte einen weiteren Schnitt. »Ich vermute, dass Ihre Leber durch die Sauferei ziemlich geschädigt ist. Eigentlich habe ich keine Ahnung von dem hier, doch ich kann versuchen, Sie zu retten. Vielleicht geht es aber auch schief und ich versaue damit Ihr Leben.«

Dr. Hart winselte nur.

Phil Brieger steckte seine Hände in den offenen Bauch und wühlte darin herum. »Ich kann die Leber nicht finden. Wo ist sie denn nur?«

»Hilfe!«, schrie Kiran plötzlich. »Wir sind hier!«

Phil Brieger stürzte auf ihn zu, holte aus. Das blutige Skalpell ratschte einmal quer durch Kirans Gesicht.

»Ahhhh.« Kirans rechtes Auge saß nicht mehr in der Augenhöhle.

Tessa starrte ihn entsetzt an. Sie würgte.

»Du Arschloch hast mitgemacht und dafür gesorgt, dass Hart mit seinen Machenschaften durchkam«, schrie Phil Brieger. Er zog Kiran das Skalpell über den Hals.

Tessa schrie auf.

Aus Kirans Kehle gurgelte es.

»Oh mein Gott, bitte nicht«, wimmerte Tessa, was sich in ihren Ohren nicht real anhörte.

Kiran kippte zur Seite, den Blick des intakten Auges noch immer auf Phil gerichtet, der ihn voller Abscheu anstarrte.

»Das war nicht geplant, aber du hast mich richtig wütend gemacht«, flüsterte Phil Brieger Kiran zu.

Dieser krächzte etwas Unverständliches, ehe er sein heiles Auge schloss.

Tessa weinte, zitterte, riss an ihren Fesseln, schrie.

»Halt die Schnauze«, brüllte Phil Brieger sie an. »Ich kümmere mich jetzt um Hart, dann um dich. Versprochen, es wird kurz und schmerzlos, denn auf dich hege ich keinen Groll.« Er ging zu Dr. Hart. »Ich muss ihn von seinem schwarzen Herz befreien.«

Auf einmal ertönte ein ohrenbetäubender Knall, als die Tür mit voller Wucht aufbrach. Das metallische Quietschen der Angeln schnitt durch die angespannte Stille des Raumes, gefolgt von einem dumpfen Krachen. Die Tür war gegen die Wand geschlagen.

Tessas Herz machte kurz einen Aussetzer, schlug dann in rasendem Tempo weiter. Sie erkannte Kommissar Schweißer und sackte in sich zusammen. Als sie auf Kiran schaute, kam ihr nur ein einziger Gedanke: *Für ihn kommt die Kripo zu spät.*

27

Mit aller Kraft hatte einer der Männer des Sonderein-satzkommandos den Bock gegen die Tür des Raumes gerammt, aus dem Marcel die Schreie gehört hatte.

Die Beamten stürmten hinein.

Marcel war sprachlos darüber, wen er da vor sich hatte.

Es war der Techniker Herr Brieger. Den hatten sie überhaupt nicht auf dem Schirm gehabt.

»Nehmen Sie die Hände hoch und lassen Sie die Waffe fallen«, schrie Konrad.

Doch der Mann reagierte nicht. Wie im Wahn wühlte er im Bauchraum des Arztes herum.

»Nehmen Sie die Hände hoch«, wiederholte Konrad laut. Die Waffe hatte er auf den Mann gerichtet so wie acht andere Kollegen.

Marcel tastete sich Fuß für Fuß schleichend an Phil Brieger heran und scannte dabei mit dem Blick die Umgebung.

An der Wand saß Schwester Tessa mit panisch aufgeris-senen Augen, daneben lag Pfleger Kiran blutüberströmt.

Dr. Hart war auf einem Tisch gefesselt, sein Bauchraum war offen und Marcel sah die Organe darin.

Er hatte Mühe, nicht zu würgen.

Der Techniker schien in einem Rausch zu sein, weshalb er das Kripoteam nicht bemerkte.

Marcel packte seinen rechten Arm, verdrehte ihn nach hinten, sodass der Mann aufschrie. Schnell nahm er sich den anderen.

Kollegen stürmten auf Brieger zu, rissen ihn zu Boden, nahmen ihm das Skalpell ab und sicherten ihn.

Marcel tastete den Puls des Arztes, doch es war keiner mehr spürbar. Sein Leben hing wörtlich aus seinem Leib.

Marcel ging zu Konrad, der gerade die Krankenschwester befreite. Er nahm seinen Kollegen danach beiseite.

»Kiran Köthe ist tot«, sagte Konrad.

»Hart auch«, erwiderte Marcel. Er nahm die Krankenschwester am Arm und führte sie aus dem Raum. Draußen übergab er sie den Sanitätern, die mit etwas Abstand gewartet hatten. »Sie steht unter Schock. Wir haben noch zwei Tote in dem Keller. Ich brauche einen Notarzt. Es ist sicher dort drin.«

Ein Arzt kam mit einem Koffer auf ihn zu.

Marcel brachte ihn zu den Leichen, damit der den Tod bestätigte und sie diese schnell von der Kriminaltechnik untersuchen lassen konnten. Dann ging er zu Brieger, der von Mareike und Stefan festgehalten wurde.

»Sie haben mein Werk zerstört. Die Welt sollte sehen, dass dieser Arzt ein Pfuscher ist und dass dieses

Krankenhaus Patienten nicht ordentlich versorgt.« Er schaute zu dem OP-Tisch.

Marcel drehte sich um und sah, dass dort ein Handy aufgebaut war. *Bitte lass es nicht das sein, was ich denke.* Er ging hin und hatte kurz darauf seine Bestätigung.

Das, was in diesem Raum geschah, wurde live gestreamt.

Schnell drückte er auf den Ausknopf.

Dieses Video würde noch sehr hohe Wellen schlagen, schon in diesem Moment würde es sich hundertfach im Netz verbreiten.

Marcel rief im Präsidium an und bat die Kollegen, sich darum zu kümmern, dass es schnellstmöglich aus dem Internet entfernt wurde. Danach konzentrierte er sich auf den Täter, um herauszufinden, ob die Gefahr für das Krankenhaus vorüber war. »Herr Brieger, haben Sie all die Sabotagen und Tötungsdelikte allein durchgeführt?«

»Natürlich.«

Marcel nickte Mareike zu, damit sie der Klinikleitung Entwarnung gab und die Stationen aufatmen konnten.

»Warum haben Sie das getan?«, fragte Marcel.

Der Techniker erzählte von seinem Aufenthalt vor zwanzig Jahren in diesem Krankenhaus und dem Grund für die Manipulationen. »Ich habe durch diese Aktion ganz vielen Menschen das Leben gerettet, ehe sie sich in diesem Haus behandeln lassen.«

Marcel hatte bei der Aussage des Täters geschluckt. »Sie haben so viele Menschen getötet, um den Ruf der Klinikleiterin zu zerstören?«

»Diese Kuh ist hoffentlich ein für alle Mal ihren Job los. Sie hat auf dem Posten nichts zu suchen, weil sie die Fehler, die bei meiner Operation gemacht wurden, einfach vertuscht hat.«

»Das wird sicher ein Nachspiel für die Leiterin haben«, erwiderte Marcel. »Trotzdem rechtfertigt es nicht, was Sie den Patienten angetan haben. Sie haben unschuldige Menschen für Ihre Rachepläne ausgenutzt. Kinder sind gestorben.« Marcel musste sich zügeln, damit er nicht seine private Meinung zuließ.

»Natürlich tut es mir sehr leid für die Opfer. Aber ich wollte dem Klinikum richtig wehtun. Das Vertrauen der Menschen in diese Klinik muss zerstört sein, sodass niemand mehr in dieses Pfuscherhaus kommt. Dafür habe ich diese Opfer in Kauf genommen. Sie sind als Helden gestorben, während ich aufgedeckt habe, dass diese Klinik der Horror ist.«

Marcel wusste, dass jegliche Diskussion mit dem Mann unnütz war.

Seit Jahren war dieser gefangen in seiner Wut, hatte geplant, sich zu rächen, und war überzeugt davon, dass er recht hatte.

Trotzdem wollte Marcel weitere Antworten, denn bei der Befragung auf dem Präsidium würde er nicht mehr dabei sein, da er sich dann nur noch um Kim und Marlene kümmern wollte. »Sie sind seit zehn Jahren hier in der Klinik tätig. Warum haben Sie so lange mit Ihrer Rache gewartet?«

»Weil ich mich ausreichend einarbeiten musste. Ich habe IT-Kurse besucht und an Sicherheitskonferenzen teilgenommen, um herauszufinden, wie ich mich in das Netzwerk der Klinik einhacken kann. Außerdem war es notwendig, mir die Abläufe einzuprägen und zu wissen, wann ich wie an die Apothekenbestellungen komme. Das mangelnde Sicherheitskonzept der Klinik hat es mir leicht gemacht. Ich habe mir die Schlüssel von den Stationen für die Medizinboxen kopiert. Dafür musste ich mich auf den Stationen einschleimen, damit ich an die Schränke kam, wo die Schlüssel aufbewahrt wurden. Es war wichtig, dass ich die ganzen Geräte in- und auswendig kenne, um die Funktionen und Bedienungen zu verstehen. Der Plan musste perfekt sein, damit niemand auf mich stieß. Das hat so lange gedauert. Und nun war endlich die Zeit gekommen, dass ich mich rächen konnte.«

»Drei von Hunderten Mitarbeitern, die Ihre Angelegenheit vertuscht haben. Der Rest konnte nichts dafür. Schon gar nicht unschuldige Patienten. Sie hätten einfach an die Öffentlichkeit gehen sollen. Es hätte genügend Wind gegeben, um dem Haus zu schaden. Ich verstehe, dass Sie wütend sind, aber nicht, dass Sie meine Nichte in einen kritischen Zustand gebracht und meinen besten Freund getötet haben. Das war der falsche Weg und dafür werden Sie bezahlen. Ihre Aktion hat Ihnen nichts gebracht, außer dass Sie Ihrer Mutter und vielleicht auch Ihrer Frau den schlimmsten Kummer bereiten.«

»Die haben damit nichts zu tun, lassen Sie die aus dem Spiel.«

Ob das wirklich der Fall war, mussten die Ermittler noch herausfinden. Vielleicht hatte doch einer der beiden von dem Plan gewusst. Doch damit sollten sich Marcels Kollegen beschäftigen.

Er war nur noch müde, sehnte sich nach Kim und wollte ihr sagen, dass sie aufatmen konnte, weil Marlene nicht mehr in Gefahr war. »Schafft ihr den Rest allein?«, fragte er Konrad.

»Natürlich, geh zu deiner Familie und melde dich, wenn wir etwas tun können.«

»Danke.« Marcel verließ den Keller.

Vor der Tür stand Frau Werner, die mit weit aufgerissenen Augen zu dem toten Dr. Hart starrte, der auf einer Pritsche hinausgetragen wurde.

Ihr offensichtlicher Schock machte Marcel wütend. Er ging zu ihr. »Sehen Sie, was Sie da angerichtet haben? Sie haben Dr. Hart immer wieder beschützt, weil Sie eine Affäre mit ihm hatten, richtig?«

Frau Werner nickte mit einem roten Gesicht. »Ich habe ihn geliebt. Es war falsch ihn zu decken, das weiß ich nun.«

»Er ist mit seinen Taten durchgekommen, weil Sie verliebt waren. Sie haben sogar das Leben eines Pflegers zerstört, nur damit Hart keine Konsequenzen tragen musste. Hätten Sie uns gleich zu Anfang die Wahrheit gesagt, hätten wir viele Menschenleben retten können. Aber Sie haben lieber geschwiegen, so hatten wir keine Chance, auf Herrn Brieger zu kommen.«

Frau Werner wischte sich eine Träne ab. »Es tut mir leid. Ich wollte das nicht.«

»Ihre Entschuldigung kann die Opfer nicht zurückholen. Sie werden ebenfalls dafür geradestehen müssen.«

Marcel lief weiter, weil er keine Lust mehr hatte, etwas aus dem Mund der Leiterin zu hören.

Im Flur saß Schwester Tessa auf einer Liege und war an einer Infusion angeschlossen.

Ein Sanitäter stand neben ihr und sprach auf sie ein.

Marcel stellte sich zu ihr. »Wie geht es Ihnen?«

Ihr Kinn zitterte und sie presste die Lippen zusammen. »Ich bin soweit okay und einfach nur froh, dass der Albtraum vorbei ist. Ob ich jemals noch einmal hier arbeiten kann, weiß ich nicht.«

»Das verstehe ich. Sie werden lange Zeit brauchen, das zu verdauen. Aber Sie werden wieder heilen. Das Haus braucht so gutes Personal wie Sie.«

Die Krankenschwester rang sich ein kleines Lächeln ab. »Danke. Ich hoffe, dass Ihre Nichte jetzt schnell gesund wird.«

»Das hoffe ich auch. Sind Sie später noch einmal auf Station? Ich denke, Kim wird sich freuen, wenn Marlenes Lieblingsschwester in einem Stück zurückkommt.« Er lächelte sie an, auch wenn er kaum Kraft dazu hatte.

Sie schmunzelte zurück, doch auch bei ihr sah es mühevoll aus.

28

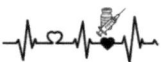

Marcel stand im Gemeindehaus etwas abseits der ganzen Menschenmenge und beobachtete, wie Marlene durch den Raum fegte. Seine Gefühle waren in den letzten Tagen ein stetiges Auf und Ab gewesen. Sie wechselten zwischen Freude und Trauer, Glück und Leid, Erleichterung und Trübsal. Es war die schlimmste Zeit, die er je durchgemacht hatte.

Nachdem sie Phil Brieger festgenommen hatten und das Krankenhaus für die Patienten wieder sicher gewesen war, hatten Kim und er entschieden, dass sie Marlene dort belassen würden. Ihr Zustand war für eine Verlegung viel zu schlecht gewesen. Sie hatten noch zwei lange Tage um das Leben der Kleinen kämpfen müssen. Es war sogar ein weiteres Mal so gefährlich knapp geworden, dass Marcel gedacht hatte, Marlene könnte es nicht schaffen. Dann hatte sich ihr Zustand aber endlich verbessert. Die Antibiose hatte angeschlagen und einen Tag danach hatten sie sie extubiert.

Marlene konnte selbstständig atmen und wurde kräftiger. Zwei Wochen später hatten sie ihr Geschenk Gottes kerngesund mit nach Hause genommen.

Nun rannte Marlene bei Karls Beerdigung fröhlich jauchzend zwischen all den Menschen hindurch, die gekommen waren, um sich von ihm zu verabschieden. Sie nahm weinende Gäste in die Arme und zauberte jedem ein Lächeln ins Gesicht, obwohl die Trauer um Karl Hohlbein den Raum erfüllte.

Marcel betrachtete das große Bild seines Freundes.

Karl schaute darauf genauso mürrisch drein, wie er sich immer gegeben hatte. Doch Marcel wusste, dass er tief in seinem Inneren ein weiches Herz gehabt hatte. Man hatte sich immer auf ihn verlassen können.

Die Worte des OP-Pflegers kamen Marcel wieder in den Sinn: *Als ich ihn für den Eingriff vorbereitet habe, hat er mir aufgetragen, dass ich Ihnen etwas ausrichten soll, für den Fall, dass er es nicht überlebt. Herr Hohlbein verbittet sich Tränen. Er freut sich, bei seiner Frau zu sein, und wird Suse einen Gruß ausrichten. Er will ihr erzählen, dass sie nun zu einem lammfrommen Mann geworden sind, der ein Mädchen liebt, das er nie mehr loslässt. Und ich soll Ihnen ausrichten, dass Sie ein mieser Skatspieler sind.*

Marcel lachte leise auf. »Du kleiner Wichtigtuer, ich habe dich immer abgezockt«, flüsterte er vor sich hin. Er stellte sich bildlich vor, wie Karl und Suse ihn von einer Bank dort oben dabei beobachteten, wie er sich eine Träne aus den Augen wischte. Vielleicht redeten die beiden lachend darüber, dass Marcel, der sich nie gebunden hatte, nun ein Kind großzog und eine Frau abgöttisch liebte.

»Alles in Ordnung, Schatz?« Kim nahm seine Hand.

Marcel schmunzelte. »Ja, ich stelle mir nur gerade vor, wie Suse und Karl sich da oben über mich unterhalten.« So schön die Vorstellung war, so sehr bohrte sie ihm einen Stich ins Herz. Zwei Menschen, die er sehr geschätzt hatte, waren tot. Das war kaum zu ertragen.

»Karl wird glücklich sein, denn er sieht, wie seine kleine Ausleih-Enkeltochter gesund und munter herumtobt. Nichts anderes hätte er sich gewünscht.« Kim trocknete sich eine Träne, die ihr über die gerötete Wange gekullert war.

»Es fühlt sich zermürbend an. Auf der einen Seite bin ich so froh, dass Marlene es geschafft hat, und auf der anderen so voller Trauer, weil er dieses Attentat nicht überlebt hat. Das hat er nicht verdient.«

Kim schüttelte den Kopf. »In keiner Weise. Es ist unfair.«

Eine ältere Dame kam mit Gehstock auf Marcel zu. Sie reichte ihm die Hand. »Ich möchte mich bei Ihnen bedanken. Die Beerdigung war wunderschön.«

Marcel freute sich über das Lob und hoffte, dass auch Karl das so sehen würde. »Sie sind Doreen, Karls Cousine. Er hat mir sehr viel von ihnen erzählt.«

Die Frau winkte ab. »Bestimmt nur, dass wir als Kinder viel Mist gebaut haben.« Ihr Gesichtsausdruck wechselte zu einer ernsten Miene. »Karl hat auch viel von Ihnen gesprochen. Zwar hat er wahrscheinlich nicht damit gerechnet, dass es so schnell kommt, doch wir haben uns vor einiger Zeit über den Tod unterhalten. Karl wusste, was er Ihnen bedeutet. Er hat Sie sehr geschätzt. Mag sein, dass er immer unnahbar war, aber nach dem Tod seiner geliebten Frau haben Sie ihm das Leben erleichtert. Er wird Sie niemals vergessen.« Sie kam nah an ihn heran. »Er hoffte sehr, dass Sie Ihre Kim nicht vertreiben. Sie müssen sie unbedingt festhalten. Sie ist die Richtige für Sie. Wenn Sie es verbocken, wird er Sie mit Blitzschlägen bestrafen.«

Marcel lachte, konnte aber seine Tränen nicht aufhalten. »Er hatte immer mit allem recht.«

Doreen nickte mit einem verschwörerischen Gesichtsausdruck. »Dann wissen Sie ja, was Sie demnächst zu tun haben.«

Marcel ging zu Kim, nahm sie in die Arme und drückte sie fest an seine Brust. »So schlimm die letzten Tage für uns waren, so sicher ist, dass wir zusammengehören. Wir haben in unserer größten Angst, in Trauer und in dunkelster Stunde einander unterstützt. Ich werde alles dafür tun, dass wir beide lange glücklich sind. Ich möchte mein Leben mit dir verbringen.«

Kim drückte sich von ihm weg und schaute ihn eindringlich an. »Ist das ein Heiratsantrag?« Sie riss die Augen auf. »Auf einer Beerdigung?«

»Nein, um Himmels willen, ich stehle Karl heute nicht die Show. Aber du weißt jetzt, dass ich dich nie mehr loslasse.« Marcel war sich dessen noch nie so bewusst wie in diesem Moment gewesen.

Kim schmiegte sich lächelnd an ihn. »Damit bin ich einverstanden.«

Marlene kam auf die beiden zugelaufen.

Marcel nahm sie in die Arme. »Na, mein tapferes Mädchen? Hast du allen ein Lächeln auf die Lippen gezaubert?«

Marlene nickte und zeigte auf Karls Foto. »Onkel Karl ist lieb.«

Ein Thrillerteam mit Klinik-Vibes

Operation: Thriller- ein Dank an mein Team.

Die Chefärztin der Worte, die die Operation Thriller geleitet hat, ist *Luise Deckert*. Sie hat mit einem scharfen Skalpell und Lupe alle Krankheiten beseitigt und den Thriller zum Leben gebracht. Mit ihren Nerven aus Stahl hat sie operiert, um Sätze zu straffen, sie hat die Logikfehler aufgeschnitten und an den richtigen Enden wieder genäht. All das tat sie mit chirurgischer Präzision. Der Patient lebt!

Mithilfe hatte sie von *Diana Alchanow*, die mit Lupe nach jedem Komma-Fall gesucht hat. Sie heilte die Tippfehler, wie ein Arzt es mit jeder Wunde tut. Bis auch der letzte Satz perfekt war. Jede Ungenauigkeit wurde chirurgisch entfernt. Der Patient lebt!

Steffy, das Ermittlergenie war mit von Partie, sie brachte dem Thriller den Realismus. Sie hat die Wunden genaustens inspiziert und sie mit Pflastern beklebt. Somit hat sie dem Thriller den Puls erhöht. Der Patient lebt!

Steffi Haustein, Carmen Heiser, Viviane Grosbusch, Beate Werum, Daniela Betram, Alexandra Behr und *Bernd Kroll,* all diese Operationshelferlein sind meine Testleser-Crew, die keine Fehler übersehen. Ihre Augen sind wie Röntgen, sie entdeckten viel und halfen an der Spannung und am Stil zu feilen. Die Nachsorge war gewährleistet. Der Patient lebt!

Chris Gilcher hat die Schönheits-OP übernommen und das Cover entworfen. Am EKG zeigt sich, dass es Herzen höher schlagen lässt, ein Werk, das Lesende anlockt. Der Patient lebt!

Susanne Stelter-Walter ist immer verantwortlich für die Folgetermine in der Webseiten-Klinik. Stets ist Patient Thriller gut beraten, Dank ihr atmet die Seite *https:// andreareinhardt.de* mit Spannung und Stil. Der Patient lebt!

Für euch *Lesende* habe ich die Nächte geschrieben, weil eure Begeisterung jede Mühe zu Lust macht. Ihr seid der Puls zwischen den Seiten. Ihr seid wie Patienten in diesem Thrillerbetrieb, für die es sich lohnt zu operieren. Euer Feedback überall, macht euch zu Helden. DANKE!

In Klinik-Manier bedanke ich mich bei euch allen- das perfekte Operationsteam *THRILLER! Wir machen Bücher lebendig!*

Weitere Bücher der Autorin

Kommissar Marcel Schweißer

1. Verdorbene Brut
2. Gefährliche Angst
3. Eiskalter Tanz
4. Quälende Vergeltung
5. Schreiender Schmerz
6. Grausamer Hass

Kommissar Mathias Kron

1. Fünf, vier ... gleich sterben wir
2. Neun, zehn ... ich will dich sterben seh'n
3. Sieben, acht ... blutig ist die Winternacht
4. Eins, zwei ... hörst du ihren Schrei

Sonderermittlerin Natalie Bennett-Trilogie

1. Teufelseltern
2. Missetaten
3. Wutschrei

Stand Alone

Gläserne Hölle
Schweigende Seele
Rachefrist
Tiefschwarzer Atem
Die Zeit des Todes
So laut das Schweigen

Leseprobe: So laut das Schweigen

Kapitel 1

04. März 2024

Das kleine Mädchen lag in einem weißen, gespenstisch langen Kleid auf dem Bett. Die blonden Haare klebten an der feuchten Stirn. Ihre Haut war so kalkweiß, dass sie in dem künstlichen Licht des Raumes beinahe unwirklich leuchtete und die Wandfarbe fahl erscheinen ließ. Die Hände und Füße waren mit breiten Schnallen ans Bett gefesselt. Sie wand sich mit aller Kraft, zerrte an den Fesseln, doch jede Bewegung schien ihre Lage nur zu verschlimmern. Die Augen waren voller Entsetzen aufgerissen und starrten panisch an die hohe, rissige Zimmerdecke. »Hilfe«, schrie sie. Die Stimme hatte verzweifelt geklungen und wurde von dem Raum verschluckt.

Ein hochgewachsener Mann mit breiten Schultern trat auf das blonde Mädchen zu und beugte sich über das Bett.

Das Kind schrie noch lauter und kämpfte wild gegen die Fesseln.

Die groben Pranken des Mannes senkten sich unerbittlich zu ihrer Kehle und legten sich fest um ihren Hals.

Das ganze Bett bebte, während die Kleine zitterte, bis sie sich plötzlich nicht mehr bewegte.

Miriam schrak auf, setzte sich auf und blickte sich panisch im Schlafzimmer um. Der Schweiß rann ihr über die Stirn und lief zwischen ihren Brüsten hinunter bis zum Bauchnabel. Ihr Atem ging schnell und ihr Herz raste, als hätte sie gerade einen Marathon hinter sich gebracht.

Miriam kannte diese Reaktion und wusste, wie sie sich beruhigen konnte. Sie schaute an die gegenüberliegende Wand. »Es war nur ein Traum. Ich bin in meinem Schlafzimmer. Da ist mein weißer Kleiderschrank mit den goldenen Verzierungen, die ich so mag. Ich sehe meinen übergroßen Spiegel, meine Büchersammlung, mein schwarzes Rollo.«

Ihr Atem beruhigte sich und auch das Herz schlug nicht mehr so wild, dass es fast aus dem Brustkorb sprang. Miriam wischte sich den Schweiß ab und schaute auf die Uhr.

Es war erst 5:30 Uhr und sie könnte noch mindestens eine Stunde schlafen, doch dazu war sie nun nicht mehr in der Lage. Also entschied sie, vor der Arbeit ein wenig joggen zu gehen, um sich den Kopf frei zu laufen. Sie kroch aus dem Bett und band sich die langen blonden Haare zu einem hohen Dutt. Dann zog sie ihre Sportsachen an, nahm ihr Handy, setzte die Kopfhörer auf und ging in die Küche.

Dort roch es nach altem Fett von den Burgern, die sie und ihre Freundin Josephin am Abend zuvor gebraten hatten.

Sie würgte bei dem Geruch. Schnell riss sie das Fenster auf, trank einen großen Schluck Wasser und verließ das Haus.

»Guten Morgen, Miriam«, begrüßte die nette Nachbarin sie, die jeden Tag in der Früh zur Arbeit aufbrach. »Wieder nicht so gut geschlafen?« Vor einer Weile hatte Miriam der Nachbarin erzählt, dass sie von Albträumen geplagt wurde, als diese sie gefragt hatte, wie sie so diszipliniert morgens zwischen 5 und 6 Uhr joggen gehen konnte.

Miriam lächelte bedauernd. »Ja, leider. Ich renne es mir jetzt von der Seele.«

»Dann wünsche ich dir einen schönen Tag.« Die Nachbarin stieg auf ihr Fahrrad und radelte über die Heinrich-Heine-Straße.

Miriam folgte ihr und bog in die Straße An der Spreewaldbahn ein, die zum Kletterwald Lübben führte. Hinter dem begann ihre übliche Laufstrecke.

Sie liebte die Sommermonate, denn da wurde es so früh hell und sie konnte die Waldrunde vor der Arbeit drehen. Im Winter traute sie sich das nicht, weil sie aus irgendeinem Grund panische Angst im Dunkeln hatte.

Sie startete ihre Musik und ließ sich von ihr tragen. In gemächlichem Tempo rannte sie über den unebenen Waldboden und steigerte sich.

Schon nach einigen Metern brannten ihre Oberschenkel und sie drosselte die Geschwindigkeit. Der Schlafmangel machte ihr zu schaffen, deshalb war sie nicht fit genug für einen Sprint. Obwohl sie langsamer geworden war, raste ihr Herz so stark, dass es in ihren Ohren rauschte. Sie stellte die Musik lauter und zwang sich, ruhig zu atmen.

Nach einigen Metern hörten die Oberschenkel auf zu brennen und ihre Füße bewegten sich fast automatisch über den Boden.

Der dichte Wald bedeutete für Miriam Freiheit fernab von den Geräuschen des Alltags. Die morgendliche Stille umhüllte sie wie ein schwerer Mantel, in dem sie sich vor den bösen Träumen verstecken konnte. Die ersten Sonnenstrahlen brachen durch das Blätterdach und warfen ein wunderschönes Lichtspiel auf den moosbewachsenen Boden. Der Duft von feuchtem Laub und Erde stieg ihr in die Nase, wodurch sie entspannte. Ihr Atem war nun ruhig und ging im Takt mit ihren Schritten.

Warum konnte sie sich nicht immer so frei fühlen? Sie war fünfunddreißig Jahre alt, eine Frau, die mitten im Leben stand, und trotzdem war sie noch nicht angekommen.

Ihr Gedankenkarussell lenkte sie zu sehr von ihrer Runde ab, deshalb konzentrierte sie sich mehr auf den Weg. Als sie einen leichten Anstieg erreichte, spannten sich ihre Muskeln an. Sie erhöhte die Kraftanstrengung, um nicht langsamer zu werden, und drosselte sie wieder, nachdem sie die Steigung überwunden hatte.

Ihre Lungen füllten sich mit der frischen Morgenluft. Das Gefühl der Entspannung breitete sich immer weiter in ihr aus. Doch sie spürte tief in sich noch die Nachwirkungen des Traumes, der sie seit über einem Monat verfolgte.

Diese nächtliche Quälerei hatte nach ihrem Krankenhausaufenthalt vor sieben Wochen begonnen. Sie hatte eine Blinddarmoperation gehabt und in der Nacht hatte es Komplikationen gegeben. Sie erinnerte sich daran, wie ein paar Ärzte und Pfleger auf sie gestürzt waren. Es war Hektik ausgebrochen. Alle hatten an ihr herumgefummelt, bis sie eingeschlafen war. Seitdem plagten diese Träume sie.

Josephin hatte erst am Abend zuvor mit ihr darüber gesprochen und beide waren zu dem Schluss gekommen, dass in Miriam durch den Vorfall in der Klinik unbewusste Erinnerungen wach geworden waren, die sich nun in Form von Träumen einen Weg an die Oberfläche bahnten. An die Zeit in der Psychiatrie und an den Grund, weshalb sie dort gewesen war, konnte sich Miriam nämlich nicht mehr erinnern.

Plötzlich durchzuckte ein eisiger Schauer sie. Ein Bild blitzte vor ihrem inneren Auge auf: das kleine Mädchen, gefesselt und verzweifelt mit weit aufgerissenen Augen voller Panik.

Dann war es wieder weg.

Miriam wurde schwindlig. Sie hielt an, beugte sich nach vorne, stützte sich mit den Händen auf den Oberschenkeln ab und zwang sich, ruhig zu atmen. Es war eine Sache, dass sie fast jede Nacht von diesem mysteriösen Mädchen träumte, aber dass sie es auch im Wachzustand sah, beunruhigte sie.

»Vielleicht gehst du damit mal zu einem Psychologen«, hatte Josephin zu ihr gesagt.

Miriam wollte dringend, dass die Träume aufhörten. Doch ein Psychologe kam nicht infrage. Sie konnte sich nicht richtig erklären, was diese Abneigung verursachte, aber sie fühlte sich nicht wohl dabei, sich vor einem fremden Menschen zu entblößen.

Das Grübeln blockierte sie beim Laufen, sie musste damit aufhören. Sie holte noch einmal tief Luft und setzte sich dann langsam wieder in Bewegung. Doch je weiter sie joggte, desto intensiver kamen die Bilder.

Das Mädchen auf dem Bett, der hochgewachsene Mann mit den beängstigend großen Händen, die sich um den Hals des Kindes schlossen. Die Panik der Kleinen, ihr verzweifelter Kampf gegen die Fesseln - alles schien so real, als wäre es wirklich passiert.

Miriam schüttelte den Kopf, um die Bilder zu vertreiben, aber sie verweilten hartnäckig. Ihre Sorge verwandelte sich in Wut, weil diese Träume ihr Leben zunehmend negativ beeinflussten. Sie schlief kaum noch. Ihr Appetit ließ zu wünschen übrig. Deshalb hatte sie schon acht Kilo verloren, was für ihre ohnehin schlanke Silhouette nicht gerade förderlich war und dafür sorgte, dass sie krank aussah. Weil sie meist wenig Energie hatte, litten auch die sozialen Kontakte. Sie fühlte sich einfach zu schlapp, um sich zu verabreden. In letzter Zeit war nur Josephin zu Besuch gekommen, weil diese nicht der Mensch war, der ständig ausgehen wollte.

Um die Wut und die schrecklichen Bilder loszuwerden, biss sie die Zähne zusammen und sprintete los. Sie übersah fast einen abgebrochenen Ast, der quer über dem Weg lag, konnte jedoch rechtzeitig darüber springen.

Ihr Atem beschleunigte sich, in ihrer Lunge brannte es, sie fühlte sich lebendig. Die Bäume rasten an ihr vorbei. Dann schrie sie all ihre Last heraus.

Vor ihr auf dem Pfad erschien plötzlich das Kind aus ihren Träumen.

Blut breitete sich auf dem weißen Kleid des Mädchens aus. Die rote, zähe Flüssigkeit tropfte vom Bett, lief wie ein Rinnsal den sterilen Boden entlang, so als wollte sie einen Weg weisen.

Miriam stürzte und blieb erschöpft liegen. Das kühle Moos klebte an ihrer Wange. Am liebsten hätte sie die Augen geschlossen, um sich auszuruhen, doch sie hatte Angst vor den Bildern. Mit letzter Kraft hievte sie sich hoch, beendete die Musik und gab auf. Zum Joggen war sie zu geschwächt und zu nervös. Sie drehte um und machte sich auf den Weg nach Hause.

Zurück in der Wohnung duschte sie. Anschließend trank sie einen Smoothie mit Orange, Mango, Banane und Ingwer, damit sie wenigstens etwas im Magen hatte. Dann fuhr sie mit dem Fahrrad zur Arbeit. Ihre Gedanken kreisten um diesen Albtraum, der nun sogar im Wachzustand erschien.

Das Hupen eines Autos ließ sie zusammenzucken. Sie riss den Lenker herum, knallte mit dem Vorderrad gegen den Bordstein und stürzte vom Fahrrad. »Au, verdammt.« Sie hielt sich den Bauch, weil sie mit ihm auf das Gestell gefallen war.

»Passen Sie doch auf. Immer diese unvorsichtigen Fahrradfahrer«, schrie der Autofahrer und raste an ihr vorbei.

»Danke, du Arschloch«, brüllte sie hinterher. Sie schaute an ihren Ellenbogen, weil es dort brannte. Er war aufgeschürft und blutete.

»Sind Sie verletzt?«, fragte eine Dame, die mit ihrem Hund vorbeilief. »Soll ich einen Krankenwagen rufen?«

»Nein, vielen Dank, lieb, dass Sie fragen. Mir geht es gut. Nur eine kleine Schürfwunde.« Miriam stand auf und hob ihr Fahrrad vom Boden.

»Sie müssen achtsamer sein, junges Fräulein«, mahnte die Frau. »Das Auto hätte Sie fast erwischt, Sie sind Schlenker gefahren. Gut, dass Sie wenigstens einen Helm tragen.«

Miriam schaute beschämt nach unten, sie war mal wieder durch die Gedanken zu abgelenkt gewesen. »Sie haben recht, es war meine Schuld. Ich muss mich auf den Verkehr konzentrieren.«

»Der Rowdy hätte Ihnen trotzdem helfen können.« Die Passantin lächelte. »Ich wünsche Ihnen einen schönen Tag.«

Miriam holte tief Luft und radelte weiter, hochkonzentriert auf die Straße. Sie war heilfroh, kurze Zeit später an ihrer Marketingagentur anzukommen.

Als sie die Büroräume betrat, eilte ihre Partnerin, mit der sie die Firma vor fünf Jahren gegründet hatte, auf sie zu. »Miri, wir haben einen richtig dicken Fisch an Land gezogen.« Josephin grinste breit. Ihre Wangen leuchteten rot. »Wir übernehmen für ein bekanntes Unternehmen die komplette Neuausrichtung. Marketingkonzepte, Design, Content und die Betreuung der Onlineshops inklusive dem Online-Marketing.«

Miriam sprang ihrer Freundin um den Hals. »Wow, das ganze Programm. Das ist viel. Warum Neuorientierung?«

»Sie möchten ihr Branding den aktuellen Trends anpassen. Die Geschäfte laufen gut, aber sie wollen ihre Zielgruppen erweitern. Ihre bisherige Marketingagentur kann das nicht umsetzen. Deshalb kommen wir ins Spiel. Das dürfen wir nicht versauen.«

Miriam lächelte. »Werden wir nicht. Sie arbeiten von nun an mit den Besten.« Sie zwinkerte.

Josephin schaute an ihr herunter. »Die Leiterin der besten Agentur sollte aber ordentlicher gekleidet sein. Hast du die Straße geküsst?«

Miriam seufzte. »Ja, ich war unkonzentriert und bin gefallen. Halb so schlimm. Ich habe noch Ersatzkleidung hinten und ziehe mich schnell um.«

»Dasselbe Thema?« Ihre Freundin hob eine Augenbraue.

Miriam zuckte mit den Schultern.

»Bisher waren es nur Träume, aber jetzt sehe ich dieses Kind so, als wäre ich dabei gewesen. Es hängt mit meiner Kindheit zusammen. Vielleicht bin ich das Mädchen damals in der Psychiatrie. Es kommt mir immer so vor, als wäre ich aus meinem Körper getreten und würde von außen beobachten, was mit mir geschieht. Nur glaube ich nicht, dass jemand so was Schreckliches mit mir angestellt hat.«

Josephin verschränkte die Arme, lehnte sich an den Türrahmen und sah Miriam eindringlich an. »Vielleicht spinnt sich dein Gehirn ja etwas zusammen. Schließlich erinnerst du dich nicht mehr bewusst an eine lange Zeit deiner Kindheit und auch nicht an den Aufenthalt in der Psychiatrie. Es könnte sein, dass du etwas erlebt hast, das dir Angst gemacht hat, und dass dir dein Unterbewusstsein nun Brocken hinwirft. Ich habe mal einen Bericht gesehen, in dem erklärt wurde, dass verdrängte Erinnerungen irgendwann an die Oberfläche zurückkommen. Vielleicht könnten deine Träume dadurch entstehen.«

Miriam nickte. »Das ist möglich. Mama und Papa haben mir nur gesagt, dass ich immer traurig war und darum behandelt wurde. Ich habe auch nie wirklich danach gefragt, das sollte ich endlich tun.«

Josephin lächelte. »Das solltest du und ich helfe dir dabei, damit du endlich wieder voll im Leben durchstarten kannst. Ich kann mir ja gar keine bessere Partnerin vorstellen.«

»Ja, ich mir auch nicht. Wer hätte gedacht, dass ich mal eine eigene Agentur mit der besten Freundin leite, die man haben kann?« Miriam sah sich im Büro um.

»Du wärst sicher auch eine gute Ärztin geworden, aber du bist eine großartige Mediengestalterin. Gott sei Dank hattest du hier Verwandtschaft, sonst wärst du irgendwo gelandet, nur nicht bei mir«, sagte Josephin.

Auch Miriam empfand es als glückliche Fügung. Seit sie die Psychiatrie als Kind verlassen hatte, war sie ständig traurig gewesen. Zwar hatte sie die liebevollsten Eltern, damals hatte sie sogar gute Freunde und ihre große Liebe Florian gehabt, aber in ihrem Inneren hatte immer eine Leere geherrscht. Im Medizinstudium, das sie nach dem

Abi angefangen hatte, war ihr Unwohlsein schlimmer geworden. Sie hatte sich mit dieser beruflichen Perspektive nicht wohlgefühlt.

Eigentlich hatte sie nur ein paar Tage zu ihrer Tante in den Spreewald fahren wollen, um sich zu erholen und darüber nachzudenken, was sie statt des Studiums mit ihrem Leben anfangen wollte. Aus Tagen waren Wochen geworden, weil ihre Tante das Geschick hatte, sie aufzumuntern. Sie hatte sich wohler gefühlt. Die dunkle Seite in ihr war zwar noch dagewesen, doch nicht mehr so präsent wie in Koblenz.

Bei einem Fest hatte sie Josephin kennengelernt. Diese hatte ihr voller Begeisterung von der Ausbildung zur Mediengestalterin erzählt, was Miriams Interesse geweckt hatte. Ein paar Wochen später hatte auch sie diese Lehre in Lübben begonnen.

Ihre Eltern waren zwar traurig gewesen, aber sie wollten, dass sie glücklich war. Miriam telefonierte regelmäßig mit ihnen und sie waren auch schon ein paarmal zu Besuch in den Spreewald gekommen.

»Hey.« Josephin gab ihr einen Schubs. »In welchem Traum steckst du gerade?«

Miriam lachte. »Es war ein guter. Ich habe darüber nachgedacht, wie ich hier gelandet bin und wie sehr es mir geholfen hat. Mein Leben war in den letzten Jahren großartig. Deshalb ärgert es mich, dass ich seit Wochen diese quälenden Träume hab.«

»Du warst seit fünfzehn Jahren nicht zu Hause, weil du vor irgendetwas weggelaufen bist. Ganz bestimmt sind dieser Florian und deine Scham nicht die einzigen Gründe, die dich von einer Rückkehr abhalten. Es gibt einen Zusammenhang, den du verdrängst. Was ist, wenn du während deiner Erkrankung ein schlimmes Erlebnis hattest und dein Unterbewusstsein jetzt versucht, es zu verarbeiten? Der Krankenhausaufenthalt hier hat da möglicherweise eine Wunde aufgerissen. Nimm dir ein paar Tage frei, besuch deine Familie und finde heraus, was die Ursache für deine Träume sein könnten.«

Miriam wurde bei der Vorstellung übel. Sie liebte ihre Eltern abgöttisch. Aber der bloße Gedanke an ihre Heimatstadt Koblenz verursachte bei ihr ein schreckliches Gefühl, ohne dass sie es erklären konnte. Sie bekam Schweißausbrüche, ihr Atem ging schneller, ihr Herz raste.

»Alles in Ordnung?« Josephin war vor sie getreten und hatte eine Hand auf ihre Schultern gelegt. »Du bist auf einmal ganz blass.«

»Ich habe Angst, dass diese unendliche Traurigkeit und diese dunklen Momente wiederkommen, sobald ich in Koblenz bin. Das hat mich kaputt gemacht, ich möchte mich nicht noch einmal so fühlen.«

»Das verstehe ich«, sagte Josephin und zog eine mitleidige Miene. »Deine Träume und auch diese Art Flashbacks zeigen dir, dass dein Unterbewusstsein etwas verarbeiten will. Solange du nichts unternimmst, wird das nicht enden.«

»Ich weiß.« Miriam seufzte. »Ich fahre, sobald wir den Großauftrag beendet haben, das habe ich mir fest vorgenommen.«

Josephin schüttelte den Kopf. »Verschwende keine Zeit mehr. Wir haben ein gutes Team, mit dem schaffe ich die erste Phase des Auftrags. Kümmere dich um diese Angelegenheit.«

»Aber …«

Ihre Partnerin stoppte Miriam mit der Hand. »Keine Widerrede, du fährst nach Koblenz. Wir schaffen das hier.«

Miriam war völlig überrumpelt. »Was soll ich denn meinen Eltern sagen, wenn ich nach so vielen Jahren plötzlich wieder vor der Tür stehe?«

»Die Wahrheit. Du willst die Vergangenheit aufarbeiten und dazu brauchst du Unterstützung. Sie können dir dann auch gleich Arztbriefe von deinem Aufenthalt in der Psychiatrie geben.«

Eigentlich war Miriam froh, dass Josephin ihr dieses Angebot machte. Schon länger hatte sie überlegt, für einen Urlaub in die Heimat zu fahren, um den Grund ihres Psychiatrieaufenthaltes zu erfahren. So ein sensibles Thema wollte sie nicht übers Telefon besprechen. »Bist du sicher, dass ich dich hier allein lassen kann?«

»Absolut.« Josephin ging an den Computer. »Ich suche dir für morgen früh eine Zugverbindung heraus. Dann hast du noch Zeit, deine Eltern darauf vorzubereiten, dass du sie besuchst.«

Kapitel 2

05. März 2024

Es war Mittag, als Miriam endlich am Hauptbahnhof in Koblenz ankam. Sie hatte in Berlin sowie in Dortmund umsteigen müssen und war froh, dass die Züge dieses Mal keine Verspätungen gehabt hatten.

Miriam lief vor dem Bahnhofsgebäude auf und ab, um sich warm zu halten. Sie ärgerte sich über Sebastian, weil er noch immer nicht da war. Eigentlich wollte sie ein Taxi nehmen, doch ihr Vater hatte darauf bestanden, dass ihr Bruder sie abholen kam. Seit fünfzehn Minuten wartete sie auf ihn, da hätte sie längst bei ihren Eltern sein können. Sie setzte sich auf einen Pfeiler und schaute erneut auf ihr Handy. Kurz überlegte sie, ob sie Sebastian anrufen sollte, doch sie wusste, dass er dann mit übler Laune auftauchen würde. Wahrscheinlich war er sowieso schon angesäuert, weil ihr Vater ihn dazu zwang, sie abzuholen.

Sie scrollte durch ihre Nachrichten, um die Zeit zu überbrücken. Schon seit sie einen Fuß auf Koblenzer Boden gesetzt hatte, waren Schuld und Scham in sie gekrochen, die sie gegenüber ihren ehemaligen Freunden hegte. Sie hatte sich vorgenommen, sich auch mit ihnen zu treffen, um sich zu entschuldigen. Als Erstes würde sie Florian fragen, ob er Lust hätte, sich mit ihr zu verabreden.

Seine letzte Nachricht vor drei Jahren hatte Miriam nie beantwortet.

Sie seufzte. Es tat ihr mittlerweile so leid, dass sie ihn ohne Vorwarnung zurückgelassen hatte.

Florian war eine der wenigen Personen gewesen, die ihr ein bisschen Freude bereitet hatte, es war nur nicht ausreichend gewesen, um sie von ihrer Traurigkeit zu befreien.

Dass sie sich nie mehr bei ihm gemeldet hatte, plagte ihr Gewissen. Aber sie hatte ihre Vergangenheit komplett hinter sich lassen müssen, um neu anzufangen. Ihre Liebe zu ihm war stark gewesen und sie hätte sich nur gequält, wenn sie die über die Entfernung aufrechterhalten hätte. Außerdem wäre es auch nicht fair ihm gegenüber gewesen, um eine Beziehungspause zu bitten. Er hatte ebenso neu anfangen müssen und das hätte er nicht gekonnt, wenn sie ihn hingehalten hätte.

Miriam verlor den Mut, ihm zu schreiben, und schloss die Nachrichten-App.

Plötzlich tauchten wieder diese Bilder aus dem Traum vor ihrem inneren Auge auf. Das kleine, blonde Mädchen lief aufgebracht in dem Krankenzimmer umher.

Miriam hatte das Gefühl, das Geschehen durch eine Scheibe zu beobachten.

Die Kleine schrie und schlug gegen das Glas. »Hilf mir endlich«, brüllte sie. Noch nie war es so real gewesen, dass das Kind sogar mit ihr gesprochen hatte. Es schaute Miriam direkt an. Die Haut war bleich, es hatte schwarze Augenränder. Es fehlten die Wimpern und Brauen, so als hätte man sie abrasiert oder ausgerupft. Das Weiß war übersät mit roten Äderchen. Aus den Winkeln liefen Blut und Tränen. »Hol mich hier raus«, schrie das Mädchen so laut, dass Miriam zusammenfuhr.

Ihr Herz raste. Sie starrte das Kind an, war unfähig, sich zu rühren.

Von hinten trat jemand an das Mädchen heran. Es legten sich wieder diese großen starken Arme des Mannes, den Miriam schon oft in ihren Träumen gesehen hatte, um den Hals des Kindes. Er hatte etwas in der Hand, das wie ein Bohrer aussah. Miriam hielt die Luft an, als er diesen an den Kopf des Mädchens hielt.

»Was soll das?«, rief Miriam und klopfte gegen die Scheibe. »Hören Sie auf!«

Blut spritzte gegen das Glas.

Das Kind starrte eindringlich in Miriams Augen.

Die Scheibe beschlug, so als setzte sich Nebel darüber. Blutspritzer vermischten sich mit dem weißen Dunst.

»Bitte hören Sie auf«, flehte Miriam.

Plötzlich stieß sie jemand von hinten an. »Spinnst du total?«

Miriam fuhr herum und sah in die angewiderte Miene ihres Halbbruders.

»Was veranstaltest du hier für einen Zirkus?« Er wedelte mit der Hand vor seinem Gesicht.

Miriam holte tief Luft, damit sich ihr Herz beruhigte, und drehte sich einmal im Kreis, um sich zu orientieren.

Auf der anderen Seite der Straße stand eine Frau, die sie stirnrunzelnd ansah.

»Kommst du jetzt?«, fragte Sebastian. »Es ist peinlich, wie du dich hier verhältst. Außerdem darf ich hier nicht parken.«

Miriams Beine zitterten, so heftig hatte die Erscheinung des Kindes sie getroffen. Es war so real gewesen. Höchste Zeit, dass sie es in Angriff nahm, ihre Vergangenheit zu verarbeiten. Sie verstaute ihren Koffer sowie ihren Rucksack im Auto und setzte sich auf den Beifahrersitz. Genervt schaute sie Sebastian an, der auf der Fahrerseite einstieg. »Schön, dass du es noch geschafft hast. Müssen wirklich Umstände sein, mich hier abzuholen.«

»Glaub mir, ich hätte andere Dinge zu tun, als mich um eine Verrückte zu kümmern.«

»Doch wenn Papi den kleinen Sebastian um etwas bittet, dann tut er das auch.« Miriam wollte eigentlich nicht so barsch sein, er hatte es nicht verdient, ihre Angst und den Zorn abzubekommen.

Aber ihr Verhältnis war schon immer schlecht gewesen. Sebastian spielte den lieben, braven Sohn, der seinem Vater alles recht machen wollte. Dabei war er ein großes Arschloch. Seit der Zeit in der Klinik stellte er Miriam so dar, als wäre sie verrückt geworden. Sie hatte keine Lust, noch mehr Zeit als nötig mit ihm zu verbringen, und hoffte, dass er bald losfuhr.

Tatsächlich parkte er aus, aber warf ihr direkt danach einen giftigen Blick zu. »Spar dir deinen Sarkasmus. Ich kümmere mich wenigstens um unsere Eltern. Du hingegen tauchst hier jahrelang nicht auf und willst dann, dass alle springen.«

»Bullshit. Ich habe Papa gesagt, dass du mich nicht abholen brauchst. Wenn ich nicht auf dich hätte warten müssen, wäre ich zehnmal schneller gewesen.« Sie verschränkte die Arme und sah aus dem Fenster, während er ihr einen Vortrag über Verantwortung hielt. Kaum war sie in Koblenz, wollte sie schon wieder zurück in den Spreewald. Doch sie wollte Sebastians Anfeindungen nicht still ertragen. Lange genug hatte sie ihren Frust hinuntergeschluckt. »Du bist schon immer ein fieser Sack gewesen, ich habe gar keinen Bock, neben dir im Auto zu sitzen. Bei dir muss man ständig Angst haben, dass du einen quälst. An deinem Auftreten merkt man ja, dass du dich nicht geändert hast. Zwar sperrst du mich nicht mehr in Schränke ein, aber sadistisch bist du trotzdem noch.«

Er war fünfzehn Jahre älter als sie und hatte sich wie ein Tyrann aufgespielt, wenn ihre Eltern nicht da gewesen waren. An diesem Tag waren ihre Eltern zum Essen bei Freunden eingeladen gewesen. Sebastian hatte keine Lust gehabt, auf Miriam aufzupassen, hatte sie in den Kleiderschrank gezwungen und abgeschlossen. »Du bist eh total krank und bevor du mir etwas antust, sperre ich dich lieber ein«, hatte er gesagt.

Miriam hatte gedacht, dass sie in dem Schrank sterben würde.

Erst kurz bevor ihre Eltern nach Hause gekommen waren, hatte er sie herausgelassen und ihr gedroht, dass er Papa erzählen würde, sie müsste wieder in die Psychiatrie, wenn sie etwas verraten würde. Was hätte sie als Sechsjährige gegen einen Einundzwanzigjährigen ausrichten sollen?

Das unwohle Gefühl war für Miriam wieder präsent, seit er vor sie getreten war.

Glücklicherweise schwieg Sebastian, während er Richtung Koblenz-Rübenach fuhr.

Auf der Rübenacher Straße pochte ihr Herz mit einem Mal, und auf der Aachener Straße schlug es wild gegen ihren Brustkorb. Was an diesem Ort machte sie so nervös?

Sie hatte in der Klause gewohnt, in einem der letzten Häuser, die an den Anderbach angrenzten. Es gab viele gute Erinnerungen an ihre Kindheit, ehe sie krank geworden war. Vor allem die Nachmittage an dem Bach und dem dicht bewachsenen Grundstück hinter dem Haus hatten viel Spaß gemacht. Durch die Liebe ihrer Eltern hatte sie sich geborgen gefühlt.

Auf Sebastian hätte sie verzichten können. Ihr Vater hatte ihn aus der ersten Ehe mitgebracht. Leider hatte seine Mutter ihn nicht haben wollen, vielleicht weil sie ihn auch so schrecklich wie Miriam fand.

Das Auto stoppte vor dem Haus ihrer Eltern.

Miriam fasste an den Türgriff, um auszusteigen. Sie war froh, gleich nicht mehr alleine mit ihrem Halbbruder zu sein.

»Warte«, befahl Sebastian. »Was war das vorhin für eine Scheiße am Bahnhof?«

»Was meinst du?«, fragte Miriam mit brüchiger Stimme, obwohl sie ganz genau wusste, was er hören wollte. Es war ein kläglicher Versuch, die Antwort hinauszuzögern.

»Du hast rumgeschrien und irgendwelche merkwür-digen Handbewegungen gemacht, als hättest du auf die Luft eingeschlagen. Drehst du wieder durch?«

Miriam schaute ihn mit gerunzelter Stirn an. »Wie-der? Was soll das bedeuten?«

»Kannst du dich immer noch nicht erinnern, weshalb du in der Psychiatrie gelandet bist?«

Sie schüttelte den Kopf.

Sebastian verdrehte die Augen. »Du hättest wegblei-ben sollen. Wenn Mama und Papa hören, wie du dich am Bahnhof verhalten hast, werden sie vor Sorge eingehen. Du hast ihnen schon so viel Leid beschert.«

Miriam wurde immer unbehaglicher. »Es wäre hilf-reich, wenn man mit mir darüber spricht, was der Auslö-ser für den Aufenthalt in der Psychiatrie war. Das vorhin waren wahrscheinlich Flashbacks, die mich seit Monaten plagen. Deshalb bin ich hier. Ich muss wissen, warum ich damals in der Psychiatrie war.«

Sebastian hob die Hand. »Stopp. Du wirst die beiden nicht darauf ansprechen. Sie haben genug mit dir durchgemacht.«

»Aber …«

»Nichts aber!«, sagte Sebastian streng. »Du kommst einfach nur zu Besuch und verhältst dich normal. Dann fährst du wieder und alles ist gut.«

»Sebastian, ich brauche Antworten, um endlich damit abschließen zu können. Du wirst mich nicht davon ab-halten, mit ihnen zu reden.«

Sebastian funkelte sie an. »Papa und Heidi sind da-mals an ihre Grenzen gekommen. Deine Mutter wurde deshalb krank, ihr Herz hat das nicht mitgemacht. Sie sind froh, dass du deinen Weg gegangen bist. Du solltest ihnen diesen Frieden lassen. Oder willst du, dass ihre Wunden wieder aufreißen? Heidi würde an einer Herzattacke zugrunde gehen.« Für ihn war die Diskussion damit anscheinend beendet, er stieg aus und knallte die Tür zu.

Miriam schluckte. Sie hatte nie mitbekommen, dass ihre Mutter so krank gewesen war. Sebastians Worte hatten sie verunsichert. Sollte sie das Thema lieber nicht ansprechen? Zögerlich holte sie ihr Gepäck aus dem Kofferraum und folgte ihm zur Eingangstür, an der ihre Mutter bereits breit lächelnd wartete.

Sie nahm Miriam in den Arm. »Wie schön, dass du endlich Zeit gefunden hast, uns zu besuchen.« Ihre Mutter drückte sie von sich weg und betrachtete sie. »Du bist so dünn. Isst du denn auch genug? Außerdem siehst du blass aus. Geht es dir gut?«

Sebastian warf Miriam einen warnenden Blick zu.

»Es ist alles in Ordnung, Mama«, antwortete Miriam. »Ich bin nur etwas müde von der Fahrt, ich bin früh in den Tag gestartet.«

»Ruh dich später aus. Das Essen ist schon fertig. Du musst am Verhungern sein.« Ihre Mutter zog Miriam ins Haus. Sie ließ den Arm erst wieder los, als sie in der Küche standen.

Eine grobe Leinendecke lag auf dem Tisch und hing in sanften Falten über die Ecken. In der Mitte thronte eine prächtige Keramikvase mit duftenden Lilien, die ein süßes Aroma in die Luft entließen.

Sofort drangen Erinnerungen in Miriams Gedanken, weil ihre Mutter schon immer diese Sorte Blumen zu besonderen Anlässen gewählt hatte. Kurz schloss sie die Augen und ließ den Duft auf sich wirken.

Sie sah sich als kleines Mädchen, wie sie fröhlich durch die Küche hüpfte, ihr langes blondes Haar wirbelte herum und sie stieß gegen eine Vase. Noch immer konnte sie die enttäuschten Blicke ihrer Mutter, der die Blumen so wichtig gewesen waren, in Gedanken heraufbeschwören.

Miriam betrachtete die Lilien mit schlechtem Gewissen, als würden ihr die zarten Blütenblätter einen Vorwurf machen.

»Setzt euch«, unterbrach ihre Mutter die Stille, bevor sich Miriam in diese Gedanken vertiefen konnte.

Sie setzte sich. »Das sieht lecker aus. Papas und mein Lieblingsgericht. Kommt er auch?«

»Natürlich. Der ist oben im Bad, da er heute ein wenig Probleme mit seinem Magen hat. Gut, dass er sich sowieso freigenommen hatte, weil du deinen Besuch angekündigt hast. Ich bin so froh, dass er nur noch eine halbe Stelle in der Klinik hat, dadurch habe ich ihn öfter daheim. Wobei mir besser gefallen würde, wenn er endlich ganz aufhören würde.«

Miriam empfand Stolz, dass er sich extra für sie freigenommen hatte, obwohl ihre Anmeldung etwas kurzfristig gewesen war. Und sie verstand auch den Wunsch ihrer Mutter. »Es braucht wohl noch etwas Zeit, bis er ganz in den Ruhestand geht. Er liebt seinen Job.«

Ihre Mutter nickte. »Da hast du recht.«

Es breitete sich eine Stille aus, die schwer auf Miriam lastete. Sie spürte die Blicke ihrer Mutter und ihres Halbbruders auf sich ruhen. Dadurch fühlte sie sich wie unter einem Mikroskop, wo ihre Gedanken für alle sichtbar waren. Mit einem aufgesetzten Lächeln versuchte sie, die unangenehme Situation aufzulockern. »Ich habe deine Kochkünste echt vermisst.«

Ihre Mutter lächelte sie an.

Sebastian jedoch warf ihr einen finsteren Blick zu, seine Augen verengten sich zu schmalen Schlitzen, die mehr verrieten, wie sehr er ihren Besuch hasste, als es Worte je könnten. Sein Schweigen war voller Verachtung.

Miriam fühlte sich unwohl und wollte sich am liebsten verkriechen.

Doch bevor die Anspannung noch weiterwachsen konnte, öffnete sich die Tür.

Ihr Vater betrat den Raum mit leuchtenden Augen. Ein sanftes Lächeln umspielte seine Lippen. »Mein kleiner Engel ist heimgekehrt.«

Miriam erhob sich und ließ sich von ihm in die Arme schließen.

Er drückte sie sanft, als wollte er ihr versichern, dass alles in Ordnung war.

Von Miriam fiel die Nervosität etwas ab. Nicht mal Sebastians angewiderter Blick machte ihr in diesem Moment etwas aus.

»Geht es dir gut?«, fragte ihr Vater.

»Ich bin etwas gestresst, aber ansonsten ist alles prima.«

Ihr Vater sah sie eindringlich an.

Sie befürchtete, dass er sie durchschaute, denn er hatte schon immer an ihrer Nasenspitze ablesen können, wenn sie log.

Doch er sagte nichts dazu und setzte sich ihr gegenüber. »Schön, dass du endlich mal wieder da bist. Gott sei Dank waren wir dich wenigstens dreimal besuchen, sonst hätten wir dich gar nicht mehr erkannt.« Ihr Vater lachte laut. »Der Spreewald ist ja ein wunderschöner Ort zum Urlaubmachen und wir haben gesehen, wie wohl du dich dort fühlst.«

Seit ein paar Wochen nicht mehr. Miriam musste an sich halten, damit sie es nicht laut aussprach. Sie würde mit ihren Eltern über die Zeit in der Psychiatrie reden, wenn Sebastian nicht anwesend war.

Ihre Mutter seufzte. »Es tut mir so leid, dass wir dich nach deiner Blinddarmoperation nicht besucht haben. Dein Vater hatte viel um die Ohren.«

»Das ist schon okay. Josephin hat sich gut um mich gekümmert und ich habe mich schnell erholt.«

Ihre Mutter stellte die vollbeladenen Teller auf den Tisch. »Es war ein großer Schock, als uns deine Freundin angerufen hat, um uns zu erzählen, dass es solche Komplikationen gab. Ich bin froh, dass es dir nun wieder gut geht.« Sie wischte sich eine Träne aus den Augen. »Genug mit der Sentimentalität. Lasst uns essen. Guten Appetit.«

Das Klappern des Bestecks war das einzige Geräusch während der Mahlzeit.

Immer wieder streiften Miriam die Blicke ihrer Familie. Ihr Unbehagen nahm zu und sie fragte sich erneut, ob es eine gute Idee gewesen war, an diesen Ort zurückzukommen.

In der Luft lag etwas Unausgesprochenes, das wie ein unsichtbarer Nebel zwischen ihr und ihrer Familie hing. Dieselbe unheimliche Atmosphäre hatte sie damals aus Koblenz vertrieben und jahrelang von der Stadt ferngehalten. Sie wusste nicht einmal, ob es an Sebastian lag, den sie nie hatte leiden können, oder ob es einen anderen Grund gab.

Plötzlich blitzten wieder die Bilder des kleinen blonden Mädchens vor ihrem inneren Auge auf. Miriam krallte sich in die Tischkante, um dem schwindelerregenden Gefühl standzuhalten, das sie überkam. Der Boden schien sich zu drehen und Übelkeit stieg in ihr auf. Die Albträume umklammerten sie wie eiskalte Hände, und ihr Verlangen nach Antworten wurde mit jedem Augenblick drängender.

»Schatz, geht es dir gut?«, fragte ihre Mutter.

Miriams Blick fiel auf Sebastian, der sie mit gehobener Braue anstarrte. Sie schluckte. »Mir ist nur etwas schwindelig, ich muss mich gleich ein wenig hinlegen.«

Damit gab sich ihre Mutter offenbar zufrieden und aß weiter.

Josephin hatte recht, Miriam würde nur abschließen können, wenn sie erfuhr, was ihr Problem war. Sie streckte ihren Rücken, holte tief Luft und schwor sich, nicht abzureisen, ehe sie nicht wusste, warum sie dieses schreckliche Gefühl in sich trug.

ANDREA
REINHARDT

SO LAUT DAS
SCHWEIGEN

THRILLER

Psychothriller
ISBN:978-3759766366